HERBERT KRANZ

# Das Haus der sieben Türme

• ALL OVER THE WORLD • ÜBERALL IN D

OVERAL IN DE WERELD • ÜBERALL IN DER WELT • EN LA TUTA MONDO

## AUS DEN SATZUNGEN DER GESELLSCHAFT

Die Gesellschaft übernimmt Aufträge für Ermittlungen, Nachforschungen und Expeditionen nur dann, wenn ihr der Auftrag moralisch gerechtfertigt erscheint.

§

Die Gesellschaft übernimmt Aufträge für Expeditionen in alle Teile der bewohnten und unbewohnen Erde, soweit deren Ausführung nicht den Gesetzen des betreffenden Landes widerspricht. Sollten aber die Gesetze eines Landes den Gesetzen der Menschlichkeit widersprechen, so wird die Gesellschaft bereit sein, übernommene Aufträge auch dort auszuführen.

§

Die Kosten einer Expedition werden vom Chef-Expeditionsleiter geschätzt. Die eine Hälfte des angesetzten Betrages ist vor dem Aufbruch der Expedition zu zahlen, die andere nach deren Beendigung. Überschreiten die tatsächlichen entstandenen Kosten den veranschlagten Betrag, so werden sie zur Hälfte vom Auftraggeber, zur Hälfte von der Gesellschaft getragen.

§

Betrifft eine Ermittlungs- oder Erforschungsaufgabe Menschen, die in Not sind und niemand haben, der sich ihrer annehmen kann, so übernimmt die Gesellschaft die Kosten der notwendigen Hilfs- oder Rettungsaktion.

§

Die Teilnehmer an einer Expedition haben sich über deren Ziel, Zweck und Ergebnis zu absolutem Stillschweigen verpflichtet. Berichte über Expeditionen werden nur dann veröffentlicht, wenn der Generaldirektor der Gesellschaft und der Auftraggeber damit einverstanden sind. Nichtveröffentlichte Expeditionsberichte werden im Geheimarchiv der Gesellschaft niedergelegt und dort dreißig Jahre lang aufbewahrt.

• DA PER TUTTO NEL MONDO • OVERAL

ELT • POR TODAS PARTES DEL MUNDO •

## UBIQUE TERRARUM

(ÜBERALL IN DER WELT)

LIMITED COMPANY
GESELLSCHAFT MIT BESCHRÄNKTER HAFTUNG

WWW.UBIQUE-TERRARUM.NET

EXPLORING AND RESEARCHING OF ALL KIND
NACHFORSCHUNGEN UND ERMITTLUNGEN JEDER ART

EHRENPRÄSIDENT
LORD HAYSTACK, P.R.A., K.C.I.E.

GENERALDIREKTOR
ARTHUR MILLER

CHEFEXPEDITIONSLEITER
STEPHAN SLANTON, V.C.

EXPEDITIONSFORSCHER
DR. PHIL. DR. RER. NAT. PETER GEIST

EXPEDITIONSARZT: DOCTEUR EN MÉDECINE
GASTON DE MONTFORT
COMTE DE DARIFANT-CROY
EHRENRITTER DES SOUVERÄNEN MALTESERORDENS

UND IHRE MANNSCHAFT
PATRICK CROMBY aus Irland
CYPRIAN BOMBARDON aus Frankreich
TSCHANDRU-SINGH aus Indien

HERYERDE DÜNYADA • ÜBERALL IN DER WELT • ÖVERALLT I VÄRLDEN

VERDEN • PARTOUT DANS LE MONDE •

O
S
N
W
HERBERT
BECKER

HERBERT KRANZ

# DAS HAUS DER SIEBEN TÜRME

ABENTEUER
IM LIBANON

Eigenverlag Georg Kranz
Born / Darß

Weitere Informationen
über HERBERT KRANZ und
die UBIQUE-TERRARUM-SERIE
finden Sie im Internet unter
**www.herbert-kranz.de**
**www.ubique-terrarum.de**

ISBN: 978-3-8391-6922-3
1. Auflage 2010



Herausgeber:
Georg Kranz, Born/Darß
Einband:
Willy Kretzer
Überarbeitung der Wort- und Sacherklärungen:
Georg Kranz, Born/Darß
Satz und Layout:
voigt&kranz UG, Ostseebad Prerow
Herstellung und Verlag:
Books on Demand GmbH, Norderstedt

# INHALT

## Unerwünschte Gäste

Es war sehr merkwürdig. Sie standen vor dem mächtigen Tor, aber es öffnete sich nicht, und auf ihr Klopfen und Rufen rührte sich nichts.

Über ihnen spannte sich der tiefblaue Himmel des Morgenlandes, fern am Horizont lag die nackte, zerrissene Messerschneide des Libanongebirges, aus dessen weißen Schneefeldern der Zedernwald von Bscherre wie eine schwarze Insel hervortrat, hinter ihnen sanken die Berghänge mit ihren blaugrünen Bananenfeldern, dem hellen Grün der Zitronenbäume und dem noch lichteren Grün der Weizen- und Gerstenäcker sanft zum Palmenstrand des Mittelmeeres hinab – jedoch von den drei Männern hatte keiner einen Blick für die Herrlichkeit des Landes. Sie sahen nur auf die zwanzig Meter hohen Türme, zwischen denen das verschlossene Tor lag, auf die halb so hohen Mauern mit ihren Zinnen und schmalen Schlitzen und immer wieder auf das Tor, das sich ihnen nicht öffnen wollte. Das war aber mehr als nur merkwürdig. Es war unheimlich.

Hinter diesen abweisenden, stummen Steinen musste der Mann hausen, der in der Angst um sein Leben in London um Hilfe gebeten hatte, Marûn el Maschumar Effendi. Waren sie etwa zu spät gekommen? War dem Bedrohten schon nicht mehr zu helfen?

„Wenn man überlegt", sagte der Franzose, „was die Steine dieser alten Kreuzritterburg im Lauf der Jahrhunderte an Blut und Mord mitangesehen haben, so könnte man sich beinahe denken, ein so belasteter Bau müsste in seinen Mauern gräuliche Untaten geradezu hervorrufen."

„Da ist noch Leben", sagte der Deutsche, der weiter zurückgegangen war, um von einem Hügel aus die ganze Anlage dieses

Mauerringes mit seinen sieben gewaltigen Türmen besser überschauen zu können. „Ich habe dünnen blauen Rauch gesehen."

Der Engländer sagte nichts. Er griff wieder den schweren eisernen Türklopfer, der sich in der Form einer zur Faust geballten Hand am Tor befand, und schlug ihn mit ganzer Kraft gegen die Metallplatte, auf die er zu klopfen hatte. Bängbängbäng – bängbängbäng – und noch einmal: bäng – sieben Schläge, das sollte genügen! Das musste der Mann da hinter den Mauern doch gehört haben! Aber nichts bewegte sich. Nichts zeigte sich. Nichts war zu vernehmen. Um sie war nur die Stille des hohen Mittags. Aus seiner Wärme wehte sie ein würziger Hauch an. Er duftete nach Myrte, Thymian, Salbei und Lavendel.

„Duft vom Berge Libanon", sagte der Franzose entzückt. Im selben Augenblick rief eine Stimme scharf und drohend auf englisch: „Was wollen Sie hier?"

Die Köpfe der drei hoben sich überrascht in die Höhe, denn von oben war der Ruf gekommen. Sie sahen, dass sich im Turm zur linken Seite des Tors von den drei nebeneinander liegenden Luken eine geöffnet hatte, ohne dass sie es bemerkt hatten. Es war die mittlere, und während die andern beiden mit Läden verschlossen waren, die an der Außenmauer saßen, musste diese dritte von innen durch ein Schiebebrett lautlos geöffnet werden können. Sie sahen in der Mauerluke ein hageres Gesicht mit einem auffallend starken grauen Schnurrbart und vollem grauem Haar. Der Deutsche hatte das bedrückende Gefühl, dieser Mann da oben hätte sie schon von Anfang an beobachtet.

„Gehen Sie weiter!", rief er unwirsch. „Die Burg ist für Fremde nicht zu besichtigen! Und die große Zeder auch nicht!"

„Wir sind keine Touristen!", rief der Deutsche zurück. „Wir möchten Herrn Marûn el Maschumar sprechen!"

„Marûn Effendi ist nicht da!", war die rasche und heftige Antwort. „Er ist verreist. Er ist nach Beirut. Oder nach Saida. Ich weiß es nicht. Niemand weiß es. Niemand weiß auch, wann er zurückkehrt."

„Offenbar kommen wir dem Schnurrbart da oben äußerst ungelegen", sagte der Franzose.

Jetzt aber griff der Engländer energisch ein. „Hallo, Mann!", rief er hinauf, „hören Sie genau zu!" Er schob den linken Ärmel seiner Jacke etwas zurück. Blick auf die Uhr: zwölf Uhr zehn. „Warte noch bis zwölf Uhr zwanzig. Wenn dann das Tor nicht aufgeschlossen ist, kommen wir mit der Polizei wieder. Haben den Wagen noch da. Sind in einer halben Stunde in Tripoli unten und in fünf Viertelstunden wieder hier oben. Haben Sie das verstanden?"

Der Mann beantwortete die Frage nicht, überlegte aber wohl, was er gehört hatte. „Was wollen Sie von Marûn Effendi?"

„Das können wir nur ihm selbst sagen!", rief der Deutsche. „Wir kommen aus London."

„Genaugenommen", verbesserte der Franzose, „im Auftrag von London."

„London ist groß", erwiderte der Mann verschlagen.

„Aber doch nicht so groß, dass nicht ein Brief mit genauer Adresse richtig ankommt!", rief der Deutsche zu ihm hinauf.

„So eine genaue Adresse könnte mich vielleicht interessieren", kam es von oben herab.

„Was halten Sie von dieser hier: W. 14, 26 Edith Road?"

„Warten Sie!", rief der Mann zurück und verschwand von der Luke.

„Ich bin sicher, das ist Marûn selbst", sagte der Deutsche.

„Wer sollte hier sonst die Adresse von *Ubique Terrarum* kennen als der Briefschreiber?"

„Aha", sagte der Graf, „jetzt bekommen wir den Schlüssel!" Der Mann ließ aus der Luke an einem Strick einen kleinen Korb hinunter, und als der Engländer, der Längste der drei, ihn erreichen konnte, griff er nach dem Schlüssel, jedoch vergeblich. Der Korb war leer.

„Was soll das?", rief er ärgerlich.

„Legen Sie Ihre Pässe hinein!", rief der andere. „Ehe ich die nicht gesehen habe, schließe ich nicht auf!"

Die drei sahen sich verblüfft an. „Ich hätte nicht gedacht", sagte der Franzose, „dass die alte Turmeule da oben ihren Euripides so genau gelesen hat: ‚Weises Misstrauen ist's, was stets den größten Nutzen schafft den Sterblichen!'"

„Gar nicht übel", knurrte der Engländer. „Will auf keine Schwindler hereinfallen. Weiß eben – gibt mehr Schwindler auf der Erde als ehrliche Leute."

„Ich weiß nicht, Chef", widersprach der Franzose, „ob darüber statistische Erhebungen vorliegen, aber selbst wenn das der Fall wäre und sie Ihrer Meinung einen Anschein von Richtigkeit gäben, so wäre ich davon noch keineswegs überzeugt. Eine Statistik sagt viel, aber das Eigentliche erfährt man durch sie niemals!"

Damit hatte er auch seinen Pass hervorgeholt, ebenso wie der Deutsche. Unwillkürlich sahen alle drei zu, wie der Korb nach oben gezogen wurde. Dann griff eine Hand aus der Öffnung und verschwand mit ihm.

„Tatsächlich", sagte der Franzose, „er schiebt die Luke wieder zu. Offenbar nimmt er an, wir seien als Fassadenkletterer ausgebildet und zögen es daher vor, seine Burg nicht durch das Tor zu betreten, sondern durch das Loch in zwanzig Meter Höhe."

„Der Mann muss ja von Misstrauen wie zerfressen sein", sagte der Deutsche.

„Wird seine Erfahrungen mit den Menschen gemacht haben", entschied der Engländer.

„Tut mir sehr leid, Chef", antwortete der Franzose, „das genügt mir wieder nicht, sowenig wie Ihr Glaube an die Statistik. Wir haben auch unsere Erfahrungen mit unsern Zeitgenossen gemacht. Ich erinnere nur an Herrn Caruana-Bei oder an den Herrn der Wölfe oder an einen gewissen Mister Song. Sind wir deshalb angstkrank ? Ich rechne mich persönlich sogar zu den ausgemacht heiteren Naturen!"

„Sie sagen Angst, Graf", meinte der Deutsche nachdenklich.

„Liegt der Grund zur Angst bei den anderen Menschen? Liegt er nicht immer in uns selbst?"

Aber der Mann, der ihnen so zu denken gab, setzte sie noch weiter in Erstaunen. Denn als er nach einer Weile wieder in der geöffneten Luke erschien, erklärte er rundheraus, er dächte nicht daran, sich in die Gewalt dreier Unbekannter zu begeben. Pässe hin, Pässe her – sie könnten gefälscht sein, für gutes Geld wäre ja alles zu haben, und schon näherten sich die kostbaren Dokumente in ihrem Behälter wieder dem Erdboden.

Je tiefer der Korb an dem langen Strick herabsank, desto höher stieg in dem Engländer der Zorn auf. Er rang nach Worten, um dem Obervorsichtigen möglichst bündig zu erklären, von nun an solle er sich gefälligst abgewöhnen, vom Libanon bis ans Ufer der Themse um Hilfe zu schreien. Der Franzose feilte in Gedanken an einer feinen Antwort, dass er lebhaft bedauere, den Herrn des Hauses der sieben Türme nicht kennenzulernen, doch sei er ihm dafür dankbar, dass er sie hier hergerufen habe, denn der Blick auf die Schneefläche des Libanon, den sie während der Fahrt von Tripoli her gehabt hätten, lohne eine so weite Reise durchaus. Doch ehe sie das krachende oder funken sprühende Feuerwerk ihrer Antworten abbrennen konnten, sprach der Deutsche – und was er jetzt vorbrachte, das war für die beiden anderen eine neue Überraschung.

„Effendi", rief er zur Turmluke hinauf, „wir können Ihren Einwand durchaus verstehen und wissen Vorsicht zu schätzen. Wir machen Ihnen daher einen neuen Vorschlag: Sie empfangen nur einen von uns, und danach können Sie dann entscheiden, ob wir nicht Ihnen doch alle drei willkommen sind!"

Marûn Effendi lachte, aber es war ein bitteres Lachen. „Schlaue Füchse werden auch gefangen!", rief er hinab.

„Wenn ich mein Tor für den einen aufschließe, dann fallt ihr alle drei über mich her!"

„Wenn Sie es wünschen, Effendi, so entfernen sich die anderen zwei, und wenn Sie das Tor öffnen, so sehen Sie sich nur einem einzigen Besucher gegenüber!"

„Und dieser eine setzt mir seine Pistole auf die Brust, und im Nu sind die andern beiden wieder da!"

„Wenn es Ihnen lieber ist, Effendi, dann betritt der eine Ihre Burg mit erhobenen Händen!"

„Aber das sage ich Ihnen", rief der Mann verbittert zurück, „ich habe dabei meine Pistole in der Hand, und sie ist entsichert!"

„Warum auch nicht?", fragte der Deutsche zurück. „Wir wissen ja, Sie haben allen Grund, äußerst vorsichtig zu sein!"

„Geschehe alles, wie Gott es will", erklang es von oben, freilich nicht mehr auf englisch, sondern im einheimischen Arabisch, und die Luke schloss sich.

„Ich nehme an", sagte der Franzose, „jetzt werden wir losen, wer sich hinter die Mauern zu diesem widerborstigen Effendi wagt."

„Ausgeschlossen!", lautete des Engländers energische Antwort. „GG ist dran. Hat sich das eingebrockt. Wäre mit dem Kerl Schlitten gefahren."

„Herrschaften", bemerkte der Franzose, als sie sich ihre Pässe wieder aus dem Korbe nahmen, „soviel wir nun schon zusammen erlebt haben: das ist uns doch noch nie passiert, dass uns einer zu Hilfe ruft und dann nichts von uns wissen will."

„Ist vielleicht überhaupt verrückt." Damit steckte der Engländer seinen Pass in die Tasche.

„Dann hätte er unsere Hilfe doppelt nötig", sagte der Deutsche. „Und dann wären Sie für ihn genau der richtige Mann", setzte der Franzose bestimmt hinzu. „Immer habe ich Ihr Wissen und Ihren Scharfsinn bewundert – jetzt aber sehe ich, dass Sie auch noch über die Geduld eines Irrenwärters verfügen. Ich räume ein, dass das den Umgang mit vielen unsrer Mitmenschen wesentlich erleichtert. Kommen Sie, Chef! Wir werden hier nicht weiter gewünscht!"

## Von Angesicht zu Angesicht

An der Innenseite des Tores wurden zwei Riegel aufgeschoben; sie mussten groß und schwer sein, denn der Rückstoß krachte laut. Dann wurde ein Schlüssel zweimal herumgedreht. Das Schloss quietschte unangenehm. Darauf tat sich der eine Torflügel auf, aber nur ein wenig, und durch den Spalt spähte der Mann mit dem dichten grauen Schnurrbart angestrengt in den freien Raum vor der Mauer. Die Anspannung seines hageren Gesichts war so stark, dass sich seine Lippen fest aufeinanderpressten. Als er erkannte, dass draußen wirklich nur der eine Besucher stand, mit dem er zuletzt gesprochen hatte, öffnete er das Tor weiter, blieb aber unter dem Sturz stehen, in der rechten Hand eine Browning-Pistole, und zwar das schwere zehnschüssige Polizeimodell. Er hatte den Zeigefinger am Drücker.

Der Deutsche hielt gegen die Verabredung seine Hände nicht hoch, sondern streckte sie dem andern offen entgegen. „Sie sehen, Effendi", sagte er, „ich komme ohne Waffe!"

„Sie haben Ihre Pistole in der Tasche!", war die scharfe Antwort.

„Richtig!" Seine Hand fuhr in die rechte Hosentasche, der Burgbesitzer hob seine Pistole, aber mit unbeirrbarer Freundlichkeit hielt ihm der Besucher die eigene Pistole auf der offenen Hand hin. „Bitte, Effendi", sagte er, „nehmen Sie! Es ist eine Smith & Wesson, ein neues kurzläufiges Modell für die Patrone S&W 357 Magnum. Sie übertrifft an Durchschlagskraft alle bisherigen Patronen."

Der Mann im Torrahmen war so verblüfft, dass er die angebotene Waffe wortlos mit der Linken ergriff und einsteckte. Der unwillkommene Gast tat wieder einen Schritt auf ihn zu. Aber der Syrer wich zurück, mit rasch erhobener Pistole. „Sie haben noch eine in der Tasche!", rief er.

„Mir ist schon die eine schwer genug", antwortete der Deutsche freundlich. „Aber Ihre Vermutung ist an sich ganz richtig. Der Engländer zum Beispiel, der große Mann, den Sie gesehen haben, führt ständig zwei bei sich, was für manchen, der das nicht voraussah, schon unangenehm wurde."

Damit schritt er gelassen weiter. Seine selbstverständliche, sachliche Art wirkte offenbar beruhigend. Es interessierte ihn natürlich sehr, wie es innerhalb der Mauern aussah. Aber er vermied es, sich umzusehen, um nicht den Anschein zu erwecken, als wolle er hier spionieren. „Wohin gehen wir?", fragte er leichthin, als der andere das Tor wieder geschlossen und die beiden Riegel mit lautem Krachen zugeschoben hatte.

Der Effendi wies stumm auf die schmale Türöffnung im Turm links. Sein Gast betrat vor ihm das Innere des Turms, das nur durch schmale Schlitze in der dicken Mauer erhellt wurde, und er sah, dass sich hier eine Wendeltreppe mit recht ausgetretenen Stufen in die Höhe schraubte. „Vielleicht gehen Sie voran, Effendi", sagte er und machte dem andern Platz.

Sofort aber war bei jenem das Misstrauen wieder wach. „Sie gehen zuerst", antwortete er schroff.

„Wenn Ihnen das lieber ist", erwiderte sein unerschütterlich ruhiger Besucher und schritt behutsam die abgewetzten Steinstufen hinauf, wobei er den andern mit der Pistole in der Hand und dem Finger am Drücker in seinem Rücken wusste. Dann aber saßen die beiden in dem Raum mit der von innen verschließbaren Luke einander friedlich gegenüber.

In die Mauer, die den Turm nach der Burg zu abschloss, war ein größeres Fenster gebrochen, das mit Glas versehen war und der Turmstube helles Licht gab, und so konnte jeder den andern gut betrachten. Doch der Besucher hielt sich nicht mit abwartenden Beobachtungen auf, sondern begann sofort zu sprechen, als wolle er dem andern keine Zeit lassen, wieder in misstrauisches Grübeln zu verfallen.

„Ich bin überzeugt", sagte er, „Sie sind Marûn el Maschumar Effendi! Auf Grund Ihres Briefes nach London sind wir von Marokko sofort hergekommen. Ich bin wirklich Dr. Peter Geist; Sie haben meinen Namen im Pass gelesen. Ich habe Philosophie,

Sprachen und Naturwissenschaften studiert und stehe als Expeditionsforscher im Dienst der Company Ubique Terrarum." Dass seine Freunde ihm den Spitznamen „Großer Geist" gegeben hatten, erwähnte er nicht; sie gebrauchten übrigens diese anspruchsvolle Bezeichnung nur in der ernüchternden Abkürzung GG. „Der Chef der Unternehmung ist der Engländer Stephan Slanton, und uns begleitet der Arzt Gaston de Montfort, Graf von Darifant-Croy. Wir drei kennen einander seit Jahren. Jetzt kommen wir, wie gesagt, aus Marokko. Vorher waren wir in Sardinien, in Malaya, in Grönland, im Karibischen Meer, in Arizona, im Urwald des Amazonas, in Afghanistan, und ich kann Ihnen versichern, dass wir alle unsere Aufträge zur vollen Zufriedenheit unserer Auftraggeber erledigten. Ich zweifle nicht, dass auch Sie nicht bereuen werden, sich nach London gewandt zu haben, und Sie können sicher sein, dass wir für Sie alles tun werden, was uns möglich ist."

Er sprach einfach, bestimmt und freundlich. Aber während er so ruhig redete, studierte er sein Gegenüber mit höchster Aufmerksamkeit.

„Sie werden sich", redete er weiter, „an der etwas schroffen Art des Engländers hoffentlich nicht stoßen. Er ist ein ganz ausgezeichneter Mann. Einer von den seltenen Menschen, auf die man sich unbedingt verlassen kann. Wir nennen ihn nur ‚Chef' – ist damit nicht schon alles gesagt?" Sollte er noch hinzusetzen, dass dieser Chef über erstaunliche Körperkräfte verfügte und ausgezeichnet trainiert war? Dass seine linken Schwinger gefürchtet waren, dass er ein unbedingt sicherer Schütze war? Aber GG sprach davon lieber nicht. Hier war alles noch ungewiss, und wenn er selbst auch kein Misstrauen kannte, so war er doch vorsichtig.

„Auch mit dem Grafen werden Sie vorzüglich auskommen", sagte er in überzeugendem Ton. „Er ist nicht nur ein Arzt, der auf seinem Gebiet Hervorragendes leistet, sondern ein Mann, der das Leben kennt, der keinen Menschen auf den Schein hin beurteilt oder gar verurteilt, der sorglich nach den tieferen Gründen sucht und den auch bittere Erfahrungen nicht davon abbringen können, heiter und immer hilfsbereit zu bleiben."

Die ganze Zeit hatte GG das Gefühl, dass der Syrer ihm zwar genau zuhörte, aber dabei ganz bestimmten Gedanken nachhing. Jetzt erst fand sich Marûn Effendi veranlasst, auch etwas zu sagen: „Sie sind viel gereist. Wann waren Sie in Ägypten?"

„Leider noch gar nicht", erwiderte GG.

„Nicht? Nicht?", wiederholte Marûn. „Aber der Engländer war natürlich da. Alle Engländer kommen nach Ägypten."

„Der Chef hat nie davon gesprochen, und wenn er auch nicht sehr gesprächig ist, so würde darauf doch wohl einmal die Rede gekommen sein. Ich glaube also, ich kann auch von ihm behaupten, er sei nie dort gewesen. Aber ich gebe zu, ich kann mich irren."

„Und der Graf?", fragte Marûn. „Am Hygiene-Institut in Kairo gibt es französische Ärzte!"

„Sie haben recht, Effendi. Zwischen Ägypten und den Gelehrten Frankreichs bestehen manche Beziehungen. Aber ich glaube nicht, dass der Graf in Kairo war. Jedenfalls hat auch er nie davon gesprochen. Aber vielleicht wären Ihnen gerade Kenner Ägyptens erwünscht gewesen?"

„Es hätte mich interessiert", murmelte Marûn Effendi. „Ich war noch nie dort. Gerade deshalb hätte es mich interessiert."

„Soviel ich weiß, kommen in der heißesten Zeit viele Gäste aus Ägypten in den angenehmeren Libanon."

Darauf antwortete Marûn nicht. Er starrte zum Fenster hinaus. Es war, als sei er durch diese Bemerkung GGs aufs neue beunruhigt.

‚Dieser Mann', dachte GG, ‚trägt sich europäisch. Seine Haut ist bräunlich, aber er würde in keiner europäischen Stadt auffallen. Sein hageres Gesicht, seine kräftige Nase, sein buschiger Schnauzbart geben ihm zwar etwas Eigenwilliges. Aber man könnte ihn für einen Gutsbesitzer halten, der sich viel im Freien aufhält, oder einen pensionierten Offizier, der lange in den Tropen war. Weshalb nur hat er trotzdem etwas ganz Besonderes, das mich stutzig macht, das mich beunruhigt, das mich nicht loslässt?'

„Die Herren müssen mich entschuldigen", sagte Marûn jetzt langsam, „dass ich Ihnen Schwierigkeiten machte. Vielleicht komme ich Ihnen damit lächerlich vor. Aber wenn Sie wüssten, was ich –"

Er schloss den angefangenen Satz nicht, als könnte er nicht über die Lippen bringen, was er hatte sagen wollen.

Er setzte von neuem an. „Wenn ich Ihnen erst einmal anvertraut habe, was mir –"

Wieder stockte er, und mit einem Male wusste GG, was ihn an seinem Gegenüber so erregte.

Es waren Marûn el Maschumars Augen.

## Schritt für Schritt

Der Syrer, ein Mann zwischen Vierzig und Fünfzig, hatte große schwarze Augen, was der Betrachter so gern als seelenvoll auslegt, weil er meint, durch die dunkle Öffnung des Auges in die Tiefe der Seele zu schauen. Aber nur für Sekunden zeigten sie sich groß und schön in einem träumerischen Blick. Gleich darauf verengten sich seine Pupillen wieder, und an diesem Wechsel konnte GG erkennen, dass er keinen Menschen vor sich hatte, dessen verengte Augenöffnung ihn als einen Opium- oder Haschischraucher verrät. Nein, dieser Mann war keinem Rauschgift verfallen, dessen unheimliche Wirkung den, der ihm hörig ist, lähmt und erstarren lässt. Er war von heftigen inneren Erregungen durchflutet, die sich dem Menschenkenner in jener Veränderung der Pupillengröße ankündigten. Doch was war es, was ihn so überwältigte? Trübsinn hätte es sein können, aber der passte nicht zu diesem Mann, der Augenblicke von echter Spannkraft zu haben schien. Auch an Ärger hätte GG denken können, an ständigen, quälenden Ärger, der einen Menschen zu einem grämlichen, kleinlichen Nörgler macht. Indessen konnte das hier auch nicht richtig sein, denn der Mann hatte nichts von jener zersetzenden Untätigkeit an sich, die mit ständigem Nörgeln zusammengeht. Viel eher schien er zu einem plötzlichen und sehr entschlossenen Handeln fähig zu sein.

Nicht Trübsinn, nicht Ärger. Aber es gab ein drittes, und indem GG sich das vergegenwärtigte, wusste er, dass er jetzt den passenden Schlüssel gefasst haben konnte. Er wusste, auch Angst verengt die Pupillen – und das war die Lösung. Es war Angst, heillose Angst, der Marûn el Maschumar ausgeliefert war. Es war Angst, die hinter seinem bis ins Lächerliche gesteigerten Misstrauen stand. Es war die Angst, in der er sich hilfesuchend an die Retter in dem fernen London gewandt hatte.

Warmes Mitgefühl packte GG. „Effendi", sagte er, „beunruhigen Sie sich nicht. Wir drängen Sie ja nicht. Eines Tages sagen Sie uns, was Sie so bedrückt. Wir haben keine Eile. Wir haben Zeit. Sie müssen uns erst kennenlernen. Die Hauptsache: wir sind da. Wir schützen Sie. Sie brauchen sich keine Sorge mehr zu machen. Ich bin überzeugt, Sie haben viel zuwenig geschlafen!"

„Ich schlafe keine Nacht mehr", sagte er. Seine Worte kamen ihm tonlos über die Lippen.

„Sie werden wieder schlafen, Effendi! Wir wachen für Sie!"

Marûn, der vor sich hingestarrt hatte, sah GG jetzt voll an. „Sie wissen nicht – Sie können gar nicht wissen, wie sehr Sie mir damit helfen", sagte er leise. „Ich danke Ihnen, dass Sie gekommen sind. Wir wollen die beiden Herren rufen. Ich schäme mich, dass ich mich so töricht benommen habe."

Er stand auf, und GG, der sich mit ihm erhob, war froh.

Die Brücke war geschlagen. Es war ihm gelungen, das Vertrauen des Argwöhnischen zu gewinnen. Jetzt musste es auch möglich sein, dem Bedrängten die Ursache seiner Ängste zu nehmen.

„Ich rufe den Chef und den Grafen", sagte er. „Sie sind sicher zum Auto gegangen. Wir können es nun nach Tripoli zurückschicken. Inzwischen werden vielleicht auch die andern eingetroffen sein."

Marûn, der schon an der Tür zur Wendeltreppe war, fuhr herum. „Die andern?", fragte er hastig. „Welche andern?"

Voller Bestürzung sah GG, dass alles, was er erreicht zu haben glaubte, wie weggewischt war. Die Züge des erschreckten Mannes waren wieder von Misstrauen beherrscht, von Feindseligkeit und Abwehr. Musste er noch einmal ganz von vorn anfangen?

„Unsere Begleiter konnten nicht sofort mit uns hier herauf fahren", sagte er. „Durch ein Versehen war ein Koffer unseres Gepäcks in Beirut von dem Hoteldiener vertauscht worden. Sie mussten zurückfahren, um das in Ordnung zu bringen."

„Warum haben Sie mir davon nichts gesagt?!" Vor Erregung ging dem Syrer der Atem rasch. „Wie viele sollen denn noch kommen?"

„Sie sind zu dritt."

„Zu sechsen wollen Sie hier herein?!", schrie Marûn auf. „Das geht nicht! Das ist unmöglich! Das dulde ich nicht! Nein, niemals!"

GG holte tief Luft. „Ich kann es gut verstehen", sagte er dann, „dass es hier für Sie in Ihrer Abgeschiedenheit etwas Erschrekkendes hat, nun auf einmal mit so viel fremden Leuten zu tun zu haben. Aber, Effendi, Ihre Burg umfasst ein großes Gelände. Um es zu überwachen, sind sechs Leute eigentlich noch zu wenig. Und glauben Sie mir: wie Sie mit dem Chef, dem Grafen und mir gut auskommen werden, so wird es Ihnen mit den andern drei auch gehen."

„Es sind Ihre Diener?"

„Wenn Sie so wollen, ja."

„Sie haben sie in Beirut gemietet?"

„O nein. Wir kennen sie seit Jahren. Sie haben uns auf allen unsern Expeditionen begleitet."

„Alle Bedienten sind bestechlich", sagte der Syrer. „Sie dienen mir – aber wem dienen sie noch?"

„Zweifellos haben Sie Ihre Erfahrungen gemacht, Effendi", erwiderte GG. „Aber sehen Sie: diese drei sind mehr als nur Diener. Sie sind auch unsere Freunde."

„Ihr Freund hat einen Freund, aber der Freund Ihres Freundes hat wieder einen Freund, und der hat auch seine Freunde – wie vielen sind Sie mit Ihrem einen Freund ausgeliefert?!"

„Gewiss, daran ist etwas. Aber ich kann mir nicht denken, Effendi, dass Sie in Ihrem Leben nicht auch einen Freund gewonnen haben, an dem, wie man gern sagt, ‚kein Falsch ist' – Sie werden dem Sprichwort Ihrer östlichen Nachbarn zustimmen: ‚Ein Mann ohne Freund ist wie die rechte Hand ohne die linke.'"

„Yuhanna es Ghamin ist mein Freund", antwortete Marûn. „Er ist der einzige, dem sich das Tor meiner Burg öffnet. Ihm und den Kindern seines Bruders, für die er sorgt."

Über diese Antwort war GG froh. So war der gequälte Mann doch nicht ganz ohne die Stärkung, die davon ausgeht, dass man mit einem andern Menschen eins ist, und das war vermutlich, was dieser sich ängstigende Einsame wahrscheinlich vor allem brauchte – seelische Kräftigung.

„Sehen Sie, so sind wir auch unsern Begleitern verbunden. Der Graf kennt Cyprian Bombardon seit dem letzten Kriege. Er hat ihn vor der Verschüttung gerettet und ist mit ihm zusammen aus der Gefangenschaft entflohen. Bombardon hat es nicht nötig, sich sein Brot als Koch und Reisebegleiter zu verdienen. Er ist reich. Aber er bringt es nicht übers Herz, sich von dem Grafen zu trennen. Auch der Ire Patrick Cromby ist ein wohlhabender Mann – und doch kennt er nur eins: die Sorge für den Chef. Er möchte nicht mehr, als ihm immer die Pfeife rechtzeitig stopfen, damit der sie genau in dem Augenblick bekommt, wo ihn danach verlangt."

Gelang es ihm, mit diesen freundlichen Harmlosigkeiten dem Syrer den Widerstand zu nehmen, in den er sich von neuem verkrampft hatte? GG entschloss sich, in dieser Bemühung noch einen Schritt weiterzugehen.

„Wirklich", sagte er, „wir stehen ausgezeichnet miteinander. Niemand nennt den Koch anders als ‚Neunauge', und der Ire heißt nur ‚Plumpudding'."

„Was ist ein Neunauge?", fragte Marûn.

„Ein Fisch. Es gibt kleine Neunaugen, die nur hundert Gramm wiegen, und große, die es auf ein dreißig mal schwereres Gewicht bringen können."

„Aber wie können sie neun Augen haben!?"

„Sie sehen nur so aus, als ob sie die hätten. Früher haben die Leute auch die Kiemenspalten der Tiere als Augen angesehen."

„Und weshalb heißt der Mann ‚Vater der neun Augen'? Sieht er so viel mehr als andere?"

„Das möchte ich nicht behaupten, obwohl er manchmal Dinge und Zusammenhänge sieht, die gar nicht vorhanden sind. Nein, er ist ein ausgezeichneter Koch und hatte erst die Idee, in Paris ein kleines Restaurant ‚Zum vergnügten Neunauge' einzurichten. Aber mittlerweile sind seine Pläne gewachsen. Sein Unternehmen soll ein Haus der großen Welt werden, in dem der Gast sich jedes Gericht bestellen kann, wie es irgendwo auf dieser Erde zubereitet wird."

„Das ist gut", sagte Marûn. Zum ersten Mal zeigte sich in seinem Gesicht ein Lächeln. „Was ein Plumpudding ist", sagte er weiter, „das weiß ich. Mit Engländern habe ich viele Geschäfte gemacht."

„Wenn Sie das Vollmondgesicht des trefflichen Iren sehen, so werden Sie an diese weiche Nachspeise erinnert werden. Aber glauben Sie mir: der lebendige Plumpudding ist in seinem Kern fest wie Granit. Ein Mann wie er wird leicht unterschätzt. Er sorgt für den Chef, wie ich schon sagte, aber das macht er, ohne dass man viel davon merkt. Nie tut er sich hervor, er gehört zu den Menschen, von denen man erst dann begreift, was sie bedeuten, wenn sie nicht mehr da sind. Ich kann Ihnen sagen, dass er in Malaya dem Chef das Leben rettete, indem er sein eigenes aufs Spiel setzte. Seiner äußeren Stellung nach ist er der Diener des

Chefs – aber in Wirklichkeit ist er dessen Vertrauter, der für ihn alles wagt, wie der Chef für ihn alles wagen würde."

„Jetzt kann ich verstehen", sagte der Syrer, „dass Sie so zuversichtlich sind. Sie haben tüchtige Leute. Sie können sich aufeinander verlassen. Keiner ist allein." Aber er war wieder wie aufgescheucht, als GG ihren dritten Begleiter, Tschandru-Singh, erwähnte.

„Ein Inder!", rief er empört aus.

„Ein junger Mann, der für uns durch sieben Feuer geht", sagte GG eindringlich. Er begriff nicht, weshalb sich Marûn an der Nationalität Tschandru-Singhs stieß. Der Syrer antwortete darauf nicht, aber seine Ablehnung war deutlich genug zu spüren, und GG musste sich weiter bemühen, sein Misstrauen zu zerstreuen. „Ein Kastenloser" , sagte er, „ein Unberührbarer, der durch uns zu einem freien Menschen geworden ist."

Auch darauf schwieg Marûn.

„Ich mache nicht gern große Worte, Effendi. Aber über Tschandru-Singh möchte ich sie aussprechen: für uns lässt er sein Leben."

Er hätte wohl sagen müssen ‚für mich'; doch das widersprach ihm.

„In Kairo gibt es viele Inder", sagte Marûn langsam.

„Es tut mir leid, dass auch Tschandru-Singh nie in Ägypten war", erwiderte GG. „Er stammt aus Indien und begleitete uns nach Afghanistan und nach Malaya. Von dort aus nahmen wir ihn nach Sardinien mit und dann nach Marokko – aber andere Länder hat er noch nicht gesehen."

Wie vorhin sah Marûn GG fest in die Augen. Ihm war es, als klammere sich der Syrer an ihn. „Sie bürgen für ihn?", fragte er leise. „Wie für jeden von uns", antwortete GG.

Marûn ließ den Blick nicht von dem andern. „Ich habe schon mit vielen Menschen zu tun gehabt", sagte er. „Man sieht vielerlei, wenn man sich vom armen Schlucker zum reichen Mann hinaufarbeitet. Aber Leute, wie Sie und Ihre Kameraden zu sein scheinen, habe ich nie getroffen."

Er zögerte einen Augenblick, als überlege er, ob er das sagen dürfe, was ihm auf der Zunge lag. Aber dann sprach er es aus: „Es wäre vielleicht besser gewesen, mit Menschen aufzuwachsen, wie Sie es sind."

Um ein Haar hätte GG geantwortet: „Dann würden Sie sich am Ende Ihres Lebens vermutlich nicht als reichen Mann bezeichnen können." Aber er unterdrückte den Satz noch rechtzeitig.

## Wenn es siebenmal klopft

Marûn wandte sich nicht wieder zur Tür. Nun, wo er sich damit abgefunden hatte, dass die sechs Männer bei ihm einzogen, mehr – wo er das als eine große Erleichterung empfand, wäre es doch an der Zeit gewesen, die andern nicht noch länger warten zu lassen. Aber er hatte sich auf die Bank gesetzt, die an der Turmwand stand, in der die Luke war. Er saß ein wenig vornübergebeugt, die Hände ineinandergelegt. Er schien einem Gedanken nachzuhängen, und es war, als hätte er dabei vergessen, dass er nicht allein war.

GG konnte sich nicht dazu entschließen, ihn zu drängen. Er musste immer noch damit rechnen, dass der Syrer in jedem Vorschlag, der nicht von ihm selbst kam, Unrat witterte und sich ihm deshalb verschloss. Da war es das beste, darauf zu warten, dass er äußerte, was unternommen werden sollte. Offenbar ertrug er es nicht, wenn nicht alles nach seinem Willen ging oder doch zu gehen schien.

„Ich will es Ihnen sagen", murmelte Marûn. „Sie müssen es ja wissen. Sie müssen sich danach einrichten. Sie können mir sonst gar nicht vorschlagen, wie Sie mir helfen wollen."

GG war ganz Ohr. Das war rascher gegangen, als er gehofft hatte. Jetzt kam er anscheinend schon an das eigentliche Rätsel, das hier zu lösen war. Gespannt sah er auf den Syrer, der sich Satz um Satz langsam abrang.

„Ich werde verfolgt", flüsterte Marûn el Maschumar. „Ich werde von Mördern verfolgt."

Er schwieg, als erwartete er, dass sein Gegenüber etwas sagte, bekam jedoch keine Antwort, denn GG wollte erst mehr erfahren. Der Syrer aber nahm an, der andere zweifle am Ernst seiner Worte, und fuhr rascher fort: „Sie haben mir geschrieben. Einen Zettel. Sie werden kommen. Ich muss 50.000 Pfund in Dollar für sie bereit haben. Wenn ich sie ihnen nicht gebe, dann bringen sie mich um. ‚Wenn es an das Tor des Dar el burusch es saba'a sieben Mal klopft, dann sind wir da.' So stand es auf dem Papier."

Jetzt begriff GG, warum Marûn es ihnen so schwer gemacht hatte, in die Burg zu kommen. Hatte der Chef nicht zufällig sieben Mal geklopft und den Syrer damit ahnungslos selbst zu höchster Vorsicht gemahnt? Aber weiter, weiter!

„Den Zettel müsste man gelegentlich einmal sehen", sagte GG.

„Ich habe ihn nicht mehr. Ich habe ihn zerrissen und die Fetzen verbrannt."

„In welcher Sprache war er geschrieben?"

„Arabisch."

„Wo haben Sie ihn gefunden?"

„In meinem Garten. In dem weißen Rosenbusch stak er, zwischen zwei Knospen."

„Haben Sie eine Vermutung, wie er dahin gekommen sein kann?"

„Nein. Ich habe sofort alle meine Bedienten entlassen. Ich lebe seitdem nur mit einem einzigen Menschen in der Burg. Einer alten Frau. Sie kocht für mich. Ein Eseltreiber kommt alle drei Tage und bringt herauf, was wir brauchen. Den Schlüssel zum Tor gebe ich nicht mehr aus der Hand."

„Es gibt in Libanon keine Räuberbanden mehr. Drüben im Iran ist es anders. Aber wie ist es, Effendi – haben Sie Feinde?"

„Es sind meine Verwandten", antwortete Marûn. „Es ist der Sohn meiner Schwester. Er ist mein Erbe. Aber er kann nicht abwarten, dass ich sterbe. Ich lebe ihm zu lange. Ich soll ihm das

Geld schon jetzt geben – und wenn ich's nicht tue, dann sorgt er dafür, dass ich umkomme. Damit fällt ihm ja alles zu."

GG stutzte. War das denn stichhaltig? Marûn konnte doch in seinem Testament den Neffen ausdrücklich enterben – hatte da der junge Mann nicht allen Grund, sich mit dem Erbonkel gut zu stellen? Aber nur jetzt keine Einwände machen, keine Zweifel zeigen – und so fragte er: „Sie meinen, Ihr Neffe habe den Zettel geschrieben?"

„Dafür ist er zu schlau. Er hat irgendwelche Hundesöhne dafür angeworben. Die besorgen das für ihn."

„Wo lebt Ihr Neffe?"

„In Saida. Das heißt, ich weiß nicht, ob er dort noch ist. Immer unterwegs ist er, immer unterwegs, ruhelos, wie ein Schakal." Er atmete rascher. „Ich habe das Geld hier", flüsterte er. „Ich habe es von der Bank geholt. Aber wenn ich es ihnen gebe – bin ich dann sicher, dass sie nicht wiederkommen? Dass sie mir nicht alles abnehmen, bis ich bettelarm bin?"

GG musste sich eines Schauders erwehren. War dieser Mann noch ganz bei Verstand? War er wirklich in Gefahr, oder bildete er sich das nur ein? „Effendi", sagte GG, „es wird das beste sein, ich hole jetzt meine Freunde. Ich teile ihnen mit, was ich von Ihnen erfahren habe, wir sehen uns dann in der Burg genau nach allem um, und danach schlagen wir Ihnen vor, was geschehen soll"

„Verlieren Sie nicht soviel Zeit", antwortete Marûn hastig.

„Ich kann Ihnen alles sagen, was Sie wissen müssen, und die Burg ist einfach gebaut. Sie besteht aus einem Sechseck von gleichmäßigen hohen Mauern. An jedem Eck steht ein Turm. In der Mitte des Sechsecks liegt der Donjon, der Hauptturm. In seinem ersten Obergeschoß wohne ich. Unten ist die Küche. Neben ihr schläft die alte Batijah. Sie können im Turm des armen Prinzen und im Turm der Stummen wohnen. Der Turm der bösen Dschins ist wie der Speicherturm verfallen. Hier sind wir im Turm der stolzen Kaiserin. Das Tor liegt zwischen ihm und dem Adlerturm. Nur durch dieses Tor kann man in die Burg. Das war ein

Grund für mich, die Burg zu kaufen. Schloss ich das Tor ab, so war ich sicher."

„Wie lange leben Sie schon in der Burg?"

„Fünf Jahre."

„Und wann haben Sie den Brief bekommen?"

„Vor sechs Wochen."

Wieder stutzte GG. Zeigte sich hier nicht eine zweite Unstimmigkeit? „Sechs Wochen", wiederholte er langsam, „sechs Wochen" – aber nein, er konnte dem Verdacht, der ihm gekommen war, jetzt nicht nachgehen, ja er durfte sich nicht einmal merken lassen, dass sein Misstrauen geweckt worden war. Deshalb fragte er ruhig weiter: „Und seitdem haben Sie nichts wieder gehört?"

„Nichts. Sechs Wochen sind lang. Nun müssen sie bald kommen."

„Und als Sie uns vor der Burg sahen, dachten Sie, wir wären die Räuber?"

Marûn nickte.

„Wir müssen Sie sichern. Elektrischen Strom haben Sie nicht?"

Der Syrer schüttelte den Kopf.

„Aber man könnte doch wohl von Tripoli eine Leitung herauflegen", sagte GG. „Mit einer Starkstromsicherung wäre einiges gewonnen."

„Das könnte ich machen lassen. Aber Sie sind hier nicht in Europa. Das dauert zwei Jahre, bis alles fertig ist, und niemand garantiert mir dafür, dass die Leitung dann auch funktioniert."

„Also muss das Tor ständig bewacht werden", sagte GG. „Zwei von uns werden sich immer hier im Turm der stolzen Kaiserin aufhalten und den Zugang im Auge behalten."

„Das ist gut", sagte Marûn.

„Aber ich finde es nicht ganz gut", erwiderte GG, „dass Sie im Donjon ohne allen Schutz wohnen. Sie brauchen eine ständige Wache um sich, Effendi. Vier von uns sollten bei Ihnen bleiben."

„Das geht nicht", war Marûns rasche Antwort. Er war durch

diesen Vorschlag sichtlich beunruhigt. „Für so viele Leute ist dort gar kein Platz. Ich sagte doch, Sie müssen sich verteilen – zwei gehen in den Prinzenturm, zwei in den Turm der Stummen. Dazu eine Wache hier im Turm am Tor: das ist sehr gut."

„Effendi, Sie müssen wieder schlafen können. Wenn im Donjon für vier kein Platz ist, dann doch wohl für zwei, und diese beiden Wächter in Ihrer unmittelbaren Nähe verbürgen Ihnen den Schlaf."

„Sie nehmen ihn mir. Ich bin es zu sehr gewohnt, ganz allein zu sein", brachte Marûn unwirsch vor.

„Aber das bezahlen Sie mit Ihren Nerven, Effendi. Bitte stellen Sie sich einmal genau vor: Das Tor ist bewacht. Gut. Aber müssen wir nicht auch mit der Möglichkeit rechnen, dass diese Wache überwältigt wird? Es kann durch ein menschliches Versagen geschehen, durch einen Zufall oder eine Kette von Zufällen oder dadurch, dass unsre Gegner uns überlegen sind. Dann ist der Weg zum Donjon frei – und dann ist im Augenblick der höchsten Gefahr niemand bei Ihnen, Effendi!"

Marûn konnte sich diesem Einwand nicht entziehen, versuchte jedoch hartnäckig, seinen Willen durchzusetzen. „Es genügt, wenn ein Mann in meiner Nähe ist", sagte er verbissen. GG sah klar, dass ihn die Vorstellung ängstigte, mit zwei Wächtern einer Übermacht ausgeliefert zu sein. Hier ging es jedoch um die Sache, und da gab es für GG bei aller Rücksichtnahme kein Zurück.

„Lassen Sie etwas geschehen, Effendi", sagte er mit großem Ernst. „Der eine Mann wird sie verteidigen, unbedingt. Aber wo ist dann der Mann, der die andern alarmiert? Für den Verteidiger ist es kein Fehler, den Angreifer zu überschätzen!"

Marûn antwortete nicht. Er fuhr zusammen. Von unten klang das Hämmern des Türklopfers herauf. Der Syrer sprang auf. Mit offenem Munde stand er da und zählte in Gedanken die Schläge: bäng – bäng – bängbäng –

GG lief an die Luke und schob sie auf. „Es sind meine Freunde", sagte er. „Sie sind sicher in Unruhe, weil ich so lange wegbleibe." Er rief hinunter: „Alles in Ordnung, Chef! Ich komme gleich und mache auf."

„Ja", sagte Marûn, „tun Sie das. Hier ist der Schlüssel. Und hier –" Damit gab er GG auch die Pistole. Seine Hand zitterte. Der Schrecken, es hätte auch siebenmal klopfen können, hatte ihn schwer mitgenommen. Rasch sagte er noch: „Sie haben recht. Zwei Mann kommen zu mir in den Donjon. Das ist gut." Jedoch packte ihn gleich wieder die Besorgnis, unvorsichtig gewesen zu sein. „Aber keiner von Ihnen darf die Burg verlassen, ohne dass ich es weiß. Ich muss immer wissen, wo Sie sind!" Jetzt überkam ihn wohl wieder die Besorgnis, zu weit gegangen zu sein, denn um die barsche Forderung abzuschwächen, setzte er flüsternd hinzu: „Ich brauche Sie eben … ich brauche Sie!"

## Der Mann mit den zwei Gesichtern

„Angelegt wie der Tower in London", sagte der Chef.

„Nur nicht so groß", korrigierte der Graf.

Sie waren innerhalb Mauer mit den sechs Türmen stehengeblieben und betrachteten den mächtigen Hauptturm, der in der Mitte des Raumes stand. Er war viereckig wie die andern Türme auch, und von seinen Ecken liefen Verbindungsmauern zu den beiden Türmen, zwischen denen das Tor lag, und zu den zwei anderen, die ihnen entsprachen. Dadurch waren vier geschlossene Höfe entstanden, in denen eingedrungene Feinde abgefangen oder doch aufgehalten werden konnten. Die vielen Mauern von schwärzlich-grauem Stein wirkten ernst, ja düster. Nirgends die runde Linie eines Bogens, überall nur waagerechte und senkrechte Kanten, unerbittlich, streng, schmucklos, ein klarer Zweckbau, und der Zweck des Baues: unbedingte Sicherheit für seine Bewohner – unantastbare Herrschaft über das Land, in dem die fremden Eroberer ihn errichtet hatten.

„In gewissem Sinn", sagte der Graf, „bin ich hier sozusagen zu

Hause. Denn von acht Montforts steht es fest, dass sie sich als Kreuzritter betätigten, und vielleicht hat einer von ihnen diese erstaunliche Burg miterbaut. Womit sie übrigens, ich meine mit ihren Kriegsfahrten, die Familie in große Schwierigkeiten brachten. Denn so ein Kreuzzug ins Morgenland kam den einzelnen Ritter recht teuer; sämtliche acht Montforts mussten Schulden über Schulden machen, ehe sie losziehen konnten, und ihre Hoffnungen, sich durch erhebliche Beute wieder zu rangieren, hatten die größte Ähnlichkeit mit Seifenblasen. Aber ich überschätze natürlich ihr Interesse an der privaten Finanzierung eines historischen Ereignisses."

Er hatte noch hinzusetzen wollen, dass seine Vorfahren es großzügig ihren Erben überließen, mit dem Unheil in der Geldwirtschaft, das sie angerichtet hatten, fertig zu werden. Aber wie man in dem Hause des Gehängten nicht vom Strick reden soll, so war es hier in Gegenwart des Burgbesitzers nicht geschickt, von Erben zu sprechen, da ja doch sein Neffe darauf lauerte, ihn so bald wie möglich zu beerben.

Langsam ging der Syrer mit seinen Gästen weiter. Da es heller Tag war, genügte es, dass Tschandru-Singh die Wache in der Turmstube am Tor allein hatte. Plumpudding und Neunauge waren bei der alten Batijah in der Küche, und Marûn führte die drei Herren durch sein Eigentum. Nachdem sie den Durchgang in der ersten Mauer, die vom Donjon zum Turm der stolzen Kaiserin lief, passiert hatten, durchschritten sie das schmale Pförtchen in der Mauer zwischen dem Donjon und dem Turm des armen Prinzen, und das prächtige Gebilde der Natur lag vor ihnen, welches das gewaltige Werk der Menschenhände noch überragte. Die große Zeder erhob sich zwischen Donjon und dem Turm der bösen Dschins, und sie war mehr als nur ein Baum. Sie war eine ganze Welt.

„Vierzig Meter hoch", sagte der Chef.

„Auch den Durchmesser des breitesten Teils der Krone würde ich mit vierzig Metern ansetzen", meinte der Graf nach sorgfältiger Schätzung.

„Ein Baum wie eine Pagode", waren GGs Worte.

Aus dem mächtigen Stamm stiegen in etwa drei Meter Höhe vier Stämme auf. Zehn Meter höher gingen sie auseinander und streckten die gewaltigen Arme rechtwinklig vom Stamm aus. Bis zu seiner höchsten Höhe baute sich der Baum in Stockwerken auf. Von ihnen ragte das zweite am weitesten vom Stamm ab und begrenzte damit den Raum, den die Zeder einnahm. Wie ein zarter Schleier hingen die überaus feinen, immergrünen Nadeln über den kräftigen Zweigen.

„Erhaben", sagte GG.

„Und doch auch wieder heiter", meinte der Graf. Ein leichter Windhauch wehte über den Baum, so dass die Nadelbüschel der äußersten Zweige anmutig tanzten. Die Äste blieben unbewegt.

„Erst war die Zeder, dann war die Burg", sagte Marûn, dem es sichtlich wohltat, dass die Fremden seinen Besitz so zu schätzen wussten.

„Wie alt, GG?", fragte der Chef.

„Vermutlich hat der Baum schon hundert Generationen beschattet."

„Als das Heer Napoleons sich nach Syrien schleppte, war er also schon uralt", sagte der Graf.

„Das war er bereits, als die Kreuzritter um ihn ihre Burg bauten. Hier wird ein Wald von Zedern gestanden haben, und sie haben nur den mächtigsten Baum stehen lassen."

Aufmerksam hatte Marûn dem Gespräch zugehört. „Unsere Priester sagen, Gott habe, als er die Welt erschuf, die Zedern auf die Berge des Libanon gepflanzt, damit die Sintflut sie nicht verderbe."

Unauffällig warf GG einen Blick auf ihn. War das derselbe Mann, der in der Turmstube gequält, geängstigt, ja verzweifelt vor ihm gesessen hatte? Nichts schien ihn mehr zu bedrücken, und da die Anspannung aus seinen Zügen gewichen war, wirkte sein Gesicht freundlich, ja gewinnend.

„Jetzt müssen Sie noch meinen Garten sehen", sagte er.

Unter dem schattenden Dach der Zeder führte er sie durch die kleine offene Pforte in der Mauer, die den Donjon mit dem Turm der bösen Dschins verband, und indem Marûn seinen Gästen nun genau zeigte, was er hier hatte anlegen lassen, war ihnen zumute, als wären sie nicht hier, um einen abgehetzten Mann aus einer ebenso geheimnisvollen wie gefährlichen Umklammerung zu lösen, sondern als hätte sie ein älterer, sorglos gewordener Mann eingeladen, den Garten zu besichtigen, der die Freude seines Lebensabends war.

Was sie sahen, war innerhalb der grauen Steinmauern nicht nur mit großer Liebe geschaffen worden, sondern auch mit genauer Überlegung. Denn was hier gepflanzt worden war, gab ein genaues Bild von dem, was in diesem Lande wuchs, das nur klein ist, jedoch in einem Durchmesser von etwa fünfundzwanzig Kilometern die Vegetation von fünf Zonen der Erde bis in den Polarkreis umfasst.

Marûn wies sie auf die Palmen hin, die vom Meeresstrand heraufgebracht worden waren. „Dort wachsen sie", sagte er, „die Füße im Wasser, den Kopf im Feuer!" Jetzt, im Mai, schimmerten aus dem Grün der starren Blätter ihre elfenbeinweißen Blütenwedel. In diesen tropischen Bereich gehörte auch die undurchdringliche Wand des stachligen Feigenkaktus. „Von seinen Früchten leben die armen Leute bei uns von Juli bis September", sagte er. „Als Kind habe ich nichts anderes zwischen die Zähne bekommen."

Aus der Mauer wuchs ein Feigenbaum, der mit seinen Ästen wie mit Schlangenarmen um sich griff. Ölbaum und Maulbeerbaum fehlten nicht, und in diese Zone der Kulturpflanzen der Mittelmeerländer gehörte ein Feld der Wohlgerüche: Hier wuchsen die Kräuter, deren Duft die Europäer erreicht hatte, als sie noch draußen vor dem verschlossenen Tor hatten warten müssen.

Ein Korallenbaum mit lichtgrünen Blättern und roter Rinde zog ihre Aufmerksamkeit auf sich. „Aus tausend Meter Höhe", erklärte Marûn. Er griff in den Baum und löste behutsam einen Zweig, der sich mit einem anderen verschlungen hatte. Dabei rutschte ihm sein Rockärmel nach unten, und die Männer sahen zum ersten Mal, dass seine Hand tätowiert war. Die tiefblaue, unvergängliche Zeichnung auf der Haut begann an der Handwurzel. Sie zeigte ein großes Kreuz, dessen Längsbalken über den Mittelhandknochen lief, und daneben eine schwebende Taube. Von dem Kreuz aus lief ein Gitterwerk von kleinen Sternen über die ganze Hand hin und zerrann auf der Außenseite der Finger in bläulichen Tupfen.

Um den Korallenbaum wuchsen Rosen und Schwertlilien, Tulpen und Hyazinthen in üppiger Fülle. Aber es fehlten in dem Garten auch nicht die bescheidenen, zähen Pflanzen der höchsten Zone, Steinbrech und gelber Mohn, rotbraunes Bilsenkraut, lichtgrüne Stacheligel und niedrige Alpenrosen. „Da und dort", sagte der Syrer, „wagen sie sich noch bis an die Schneegrenze. „

‚Wie ein stiller, ruhiger Gärtner ist er jetzt', dachte GG. „Ich kann nicht begreifen", sagte der Graf, „dass Sie das alles durchbringen. Dazu braucht es doch Wasser!"

„Ich habe Wasser genug", antwortete Marûn. Es klang stolz.

„Im Donjon ist ein Brunnen, den eine Quelle speist. Jetzt sind wir im Mai. Vorgestern fiel der letzte Regen. Frühestens im September regnet es wieder. Es kann auch Oktober werden, bis der Regen kommt. Aber die Pflanzen meines Gartens bekommen das Wasser, das sie haben müssen. Wasser ist der Vater des Lebens."

Sie hörten einen leichten Schritt. Ein etwa zehnjähriges Mädchen kam auf sie zu. Es näherte sich ihnen aus der Richtung des Donjon. „Willst du jetzt nach Haus?", fragte Marûn das Kind. Es nickte.

„Das ist Amal", sagte Marûn, „die Nichte meines Freundes Yuhanna es Ghamin. Ihr Vater ist tot. Mein Freund hat ihre Mutter und sie und ihren Bruder zu sich genommen. Yuhanna es Ghamin ist ein Mann nach dem Herzen Gottes. Die Witwe hätte nicht gewusst, wovon sie mit ihren Kindern hätte leben sollen. Furchtbar ist der Fluch der Armut. Aber er nahm sie alle in sein Haus. Amal besucht hier ihre Großmutter, die gute Batijah, und auch meine Augen sehen sie gern. Gib den Effendis eine Hand", setzte er auf arabisch hinzu, nachdem er bis dahin englisch gesprochen hatte, so dass die Kleine ihn nicht hatte verstehen können.

Sie ging von einem zum andern und tat, wie ihr geheißen worden war. Dabei sahen die Herren, dass auch ihre Hand mit vielen Sternen tätowiert war. Der Graf strich ihr freundlich über das Haar. Aber kein Lächeln kam in ihr Gesicht. Es schien wie von Trauer überschattet.

Marûn bückte sich, pflückte ein paar syrische Alpenveilchen und zeigte sie dem Mädchen. Die weißen Blätter der reizenden Blume waren an der Unterseite karminrot. Die Blüten glichen schneeigen Silberköpfchen, und über ihnen lag ein rosenroter Hauch.

„Bachur Miriam", sagte er, „Rauchfass der Jungfrau Maria." Er bog eine Blüte nach oben. Sie glich einem Weihrauchfass der Kirche. „Nimm sie mit, gib sie der Mutter." Er nahm das Kind bei der Hand, bemerkte zu den Dreien: „Ich schließe ihr das Tor auf und bin gleich wieder bei Ihnen." Dann wandte er sich mit dem Mädchen dem Tor zu.

Die Männer sahen den beiden nach. Marûn hatte zu dem Kinde wieder arabisch gesprochen, und so hatte nur GG seine Worte verstehen können. Aber aus dem Ton seiner Stimme und der behutsamen Art, wie er mit der ernsten Kleinen umging, hatten sie alle den Eindruck von Güte, ja Zartheit.

„Nie und nimmer würde ich glauben", sagte der Graf leise, obwohl Marûn schon außer Hörweite war, „was wir mit diesem Mann am Tor erlebt haben."

„Dafür haben Sie ihn noch nicht einmal so kennen gelernt wie ich oben im Turm!", sagte GG.

„Verstehe überhaupt nichts mehr!" knurrte der Chef. „Sind wir hier zur Erholung? Dem Mann fehlt doch gar nichts."

Sie hörten erst das auf die Nerven gehende Geräusch, welches das Drehen des Schlüssels hervorrief, und dann, wie die eisernen Riegel des Tores aufkrachten. Wenig später wurden sie mit demselben heftigen Laut wieder zugestoßen, und der Schlüssel vollführte seine misstönende Musik. Sie sahen den Syrer wieder auf sich zukommen.

„Sache ist mir durchaus verdächtig", sagte der Chef weiter.

„Will wissen, woran ich bin. Springe dem Mann jetzt ins Gesicht."

## Sie kommen nicht weiter

Sie hatten sich auf eine Steinbank gesetzt, die in einem Halbrund, von Ölbäumen mit ihren silbergrauen Blättern beschattet, im Garten stand. Vor sich sahen sie einen offenen Sarkophag aus gelblichem Marmor, den weiße Rosen überwucherten. An der ihnen zugekehrten Wand erkannten sie sehr alte Reliefs: hochbordige Schiffe, deren Bug in einen sich aufbäumenden, schlangenähnlichen Kopf eines Meeresungeheuers auslief, und vierbeinige geflügelte Wesen, die Menschenantlitz trugen.

Der Syrer war herangekommen und setzte sich zu ihnen.

„Phönizisch?", fragte der Graf und wies dabei auf das kostbare Kunstwerk.

Marûn nickte. „Nicht sehr alt", sagte er, „vielleicht aus dem zweiten Jahrhundert nach Christus. Aber schöne Arbeit, sehr schöne Arbeit!" Er stand wieder auf und fuhr mit der Hand über die erhabenen Konturen der Steinbilder in einer so feinfühligen Art, als genieße er ihre Linienführung nicht nur mit den Augen, sondern auch mit den tastenden Fingern. Er verweilte bei dem Flügelwesen. „Auf ihm ritt Gott, der Herr, da er zornig war", sagte er, „und die Erde bebte, und die Grundfesten der Erde bewegten sich."

„Hören Sie, Mister Marûn", sagte der Chef, „müssen miteinander reden. Müssen hier klarkommen. Haben hin und her überlegt. Wird aber nicht klar, die Sache. Haben ganz bestimmte, Fragen, Mister Marûn."

Der Chef war gut in Fahrt. Endlich brauchte er einmal nicht GG als Dolmetscher, da der Syrer das Englische beherrschte. Endlich waren für ihn keine Umwege erforderlich. Endlich konnte er das Nötige unmittelbar an den Mann bringen. ‚Wenn doch alle auf der Erde Englisch lernten!' dachte er. ‚Dasein der Menschen wäre halb so schwierig.'

Mit Erstaunen und nicht ohne Teilnahme sahen der Graf und GG, welche Veränderung plötzlich mit dem Syrer vor sich ging. Er war wie aus einer anderen, schöneren Welt in eine unerbittliche Wirklichkeit gerissen. Er stand vor dem Sarkophag ohne sich zu rühren, und während er in dieser letzten Stunde den Eindruck eines ausgewogenen und befriedigt lebenden Mannes gemacht hatte, war sein Gesicht nun wieder beinahe entstellt. ‚Von Misstrauen überschwemmt', dachte der Graf, und GG: ‚Jetzt hat er unbestreitbar etwas Lauerndes.'

Mit zusammengekniffenen Augen fixierte Marûn den Chef und sagte scharf: „Was wollen Sie von mir wissen?"

„Haben gehört, Ihr Neffe steht hinter der Geschichte. Will Sie bei Lebzeiten beerben. Nicht anständig. Aber Menschen sind so."

„Sie können so sein", warf der Graf ein. Er meinte, das Getriebe ginge zu sehr hart auf hart. Etwas Öl wäre gut. Aber der Chef wurde nicht weicher. Klipp und klar fuhr er fort.

„Eines Tages erbt der junge Mann sowieso, was Sie besitzen. Warum verhandeln Sie nicht einfach mit ihm? Ist mit einer kleinen Rente vielleicht zufrieden. Haben dann Ruhe. Sache ist geklärt."

„Ich weiß ja gar nicht, wo er ist", antwortete Marûn hastig. „Der ist heute hier, morgen da, nirgends sicher anzutreffen. Er weiß, warum."

Die Antwort machte auf den Chef keinen Eindruck. „Ihre Schwester lebt noch?"

„Ja."

„In Saida, nehm' ich an."

Marûn nickte.

„Warum fahren Sie dann nicht zu ihr? Warum verhandeln Sie nicht mit Ihrer Schwester?"

„Sie hat gar keinen Einfluss auf ihren Sohn. Er tut von klein auf, was er will. Der Vater zu früh gestorben. Das ist es."

Der Chef ließ nicht locker. „Sie muss ihm nicht nur schreiben, er solle sich bei ihr mit Ihnen treffen. Muss gleich dazusetzen, es springe dabei Geld für ihn heraus. Wette zehn gegen eins: der Lümmel kommt sofort."

Marûn fühlte sich wohl in die Enge getrieben. Er ging erregt auf und ab. „Nein, nein, nein", sagte er. „Das ist unmöglich." Aber warum er es für unmöglich hielt, sagte er nicht.

„Mister Marûn", begann der Chef wieder, „verstehe durchaus, dass solch eine Sache unter Verwandten peinlich ist –"

„Sehr peinlich, sehr peinlich", pflichtete der Graf eifrig bei. „‚Je näher verwandt, desto feinder einand.' Ich könnte das durch viele Beispiele erhärten, Effendi!"

„Wenn Sie nicht wollen, Mister Marûn – gar nicht nötig, dass Sie selbst nach Saida fahren. Haben uns herbestellt. Sind nun da. Schlage Ihnen vor: Nehmen Ihnen das ab. Fahren nach Saida, verhandeln für Sie!"

„Nein, nein! Nie und nimmer!" Marûn war wirklich sehr erregt.

„Verstehen mich, glaube ich, falsch", begütigte ihn der Chef.

„Verfügen nicht etwa über Ihr Geld. Verhandeln nur, horchen heraus, mit wie wenig der Gauner abgefunden werden kann. Kommen dann wieder, und Sie entscheiden, ob ja oder nein."

„Und mich wollen Sie so lange allein lassen?", rief Marûn aus. Sein Schrecken war echt, das empfand GG wie der Graf.

„Brauchen nicht allein zu bleiben. Genügt auch, wenn einer von uns hinfährt. Schlage vor: Dr. Geist. Sprachgewandt. Besonnen. Klarer Kopf. Oder der Graf. Geschickter Unterhändler. Ist in Tanger mit geriebenen Kerlen fertig geworden. War noch geriebener als ein Armenier."

„Verbindlichen Dank, Chef, wenn es auch ein zweifelhaftes

Kompliment ist. Aber wirklich, Effendi – Dr. Geist oder ich nehmen Ihnen das gern ab."

„Jeder von uns möchte, dass Sie Ihre Sorgen loswerden, Effendi!", sagte GG herzlich.

In seiner Hilflosigkeit und seiner unverkennbaren Angst wirkte Marûn wie ein gestelltes, wehrloses Tier. Sein Blick irrte von einem zum andern. Er wandte sich schließlich an GG.

„Sie haben doch selbst gesagt", stammelte er, „Sie haben selbst gesagt, für das große Gelände seien sechs noch wenig –!"

Ehe GG darauf erwidern konnte, antwortete der Chef.

„Mister Marûn", sagte er überlegen, „glauben Sie denn wirklich an diese Mörderbande? ‚Wenn es sieben Mal an das Tor klopft' – Mister Marûn, das ist Kino! Nichts als Kino! Hat der Taugenichts im Film gesehen. Will Ihnen damit nur Angst machen, weiter nichts. Alter Trick. Kommt heimlich her, wartet einen Ihrer Leute ab, gibt ihm ein paar Piaster, dafür soll er den Zettel irgendwo in der Burg deponieren – fertig. Lassen uns doch nicht auf den Arm nehmen!"

„Kennen Sie den Menschen wie ich?!", rief Marûn aus. „Sie kennen ihn überhaupt nicht!"

Jetzt griff der Graf ein. „Effendi, Sie haben recht. Sie kennen Ihren Neffen, Sie kennen sich auch im Lande aus. Wenn Sie der Überzeugung sind, hier könne ein gewissenloser Mann Banditen engagieren, die sogar vor einem Mord nicht zurückschrecken, dann haben wir das zu respektieren. Damit ist übrigens keineswegs behauptet, Ihr Land sei rückständig. In New York oder in Chicago ist so etwas, wenn ich den Zeitungsnachrichten glauben darf, durchaus üblich. Aber wenn es hier wie überall Verbrecher gibt, dann gibt es hier doch auch die Polizei. Warum, Effendi, setzen Sie sich nicht mit ihr in Verbindung? Sie hat die Aufgabe, den Bedrohten zu schützen!"

„Die Polizei", sagte Marûn so aufgeregt, dass er stotterte, „die Polizei wollen Sie auf mich hetzen?!"

„Auf Sie doch nicht, Effendi!", antwortete der Graf beruhigend.

„Um Ihren Neffen soll sie sich kümmern. Oder noch besser – um die Helfershelfer Ihres Neffen!"

Marûn hatte sich wieder in der Gewalt. „Wollen Sie den Sohn Ihrer Schwester als Erpresser und Erbschleicher vor Gericht bringen? Können Sie das? Ich kann es nicht, und Sie dürfen von mir nicht etwas verlangen, das mir unmöglich ist."

Darauf wusste der Graf nichts zu sagen – aber der Chef setzte noch einmal an. „Warum bleiben Sie hier? Warum nicht in die Schweiz gehen? Ein schönes Land, ein sicheres Land. Haben doch Geld! Und die Schweizer haben gern Gäste!"

„Wenn man fünfzig ist", antwortete Marûn langsam, „muss man wissen, wo man sterben will. Und ich will da in Ruhe sterben, wo ich geboren bin."

Damit wandte er sich ab und ging davon, dem Hauptturm zu. Aber er ging mit immer schnelleren Schritten. Es sah aus, als ob er in den Donjon flüchtete. Sie blickten ihm nach, bis er ihren Augen entschwunden war.

„Hätte mich gar nicht um seine Finten kümmern sollen", sagte der Chef. Er war mit sich sehr unzufrieden. „Hätte ihm Namen und Adresse seiner Schwester aus den Zähnen holen müssen. Hätten damit etwas in der Hand gehabt. Hätten dann handeln können, ob er einverstanden war oder nicht."

„Ich glaube nicht, Chef", sagte der Graf überlegend, „dass er Ihnen die Adresse gegeben hätte. Der Mann macht auf mich den Eindruck, als gebe er nie und nimmer preis, was er für sich behalten will. Ich möchte sogar wagen, noch offener auszusprechen, was ich dachte, als Sie ihn in die Zange nahmen, Chef."

Seine beiden Gefährten blickten ihn gespannt an. Aber er kam mit seiner Meinung nicht gleich heraus, und was er dann äußerte, war unbestimmt: „Der Mann hat unzweifelhaft etwas Schnurriges. Aber ich meine, wir dürfen ihn nicht unterschätzen."

„Genügt mir nicht", antwortete der Chef schroff. „Müssen schon deutlicher werden."

„Es ist immer misslich", erwiderte der Graf, „auf ein unbestimmtes Gefühl hin einen Verdacht zu äußern. Man kann damit zu leicht Unrecht tun."

„Wollen vielleicht sagen: der Kerl lügt?", fragte der Chef schroff.

„Oh nein, keineswegs. Aber ich könnte mir denken, dass er uns etwas verbirgt."

„Hält uns zum Narren, was?"

Auf diese grollenden Worte des Chefs ging der Graf nicht ein, sondern fragte: „Was ist mit dem Mann, GG?"

„Was ist mit Leuten wie er überhaupt?", lautete dessen Gegenfrage, und dann sprach GG langsam weiter. „Das Land hier gibt dem einzelnen nicht viele Möglichkeiten. Die Armut ist groß. Die jungen Männer, in denen etwas steckt, wandern daher aus. Sie gehen in die USA oder nach Australien. Sie leben dort als kleine Händler oder schlagen sich sonst wie durch. Sie sind sparsam. Sie sind anspruchslos. Sie gönnen sich nichts und legen Cent auf Cent. Wenn sie an die Fünfzig sind, haben sie genug. Sie reisen in die Heimat zurück. Mit ihren Ersparnissen gelten sie hier als reich. Sie haben trotzdem oft nur ein sehr bescheidenes Haus – aber ein pompöses Auto. Das ist ihr höchster Traum: in ihrem Wagen als ein Effendi angesehen zu werden, als ein ‚feiner Mann', als ein ‚Herr'. So etwa müssen wir auch Marûn sehen."

„Ohne Auto", wandte der Graf ein. „Aber mit einer ganzen Burg."

„Wird billig gewesen sein", sagte der Chef. „Wer setzt sich schon in einen so vorsintflutlichen Kasten? Können Sie bei uns in England geschenkt bekommen. Normannentrümmer stehen da genauso herum."

GG überlegte weiter.

„Wir wissen so gut wie nichts von ihm. Wo ist er im Ausland gewesen? Was hat er dort getrieben? Wie hat er sein Geld erworben? Alles dunkel. Wir wissen nur, dass er sich bedroht fühlt und um sein Leben in heller Angst ist. Daran zweifelt doch wohl niemand, wie?"

„Haben selbst festgestellt, der angebliche Zettel ist nicht vorhanden. "

„Aber es steht fest, dass er von einem Tage an alle seine Bedienten entlassen hat. Da muss also irgend etwas geschehen sein – und warum soll er eine solche Drohung nicht bekommen haben?"

„Er braucht unsern Schutz", sagte der Graf, „aber zugleich misstraut er seinen Beschützern."

„Und nichts erregt sein Misstrauen mehr, als wenn wir aus ihm herauszuholen suchen, was uns ein klares Bild von ihm gibt!"

„Habe es probiert", sagte der Chef voller Ärger. „Bin gescheitert. Ging einfach davon. Ließ uns sitzen."

„Wir dürfen uns mit unsern Fragen eben nicht an ihn wenden", brachte der Graf vor. „Wenn wir ihn nicht aufstören, ist das doch ein liebenswerter Mann. Wer solch einen Garten hat und hegt, und wie er mit dem Kinde umging –"

„Sagt gar nichts", wandte der Chef ein. „Die übelsten Figuren sind nett mit Kindern und Hunden."

„An einem möchte ich doch festhalten", sagte GG entschieden. „Marûn hat zwei Gesichter. Eins ist hell und gut wie der Tag und das andere dunkel und unbestimmt wie die Nacht."

Lebhaft stimmte der Graf zu. „Das ist sehr richtig, GG.

Aber wie sollen wir das nur machen, dass er uns sein gutes Gesicht zeigt und wir ihn nicht, wie eben, selbst in sein Gegenteil verwandeln?"

„Sie sagten es schon", antwortete GG. „Wir dürfen ihn nicht wieder aufstören. Das waren Ihre Worte. Wir müssen schonend mit ihm umgehen. Wir müssen ihn ganz in Ruhe lassen –"

„Und wie dann erfahren, was wir wissen müssen?", fragte der Chef scharf.

„Durch andere, die etwas wissen können."

„Wer, bitte sehr?", knurrte der Chef ungehalten.

„Er sprach von einem Freunde, dem Vater der Kleinen", antwortete GG.

„Ist bis jetzt hier nicht aufgetreten."

„Er ist aber der einzige, dem Marûn gern das Tor öffnet."

„Hilft uns nicht, wenn er nicht kommt."

„Aber die Kleine kommt."

„Ein Kind, zehn Jahre!", sagte der Chef ablehnend.

„Und im Turm bei ihm die alte Frau", sagte GG.

„Können nur Sie machen. Natürlich. Wer kann schon Arabisch?"

Das war nicht ohne Groll ausgesprochen, und vielleicht hätte GG deshalb etwas Freundliches gesagt. Aber er kam nicht dazu. Plötzlich stand scharf und deutlich vor ihm, was er im Gespräch mit Marûn nur unbewusst aufgenommen und wieder von sich abgeschüttelt hatte. Vor fünf Jahren hatte Marûn die Burg gekauft, weil ihm dieser Besitz durch das einzige Tor völlig gesichert schien – vor sechs Wochen aber erst jenen Zettel erhalten! Also hatte er schon vor fünf Jahren sich abschirmen wollen, also hatte er schon damals Grund gehabt, sich vor irgendwelchen Eindringlingen zu ängstigen, hatte sich hinter den Mauern der Burg gewissermaßen verstecken müssen ...

Es drängte GG, diese überraschende Einsicht zu äußern, denn sagte sie nicht viel? Aber er schwieg. Er hatte diesen Mann gern, auch wenn jener durch seine Undurchsichtigkeit schwierig war. Es widerstrebte GG, den Chef in seinem Verdacht gegen Marûn zu bestärken.

Aber der gab sich noch nicht zufrieden. „Unmöglicher Zustand", knurrte er, „dass der Mann den Torschlüssel für sich behält. Sind doch keine Kinder! Verlange, dass der Schlüssel der Torwache übergeben wird."

GG sah den Grafen an, und jener verstand. „Chef", sagte er, „Konsequenz ist eine schöne Sache. Haben wir nicht eben beschlossen, den Effendi in Ruhe zu lassen? Wenn wir ihm jetzt ein Ultimatum wegen des Schlüssels stellen, dann ist das wie Hagelschlag auf keimende Saat!"

Der Chef ärgerte sich, weil er dem Grafen darin recht geben musste.

„Werde jedenfalls Plumpudding veranlassen, dass er das Schloss ölt", sagte er. „Kann das niederträchtige Quietschen des Schlüssels nicht mehr hören."

„Dagegen wird niemand etwas einwenden, Chef!", antwortete der Graf, „und auch der Effendi wird Ihnen für diese Verbesserung dankbar sein."

## Der Schlüssel zum Tor

Nun also drehte sich der Schlüssel lautlos im Schloss, denn Plumpudding hatte den Wunsch des Chefs sofort erfüllt – aber damit konnte sich Stephan Slanton doch nicht zufriedengeben.

Die Bewachung der Burg durch die sechs Männer des Teams hatte sich eingespielt. Nachts war die Zeit der größten Gefahr. Dann wachten zwei in der Turmstube am Tor und zwei im Hauptturm, wo Marûn wohnte. Zwei ruhten sich im Prinzenturm aus und lösten in der darauffolgenden Nacht ein Paar der Wachenden ab. Tagsüber war diese Vorsorge nicht nötig. Da blieb nur ein Mann am Tor, und Plumpudding und Neunauge konnten zusammen in der großen Küche des Hauptturms, in der auch die alte Batijah kochte, für die Mahlzeiten sorgen. So waren Tag und Nacht gut eingeteilt und liefen immer in der gleichen Weise ab.

„Plumpudding", sagte der Chef, als er mit ihm allein im Prinzenturm war, „haben übermorgen Wache bei dem Schnauzbart."

Plumpudding antwortete darauf nicht, aber mit seinem Schweigen stimmte er dem Chef zu. Er hatte gerade GG aufsuchen wollen, verschob es aber, denn er merkte dem Chef an, dass der etwas mit ihm zu besprechen hatte.

„Irgendwo Wachs gesehen?"

Ja – im Keller unter der Küche, wo die Vorräte aufbewahrt wurden, hatte die alte Batijah auch dieses Bienenprodukt, mit dem sie Flaschen verschloss.

„Brauchen es." Der Chef tat einige Züge aus seiner Pfeife, und zwar rascher hintereinander als sonst. Plumpudding wusste Bescheid: Der Chef war also in Gedanken mit einer Sache beschäftigt, bei der ihm nicht ganz wohl war. „Brauchen zweiten

Schlüssel", und wie um die Einwände unsichtbarer Gesprächspartner zu entkräften, fuhr er böse fort: „Unerträglich, wie ein Schuljunge behandelt zu werden. Albern. Mache Schluss damit. Wachsabdruck! Lasse danach in Tripoli einen anfertigen."

„Aber gibt der Effendi den Schlüssel dazu her?", fragte Plumpudding vorsichtig.

„Kann mir gleich sein. Hole ihn mir. Hat ihn hinten in der Hosentasche."

Jetzt war dem wackeren Plumpudding nicht ganz wohl. Der Chef als Taschendieb – nein, das war unmöglich … „Das merkt er doch", sagte er unlustig.

„Merkt er nicht, wenn er schläft", antwortete der Chef. „Hat die Hose ausgezogen. Liegt irgend wo in seinem Schlafzimmer. Finde ich schon. Sagte ja: morgen Nacht, wenn wir Wache haben."

Plumpudding gab es auf, dem Chef zu widersprechen. Wollte er ihn von diesem fatalen Vorhaben abbringen, dann musste er es anders anfangen. „Chef", sagte er, „wie sich der Mann benimmt, lässt er den Schlüssel nicht in der Hosentasche. Den legt er sich nachts unters Kopfkissen! Aber das macht gar nichts, Chef. Wir lassen uns vom Grafen ein Mittel geben, nach dem er fest schläft. Das bringe ich schon in dem Essen unter, das die Alte ihm hinaufträgt. Ich hantiere doch mit ihr in der Küche."

Unangenehmer Vorschlag! Der Chef rauchte heftig. Den Grafen in Kenntnis setzen! Wieder Auseinandersetzungen über konsequentes Handeln! „Nichts da", knurrte er. „Werde allein damit fertig. Will den Schlüssel haben."

‚Aha', dachte Plumpudding. ‚Die andern wissen nichts davon. Er geht auf eigene Faust vor. Das ist ihm noch nie gut bekommen …' Aber laut sagte er voller Zustimmung: „Chef, den Schlüssel werden wir uns verschaffen. Selbstverständlich. Aber ich hole ihn morgen Nacht. Das ist doch nichts für Sie, Chef!"

„Bringe ich nicht fertig, wie?"

„Kann es nicht schiefgehen?", fragte Plumpudding diplomatisch. „Kann der Schnauzbart nicht aufwachen? Und was dann?

Dann schlägt er Lärm. Dann werde ich als Dieb gefasst, der ihn hat bestehlen wollen. Dann setzt der Chef mich mit Schimpf und Schande auf die Straße. Aber auf den Chef fällt kein Vorwurf. Der Schnauzbart kann nicht sagen: ‚Der Chef wollte stehlen!'"

„Stehlen! Stehlen!", antwortete der Chef erbost. „Hätte seinen Schlüssel wiederbekommen! Noch in derselben Nacht!"

Plumpudding schwieg darauf, denn jeder Medizin muss man einige Zeit einräumen, bis sie wirkt, und darin hatte er sich nicht verrechnet, denn nach einer Weile gab der Chef wieder Laut. „Will keinen Skandal. Soll sich seinen verdammten Schlüssel um den Hals hängen. Habe darauf bestanden, dass er ihn uns ausliefert. Nicht meine Schuld, wenn wir ihn nicht haben."

Plumpudding war sehr zufrieden. Damit war das bedenkliche Unternehmen abgeblasen, und er hatte nicht erst auf sein stärkstes Argument zurückgreifen müssen: wie wollte denn der Chef in die Wohnräume des Schnauzbarts dringen? Die Wache hielt sich im Vorraum auf, und die Tür, die von da in die Wohnung führte, schloss der Syrer jeden Abend ab, ehe er schlafen ging. Plumpudding hatte es mehr als einmal erlebt: wenn der Chef sich verrannt hatte, dann wollte er mit dem Kopf durch die Wand. Wie gut, dass Plumpudding ihn nicht darauf aufmerksam machen musste, er hätte in dem drängenden Verlangen nach dem Torschlüssel die Existenz des Zimmerschlüssels ganz übersehen …

„Ich gehe jetzt in die Küche", sagte er, und unterwegs traf er GG.

„Was ich gern von Ihnen wissen möchte", sagte er: „Was heißt auf arabisch ‚Komm, Mutter, setz dich und iss'?" GG sprach ihm die Worte vor: „Ta' ali ja ummi ischlisi wa kuli." Plumpudding wiederholte die fremden Laute, bis er sicher war, sie richtig herauszubringen, bedankte sich und ging weiter, und auch GG setzte seinen Weg fort. Er hatte beobachtet, dass Batijah an jedem Nachmittag, etwa eine Stunde, ehe es Abend wurde, in den Garten ging und sich auf der Steinbank ausruhte. Auch jetzt sah er sie dort und setzte sich zu ihr. Sie mussten ja weiterkommen, und es war an ihm, zu versuchen, ob nicht von der alten Frau etwas zu erfahren war.

Sie stammte aus Bscherre, dem hoch im Libanon gelegenen maronitischen Dorf, das als Heimatort eines besonders schönen und stattlichen Menschenschlags berühmt wurde. Es ist, als sei in ihm noch lebendig, was der Prophet Amos von den Amonitern des Libanon sagt – „groß wie die Zedern und stark wie Eichen". Obwohl Batijah nun schon in den Sechzigern war, ging sie ungebeugt, und auch in ihrem alten Gesicht war noch deutlich, dass sie einmal eine schöne Frau gewesen sein musste. Freilich war ihr Haar nun grau und ihre olivenfarbene Haut voller Runzeln und Falten. Aber ihre mandelförmigen schwarzen Augen saßen in einem klaren Weiß und verrieten mit ihren prall gefüllten Augäpfeln zähe Lebenskraft.

Sie trug die Tracht ihres Landes. Über einer weiten, bauschigen dunklen Hose, die über den Knöcheln zugebunden war, reichte ihr ein schwarzer Rock bis zu den Knien. Schwarz war auch ihr Jäckchen, aber in bunten Farben reich bestickt. Ihre bloßen Füße staken in hölzernen Sandalen, die unter der Ferse und dem Ballen Stelzen hatten. Sie schritt sicher, frei und stolz. Darin unterschieden sich die christlichen Töchter des Landes von den verschleiert gehenden Musliminnen, die etwas Scheues an sich hatten, als wären sie nur geduldet.

„Du stammst aus den Bergen, wo die Zedern stehen", sagte GG. „Auch in meinem Lande gibt es prachtvolle Bäume, aber so herrlich wie die Zedern sind sie nicht."

Sie antwortete langsam, fast feierlich: „Schau eine Zeder mit Ehrfurcht an, Fremder. Heilige Bäume sind es. In Ägypten lebte Ibrahim Pascha, ein Anbeter des falschen Propheten, ein mächtiger Herr unter den Seinen. Der wollte in seinem Übermut Zedern fällen lassen für seinen Palast in Kairo. Aber kein Einheimischer fand sich, der mit Axt oder Säge an die Bäume gehen wollte, die Gott selber gepflanzt hatte. Da schickte er einen fremden Zimmermann, der lachte darüber. Er fasste seine Axt und hieb in einen Zedernstamm. Da zersplitterte ihm die Axt, und seine Hand verdorrte, aber der Baum stand wie unberührt. Dies ist wahr, Fremder. Die Mutter meiner Mutter hat es mir erzählt, als ich Kind war."

„Und du erzählst es wieder dem Kinde deiner Tochter", sagte GG. „Das ist schön."

„Das muss ich tun", erwiderte sie. „Wer weiß sonst noch, was früher war? Weißt du, Fremder, was hier geschah, als ich ein Mädchen war, jung und schön, und auch noch, als ich eine junge und schöne Frau war?"

„Ich weiß es nicht, Batijah", antwortete GG. „Erzähl' es mir damit ich es auch den Leuten in meinem Lande erzählen kann."

„So soll es sein", sagte sie. „Heute gehen wir in unsere Kirchen, wir beten, wir verehren die Mutter Gottes und die Heiligen, unsere Glocken läuten, und niemand muss sich verstecken, weil er die Mutter Gottes und die Heiligen anfleht. Aber vordem war es anders. Wenn ein Moslem an uns vorüberschritt, als ich jung war, spuckte er aus und deckte ein Auge mit dem Finger zu, und das war Spott und Verachtung. Denn es wird erzählt, der heilige Maro, der unsere Kirche gründete, habe nur ein Auge gehabt. Doch wenn es bei Spott und Verachtung geblieben wäre ...

Oh, Fremder, es gab kein maronitisches Haus, in dem nicht Waffen verborgen waren. Denn wir bangten vor den Muslimin, vor den Ungläubigen, vor den wilden Männern mit der blauen Binde um den Tarbusch, die von der Sekte der *Meta wile* waren. Wir zitterten vor ihren Messern. So heilig war ihnen ihr großer Scheich, dass sie ihm Gold brachten und er ihnen dafür Plätze im Paradies verkaufte, die Rute zu sieben Fuß gerechnet. Wer aber kein Geld hatte, der konnte sich einen Platz im Paradies durch Christenblut erkaufen, und deshalb zitterten wir immer, sie kämen über uns – und sie kamen.

Sie kamen, Herr, und metzelten nieder, was lebte. Sie erstachen meine Mutter und die Mutter meiner Mutter, meinen Vater, meine Brüder und meinen Mann. Einen Tag lang stand ich im Hundsfluß versteckt, bis an die Brust im Wasser, in einem Arm mein Kind Yehudit, sie war noch kein Jahr alt, und mit der andern Hand klammerte ich mich an die Zweige einer gnädigen Weide.

Wenn sie Hunde mitgehabt hätten, die *Meta wile*, so hätten sie mich und mein Kind auch dort gefunden; aber sie hatten keine Hunde, und wir kamen davon. So war das, Herr!"

„Du sagtest, Batijah, dass es nicht mehr so ist. Es ist vorüber. Nichts davon geschieht heute mehr."

„Dank sei der Mutter Gottes und allen Heiligen dafür. Aber glaube mir, Herr: noch immer sitzt mir der Schrecken in den Gliedern. Nicht in der Helle des Tages. Aber des Nachts – wie oft fahre ich aus dem Schlaf und denke: sie sind da, die Männer mit dem blauen Tuch um den Tarbusch, die *Meta wile*. Ich weiß, sie sind nicht mehr die, die ihre Väter noch waren. Aber keine Stunde von der Burg, da ist ein Dorf der *Meta wile*. Es heißt Afqua. Dort kann kein Christ wohnen. Sie sind nicht weit, und in der Nacht fahre ich immer wieder aus dem Schlaf –"

„Heute ist Friede zwischen Muslimin und Maroniten, und niemand krümmt deinem Enkelkind ein Haar, wenn das Mädchen mutterseelenallein vom Hause Ghamins zu dir geht."

„Ich weiß es. Ich weiß. Aber die beiden Männer, die in meiner Küche sind – es sind gute Männer –, sie wundern sich, dass ich auch nachts einen großen Kessel mit Wasser kochend halte, und dafür muss Yakub el Muquatta immer einen Extrasack mit Holzkohle bringen. Mit den beiden Männern kann ich nicht sprechen, aber du verstehst, was ich sage: Das Wasser kocht, weil ich die *Meta wile* nicht vergessen kann. Kochend Öl wäre noch besser."

„Erzählst du der kleinen Amal auch von den Bluttaten der *Meta wile*?"

„Die Zunge sollte mir verdorren, wenn ich es täte! Soll ich dem Kinde Angst machen vor dem, was es nicht mehr zu fürchten braucht?"

„Das ist gut von dir, dass du der Kleinen verschweigst, was deine Augen gesehen haben. Aber mir schien, als läge Trauer auf ihrem Gesicht."

„Das Leben hat Schrecken genug, Herr."

„Sie hat ihren Vater verloren. Das ist es wohl."

„Der Schrecken vor dem Leben kann schlimmer sein als die Trauer um einen Toten."

„Aber wovor sollte Amal erschrecken? Du bist gut zu ihr, Marûn el Maschumar ist gut zu ihr – sicher ist auch ihre Mutter gut zu ihr!"

„Es gibt keine bessere Mutter. Und sie ist ein gutes Kind. Sie kommt und klagt bei mir, ihre Mutter weine so viel Ich weiß es wohl. Ach, ich kann die Tränen ihrer Mutter nicht trocknen."

„Sicher weint Amals Mutter noch immer um den toten Gatten", sagte GG.

Batijah antwortete darauf nicht. „Mitleid hat das Kind auch mit Iskander", sagte sie nach einer Weile.

„Wer ist Iskander?"

„Der Kamelhengst, den Yuhanna es Ghamin zum Zweikampf abrichtet. Er schlägt ihn mit einem Knüppel, damit der Hengst wild wird. Er schlägt ihn, damit er hart wird. Das kann das Kind nicht mit ansehen. Es hält sich die Ohren zu, aber es hört, wenn Iskander vor Schmerz schreit. Und des Nachts fährt es aus dem Schlaf wie ich, weil es meint, Iskander habe wieder geschrien. Elias ist anders. Er hatte ein Messer erwischt und spitzte damit einen Stock an. ‚Wenn ich groß bin', sagte er, ‚steche ich damit Onkel Ghamin, wie er Iskander sticht.' Ich habe ihm das Messer weggenommen und den Stock zerbrochen. Aber was kann ich sonst tun? Es ist Effendi Ghamins Vergnügen. Wenn der Wettkampf stattfindet, soll Iskander alle Hengste besiegen. Effendi Ghamin ist ein reicher Mann. Er kann tun, was er will."

„Marûn Effendi sagte, Ghamin besuche ihn hier. Aber solange wir hier sind, ist er nicht gekommen."

„Yuhanna es Ghamin ist verreist. Er lebt, wie ein Herr lebt. In seinem Wagen fährt er nach Beirut. Er bleibt lange fort. Ich weiß nicht, was er da tut. Glaube mir, Herr: wenn er zurück ist, wirst du Amal noch trauriger sehen, und meine Tochter wird Mühe haben, ihre Tränen vor den Kindern zu verbergen."

GG hatte gehofft, sich langsam an das heranzufragen, was ihm über Marûn hätte Aufschluss geben können, doch nun stand er nur wieder in neuen Nebeln. Was Batijah über Ghamin sagte, war nicht deutlich. Er hatte mit Ghamin gerechnet, aber zerfloss jetzt das Bild nicht wieder, das er sich nach Marûns Worten von ihm gemacht hatte? Freilich – deutlich war es nicht, was sie von ihm gesagt hatte. Aber er musste sehen, rasch weiterzukommen.

„Batijah", begann er wieder, doch sie unterbrach ihn. „Frage mich nichts mehr, Herr", sagte sie. „Man muss leben, aber man darf nicht fragen. Es gibt keine Antwort. Jahre haben wir hier still und gut gelebt. Auf einmal jagt Marûn Effendi alle Bedienten weg, und ich muss die ganze Arbeit allein machen. Warum? Niemand kann es sagen. Warum lebte ich mit meinem Kindchen weiter, als alle erstochen wurden, und kann doch die Tränen meines Kindes nicht stillen? Warum muss ich so mühselig leben? Und sieh Marûn Effendi an. Er ist reich. Er hat seine Burg. Er hat seinen Garten. Er kann ohne Sorgen leben – warum ängstigt er sich so vor den Menschen, dass er euch zu seinem Schutze holen muss? Und warum ängstigt er sich so vor euch, dass er euch nicht einmal den Schlüssel zum Tor gibt und ihr wie Gefangene seid? Warum? Warum ist alles, wie es ist? Gott weiß es. Wir können es nicht wissen. Wozu fragen, wenn wir die Antworten nicht wissen? Erlaube mir, Herr, dass ich gehe."

„Tue, was du möchtest", sagte GG, von ihren unerwarteten Worten betroffen.

Sie erhob sich und schritt dem Donjon zu, und dort trat sie in die hoch gewölbte Küche. Hier war alles wie sonst. Auf dem mächtigen offenen Herd, über dem ein riesiger Rauchfang hing, brodelte ein Kessel mit kochendem Wasser, daneben stand die Reissuppe mit den Hühnern darin, das Nachtessen. Im Schein der Glut glänzten die kupfernen Töpfe und Pfannen, die an der Wand hingen. Alles wie sonst. Doch jetzt fiel ihr Blick auf den Tisch. Er war nicht nackt und kahl wie sonst. Ein weißes Tuch war über ihn gelegt, ein blanker Napf stand darauf, daneben lagen Löffel und Messer. Es war für jemand gedeckt, der hier essen sollte.

Plumpudding, der aus dem Keller kam, wo er Wasser geholt hatte, setzte den großen Krug nieder. Er trat auf sie zu und sagte: „Ta'ali ja ummi ischlisi wa kuli!"

Die alte Frau wusste nicht, wie ihr geschah. Seit einem halben Jahrhundert, seitdem sie aufhörte, ein Kind zu sein, hatte ihr niemals ein Mensch etwas zu essen bereitet. Immer hatte sie für andere gearbeitet und gesorgt und gedacht, von morgens bis abends, einen Tag wie den anderen. Nie hatte jemand nach ihr gesehen oder sich Gedanken um sie gemacht, auch ihre Tochter nicht, denn Yehudit hatte an ihrem Schicksal genug zu tragen. Die Mutter war eben da, wie Tag und Nacht da waren, das war immer so, wie hätte es anders sein können? Doch dieser Fremde, dessen rundes Gesicht sie nicht schön fand, weil ihr die fast viereckigen der Maroniten besser gefielen, der ihre Sprache so wenig verstand wie sie die seine, dieser stille Mann, mit dem sie sich nur durch Zeichen verständigen konnte – er hatte gesehen, was ihr gut tat, und er hatte die Worte ihrer Sprache gesprochen, die niemand sonst zu ihr gesagt hatte.

Wie in einem Traum folgte sie ihnen, und nachdem sie sich gesetzt hatte, wo für sie von ihm gedeckt worden war, trug er ihr auf. Sie aß, bis sie satt war. Seit ihrer Hochzeit hatte sie kein Mahl wie dieses gehabt, das sie auszeichnete, ein Mahl, wie es eine Herrin jeden Tag hatte. Aber sie erwartete nicht, dass es ihr je wieder so gehen würde, wie es ihr heute Abend ergangen war. Einmal war es geschehen, und das war genug. Sie stand auf und sagte in ihrer arabischen Sprache: „Die Mutter Gottes wird dir vergelten, was du für mich getan hast." Er verstand ihre Worte freilich nicht, aber er lächelte sie an.

Sie sah es und wurde unruhig. Nein, nein, es genügte nicht, ihm mit dem Segensspruch zu danken. Wer war sie denn, dass sie sich unterstehen konnte, einen anderen zu segnen? Unwillkürlich fasste sie sich an die Brust, wo sie unter dem Kleide ein Amulett trug, ein in Leder gefaltetes kleines Stück Pergament, auf das ein Gebet des heiligen Cyprian geschrieben war; es bewahrte, wie sie glaubte, alle, die es lasen oder trugen, die es im Hause hatten oder an einem ihrer Tiere. Es schützte sie gegen den bösen Blick, vor dem Dunkel der Nacht und vor bösen Geistern in lebenden Wesen und unbelebten Dingen. Doch sie wagte nicht, ihm das Amulett zu schenken, obwohl auch er ein Christ war. Ein Leben lang hatte sie es getragen, es gehörte zu ihr wie ihr Schatten, es war ein Teil von ihr selbst geworden.

Traurig stand sie da. So arm war sie, so arm. Nichts hatte sie für den Fremden, der zu ihr wie ein guter Sohn gewesen war. Doch da fiel ihr ein, dass sie ihm doch etwas geben könnte, das ihr bis dahin ebenso kostbar gewesen war wie ihr Leben.

Sie machte ihm ein Zeichen, dass er die Küche nicht verlassen sollte, und ging in die Kammer nebenan, wo sie schlief. Sie ging rasch, die Stelzen ihrer Sandalen klapperten auf dem Steinfußboden, und im Augenblick war sie wieder da. Sie hatte einen großen Schlüssel in der Hand, und Plumpudding erkannte ihn. Es war ein Schlüssel zum Burgtor.

Batijah war schon bei dem Vorbesitzer der Burg im Dienst gewesen. Sie hatte damals den Schlüssel zum Ein- und Ausgehen gebraucht. Es war nicht von Belang gewesen, dass sie ihn führte; niemand hatte dessen achtgehabt. Als dann der neue Besitzer kam, verschwieg sie, dass sie den Schlüssel besaß. Sie kannte den Effendi nicht – würde er ihn ihr lassen, wo er nicht wusste, was es für sie bedeutete, ihn zu besitzen? Sie benutzte ihn nicht mehr, aber er war ihr mehr als wertvoll, denn an ihm konnte ihr Leben hängen, wie sie meinte. In der Furcht vor den wilden *Meta wile*, die sie nicht mehr verließ, gab er ihr die Gewissheit, auch dann noch fliehen zu können, wenn die Räuber die Mauern überstiegen hatten. Als Marûn dann selbst den Torschlüssel behielt, war sie doppelt froh, den zweiten zu haben. Denn was wurde aus ihr, wenn bei einem Überfall der Effendi nicht mehr dazu kam, das Tor aufzuschließen? Doch nun sorgten ja die sechs Männer für ihre Sicherheit!

„Nimm", sagte sie. „Ich wünsche dir, dass er dich und die Deinen rette!" Sie gab ihn hin, legte dabei aber den Finger auf den Mund. Wieder verstand er ihre Worte nicht, doch er nahm den Schlüssel voller Freude. Das war ja der Schlüssel, den der Chef haben wollte! Sofort ging er zu ihm. Er dachte sich, wo jener jetzt zu finden war. Sie beide hatten in der kommenden Nacht die Wache in der Turmstube, und eben würde der Chef den Grafen abgelöst haben, der heute die Tageswache gehabt hatte.

Wie Plumpudding es angenommen hatte, traf er dort den Chef, und schon allein.

„Hier!", sagte er und hielt ihm den Schlüssel hin.

Der Chef nahm die Pfeife aus den Zähnen. „Hat ihn der Kerl endlich herausgerückt?", fragte er.

„Nein, Chef."

„Wo hast du ihn dann her?"

„Von der Großmutter. Aber es soll niemand wissen. So hat sie dabei gemacht!" Er wiederholte die Gebärde der Alten.

Der Chef triumphierte. Dieser superkluge GG hatte ihnen einreden wollen, sie würden durch Lammsgeduld erreichen, dass dieser widerborstige Effendi den Schlüssel von selbst herausrückte – sie aber hatten ihn schon! „Gut gemacht, Plumpudding. Sehr gut!"

„Gar nichts gemacht, Chef. Der kam wie von selbst."

„Wir haben ihn. Hauptsache."

Der Chef zögerte noch etwas, setzte aber dann hinzu: „Will dir was sagen: reden zu niemand davon! Behalten den Schlüssel, behalten auch für uns beide, dass wir ihn haben. Bin überzeugt, GG bindet mir auch nicht alles auf die Nase."

Er sagte das recht barsch. Aber Plumpudding hörte heraus, dass er damit nur eine gewisse Verlegenheit verbergen wollte.

## Hilferuf

Zwei Tage danach ereignete sich ein aufregender Vorfall. Jäh unterbrach er das lähmende Abwarten, die drückende Untätigkeit und wurde, was damals allerdings noch keiner ahnen konnte, der Beginn einer ganzen Kette von unheimlichen Ereignissen, die sich schließlich zu einer Katastrophe steigerten.

Wieder war es gegen Abend. Der Graf und Neunauge hatten GG und Tschandru-Singh als Torwächter abgelöst, der Chef und Plumpudding die Posten im Hauptturm schon bezogen, und GG saß mit Tschandru-Singh noch vor dem Prinzenturm, in dem sie das Ruhequartier beziehen wollten. Der Graf hatte es sich auf dem Lager, das sie in die Turmstube geschafft hatten, bequem gemacht. Er lag auf dem Rücken und hatte, wie er es gern tat, die Hände unterm Kopf verschränkt; er war schon daran, in den Schlaf hinüberzugleiten. Neunauge saß an der offenen Luke und sah in den dämmernden Abend hinaus. Plötzlich stutzte er. Er horchte – und dann rief er mit unterdrückter Stimme: „Herr Graf!"

Der Graf war sofort wieder wach. Er fuhr hoch. „Was ist?"

„Hören Sie doch!"

Beide lauschten, und nun vernahm auch der Graf, was Neunauge alarmiert hatte. Draußen vor der Burg weinte ein Kind.

„Es hat sich vielleicht verlaufen", meinte der Graf.

„Es findet nicht mehr nach Haus, weil es schon dunkelt. Es fürchtet sich", sagte Neunauge.

Sie horchten wieder. Deutlich war das Weinen zu hören. „Es kann ihm auch etwas passiert sein", sagte der Graf. Neunauge leuchtete mit dem starken Schein seines Lichtdolchs den Raum vor dem Tore ab. Aber es war niemand zu sehen.

„Wir müssen nachschauen", sagte der Graf. „Bitte, geh zum Chef, er möchte sich von dem Effendi den Torschlüssel geben lassen, und lauf auch zu GG hinüber. Er soll kommen, damit jemand mit dem Kinde reden kann."

Neunauge hastete die Treppe hinunter, und der Graf folgte

ihm, nachdem er den Lichtdolch an sich genommen hatte, den Neunauge auf den Sitz an der Luke gelegt hatte.

Er blieb an der Innenseite des Tores und brauchte nicht lange zu warten. Alle kamen eilig herbei – Marûn mit dem Chef und Plumpudding, Neunauge mit GG und Tschandru-Singh. Der Anlass schien ja so wichtig nicht, aber den Männern des Teams war es willkommen, dass überhaupt etwas geschah. Hinter ihnen stand Batijah; sie blieb in einiger Entfernung, eine dunkle Gestalt.

„Bitte geben Sie mir den Schlüssel, Effendi", flüsterte der Graf. „Draußen weint ein Kind."

„Ich höre nichts", sagte Marûn.

Alle horchten – und da war es wieder, das Weinen.

„Wir müssen nachsehen", sagte GG. „Bitte, Effendi, den Schlüssel!"

Marûn wollte von nichts wissen. Er war aufgeregt. „Wir machen auf keinen Fall auf", sagte er. „Es kann eine List sein. Sie lauern draußen. Sie haben ein Kind mitgebracht. Im Augenblick, wo wir öffnen, stürzen sie herein."

„Mister Marûn", erwiderte der Chef ärgerlich, „sind mit Ihnen sieben Mann. Nehme an, haben Ihre Pistole bei sich. Jedenfalls hab' ich meine, und die Männer haben auch nicht nur ihr Taschentuch in der Tasche."

„Es ist dunkel", antwortete ihm Marûn. Sein Atem keuchte. „Sie kennen die Menschen hier nicht. Sie wissen nicht, wie gefährlich –"

Lauter wurde draußen das Weinen. Aber es kam anscheinend von derselben Stelle wie vorhin. Das Kind bewegte sich also nicht vom Fleck. Konnte es das etwa nicht? War es verletzt?

„Das geht nicht", sagte GG. Er trat an das Tor und schob beide Riegel zurück. Sie krachten in die Stille des Abends.

„Den Schlüssel, Effendi!"

„Was hier zu geschehen hat, bestimme ich!", rief Marûn äußerst heftig.

„Hier geschieht nur, was recht ist!", antwortete GG sehr bestimmt. „Geben Sie jetzt den Schlüssel her!"

„Nein!", schrie Marûn.

Bis dahin hatten alle unwillkürlich nur mit unterdrückter Stimme gesprochen. Hatte das Kind jetzt den Schrei des Syrers gehört? Es jammerte laut: *„Dschadda*! *Dschadda*! Hilf mir doch!"

Länger hielt es Batijah nicht mehr. Sie stürzte zu den Männern vor. „Das ist Elias!", rief sie. „Er ist von zu Haus fortgelaufen! Er will zu mir!"

„Ihr Enkel", erklärte GG dem Team.

„Ich lasse mich nicht übertölpeln!", rief Marûn ungerührt.

„*Dschadda*! *Dschadda*!", jammerte das Kind.

Jetzt kam für den Chef der große Augenblick. „Pistolen 'raus!", befahl er. „Plumpudding, Neunauge, Tschandru – decken mit mir GG und den Grafen. Graf, gehen mit GG! GG, aufschließen – hier: der Schlüssel!"

Keiner außer den drei Eingeweihten begriff, wieso der Chef in dessen Besitz sein konnte, da ihn doch Marûn gar nicht hergegeben hatte. Aber zum Überlegen war jetzt keine Zeit. GG nahm ihn, drehte ihn im Schloss um, stieß einen Torflügel auf und trat mit dem Grafen hinaus. Die vier folgten ihnen, die Waffen schussbereit. Batijah drängte sich zwischen ihnen durch:

„Elias, mein Herzblatt, wo bist du?"

Kein Wort mehr, kein Weinen mehr war die Antwort, nur ein schwaches Wimmern. Sie eilten in die Richtung, aus der es kam, und der weiße Lichtkegel aus der Lampe des Grafen erhellte das Dunkel vor ihnen.

Batijah erblickte das Kind zuerst. Sie rannte darauf zu, sie kniete sich zu ihm auf den steinigen Boden und schrie auf. Der Graf hatte sie beide erreicht, und in dem hellen Schein des Lichts sah sie nun mit Entsetzen, dass das Kind sich nicht mehr rührte. Sie beugte sich über den leblos scheinenden kleinen Körper und schrie von neuem auf – denn jetzt erkannte sie, dass die kleinen

Finger und die Zehen an den bloßen Füßchen sich blau verfärbt hatten. „Er stirbt!", schrie sie. „Er ist schon tot!"

Auch der Graf kniete neben dem Jungen und untersuchte ihn. „Er lebt", sagte er zu GG. „Er ist nur bewusstlos. Aber die Sache sieht ernst aus."

„Batijah", sagte GG zu der weinenden alten Frau, „dein Enkel lebt. Wir tragen ihn hinein. Der Effendi ist ein guter Arzt. Er tut, was er kann."

„Heilige Mutter Gottes, du Stärke in der Not, und ihr, alle ihr Heiligen –" flüsterte sie inbrünstig, und in lautlosem Gebet bewegten sich ihre Lippen weiter. Der Graf gab seine Lampe an GG und hob das Kind behutsam auf. Da stutzte GG. Es war ihm so, als hätte sich zwischen den Steinen am Erdboden etwas bewegt. Er leuchtete die Stelle noch einmal ab. Tatsächlich, dort kroch ein etwa acht Zentimeter langes gelbes Tier, das mit winzigen Scheren bewehrt war, die denen eines Krebses glichen. Als GG, der sich hinabbeugte, auch noch den Schwanz gesehen hatte, der so lang war wie der Leib des Tiers, da wusste er genug.

Auch Batijah hatte, durch GGs Verhalten aufmerksam geworden, das Tier erkannt. „Ein *Akrab*!", jammerte sie. „Ein *Akrab*! Der Sohn meiner Tochter muss sterben!"

„Was ist?", fragte der Graf und wandte sich, das Kind in den Armen haltend, halb um.

„Ein Skorpion", antwortete GG.

„Ausgeburt der Hölle!", schrie Batijah und zertrat das Tier in machtloser Verzweiflung.

„Ich hatte an eine Schlange gedacht", sagte der Graf. „Skorpion – genauso schlimm."

„Tödlich?"

„Für ein Kind – ja."

„Unabwendbar?"

„Mit Serum ist es zu retten."

„Wo sollen wir jetzt ein Serum herbekommen?", fragte GG.

Der Graf antwortete nicht. Er trug das Kind rasch in die Burg.

## Kampf dem Gift

Das Tor war wieder verschlossen und verriegelt, die Wache im Turm der Kaiserin hatten der Chef und Plumpudding übernommen, da sich der Graf jetzt um das Kind kümmern musste. Neunauge war in das Haus Ghamins geschickt worden, um die Mutter des Kindes über das zu unterrichten, was geschehen war.

Alle andern waren in der großen Küche, wo sie für den Jungen Decken auf eine Bank gelegt und den Tisch abgerückt hatten, damit der Arzt den immer noch Bewusstlosen gut versorgen konnte.

Auch Marûn war mitgekommen. Aber es war, als wäre er gar nicht vorhanden. Er saß regungslos auf einem Schemel. Die sehr helle Spiritus-Glühlichtlampe, die Neunauge aus Marûns Wohnung geholt hatte, ohne ihn zu fragen, stand auf einer niedrigen Fußbank seitlich von ihm und warf mit ihrem grellen Schein Marûns Schatten riesengroß an die Wand.

Batijah kauerte bei dem Kinde und sah angstvoll auf den Grafen und GG, als suche sie die Worte zu verstehen, die beide wechselten und in denen es um das Leben ihres Enkelkindes ging.

Dem Grafen lag alles daran, dem so gefährdeten Kleinen zu helfen. Aber er zeigte nur die gelassene Ruhe und kühle Überlegung des Arztes, die ja allein den Weg zur Rettung bahnen können.

„Ich habe die Stichwunde fest umwickelt", sagte er zu GG. „Altes Mittel der Naturvölker. Aber das ändert nichts. Der Puls ist fadenförmig, schnell, das Gesicht rot, der Bauch gespannt: Kreislaufstörung durch den Giftstachel des Skorpions. Finger und Zehen blau. Passen Sie auf: auch die Hände werden sich noch blau färben, die Füße, Nase und Kinn."

Er nahm die Spritze, die er während des Sprechens vorbereitet hatte, hob das Händchen des Kindes und suchte die richtige Stelle für den Einstich.

„In die Vene?", fragte GG.

Der Graf nickte. „Schwer zu erkennen”, sagte er. Jetzt stieß er zu. Batijah bedeckte ihre Augen und betete lautlos.

„Gut”, sagte der Graf. „Saß richtig.”

„Ihr Geschick, Graf!”

„Glück, mein Lieber. Auch Glück. Das machen wir jetzt alle halbe Stunde. Das treibt das Herz an und das Kreislaufzentrum im Gehirn. Dann kommt das Blut wieder in Gang. Aber das ist ja nicht genug!”, setzte er bitter hinzu.

„Können Sie nichts weiter tun?”

„Was getan werden müsste, ist nicht zu machen. Das Kind müsste sofort nach Tripoli ins Krankenhaus. Es braucht eine Einspritzung mit Skorpionserum. Aber wir haben keinen Wagen.”

„Ghamin hat ihn”, antwortete GG und fragte Marûn: „Ist Ihr Freund Ghamin schon zurück?”

Marûn starrte ihn an, rührte sich indessen nicht, als hätte er die Frage gar nicht gehört. Rasch wiederholte GG sie auf arabisch, und Batijah erwiderte jammernd, Ghamin sei nicht zu Haus.

„Und selbst, wenn wir das Kind rechtzeitig hinbrächten, ist es nicht einmal sicher, dass sie das Serum auch dort haben!”, sagte der Graf.

„Aber sie können es aus Beirut beschaffen!”

„Zu spät. Wird viel zu spät.”

„Was sagt der *hakim*?”, fragte Batijah angstvoll.

GG wollte sie nicht noch mehr erschrecken, und so antwortete er ausweichend: „Wenn Ghamin Effendi da wäre, könnten wir das Kind nach Tripoli bringen.”

Der Graf ging auf und ab. „Skorpionsöl nehmen die Leute”, sagte er. „Olivenöl –”

„Aber das haben wir doch!”, warf GG ein.

„Das Öl, ja. Aber in dem Öl lassen sie erst ein paar Skorpione sterben. Und die Wirkung ist umstritten. Ein altes Hausmittel, verstehen Sie? Warum soll es bei Erwachsenen auch nicht wirken? Bei ihnen ist der Stich mit dem Giftstachel sowieso nicht tödlich. Aber bei Kindern … bei Kindern …”

Wieder ging er ruhelos auf und ab.

„Aber wenn es hilft – warum hilft es dann?", fragte GG. „Es ist doch kein Serum."

„Was kann das Öl von den toten Skorpionen annehmen?", fragte sich der Graf laut. „Körperflüssigkeit der Skorpione. Lymphe."

„Ich habe gehört", sagte GG, „dass ein Skorpion durch den Stich eines anderen Skorpions nicht getötet wird."

Der Graf überlegte. „Das heißt, das gestochene Tier muss Abwehrstoffe in seiner Körperflüssigkeit haben."

„Also müsste man", sagte GG, „das Gift eines Skorpions durch das Blut eines andern wirkungslos machen können!"

„Das geschieht ja eben durch ein Serum", war die ärgerliche Antwort des Grafen. Aber da blieb er stehen. Ein Einfall hatte ihn gepackt. „GG", sagte er, „das ist vielleicht eine Möglichkeit!" Jetzt sprach er nicht mehr kühl und sorglich abwägend, sondern mitgerissen in kurzen, schlagenden Sätzen: „Die Skorpione sind Spinnentiere. Sie gehören zu den Wirbellosen. Ihre Hämolymphe fließt durch ihre Körperhöhlen. Die kann ich doch da herausbekommen! Dann kann ich sie dem Kinde einspritzen! GG, Menschenskind – verschaffen Sie mir Skorpione – und vielleicht, vielleicht retten wir das Kind!"

Auch GG war wie elektrisiert. „Wie viel brauchen Sie?" Der Graf zögerte. „Einen Teelöffel voll", sagte er dann. „Und wie viel Tiere geben so viel her?"

„Lieber GG, ich habe noch nie in meinem Leben die Menge an Körperflüssigkeit nachgemessen, die ein Skorpion mit sich herumschleppt. Er selbst wiegt ja nur ein paar Gramm. Sagen wir: vierzig bis fünfzig Tiere!"

GG wandte sich an Marûn, der noch immer wie benommen dasaß: „Effendi, wir müssen Skorpione haben, rasch, rasch – viele Skorpione!"

„Dann müssen Sie sich Skorpione suchen", antwortete Marûn. Nun sprach er also wenigstens, aber es war etwas Unheimliches in der Entrücktheit, aus der seine Worte zu kommen schienen.

„Aber wo, wo?", fragte GG heftig.

„Wie soll ich wissen, wo es Skorpione gibt?", fragte Marûn gleichmütig.

„In einem alten Gemäuer wie dem der Burg muss es doch Skorpione geben!", rief GG aus.

„In der Burg gibt es keine Skorpione", antwortete Marûn.

Jetzt war er offenbar wieder ganz hier in diesen vier Wänden. In seiner Stimme klang etwas wie Hohn, als bereite es ihm Genugtuung, dass er diesen Männern, die hier alles befehlen wollten, ein kaltes Nein entgegensetzen konnte.

Aber GG gab noch nicht auf. „Batijah", sagte er wieder auf arabisch, „wir brauchen Skorpione, viele Skorpione, um das Kind zu retten. Weißt du, wo wir sie rasch bekommen? Marûn Effendi sagt, in der Burg gäbe es keine!"

„In der Burg keine Skorpione?!", rief Batijah empört. „Und im Turm der bösen Dschins? Warum geht niemand in den Turm? Weil er von Skorpionen wimmelt!"

Unverhüllter Hass brach aus den Augen Marûns wie eine Flamme auf, aber sofort hatte er sich wieder gefangen. „Davon weiß ich nichts", erklärte er schroff, stand auf und verließ die Küche, als ginge ihn nicht mehr an, was hier geschah.

„Sahib, Sahib", rief Tschandru-Singh, als er begriffen hatte, worum es sich handelte, „ich weiß, wie man Skorpione fängt. Ich bringe sie dir!"

Batijah ging mit ihm. Er nahm eine Taschenlampe mit, einen hohen Tonkrug, der mit einem Holzdeckel zu verschließen war, und ein Wasserglas. Ein Blatt Papier, nach dem er fragte, riss ihm GG aus dem Notizbuch, und Batijah nahm auf sein Verlangen einen eisernen Behälter mit glühender Holzkohle mit.

## Auf dem Grunde des Turms

Von außen gesehen, unterschied sich der Turm der bösen Dschins von den andern nicht; wie deren Mauern waren auch die seinen aufs Beste erhalten. Als Tschandru-Singh ihn aber jetzt mit Batijah betrat, sah er, dass der Bau in seinem Innern völlig verfallen war. Die Stockwerke waren verschwunden, auch das Dach. Eine Steintreppe ohne Geländer, die sich in Windungen an der Turmwand nach oben schraubte, war erhalten, jedoch nur zum Teil – unheimlich, ja gespenstisch mutete es Tschandru-Singh an, als er mit dem Schein seines Lichtdolches die ausgetretenen Stufen verfolgte, wie sie in schwindelnder Höhe plötzlich abbrachen und den Ahnungslosen, der sich ihnen im Dunkel der Nacht anvertraute, unfehlbar in die Tiefe stürzen ließen. Zu ihr führten vom Eingang her Stufen hinab, die Batijah und der Inder nun hinuntergingen, nachdem sie ihm bedeutet hatte, da unten fänden sie, was sie suchten.

Jetzt hatten sie die Sohle des Baues erreicht und waren etwa drei Meter unter dem Erdboden. Hier lag viel faulendes Holz, die letzten Trümmer der eingestürzten Stockwerke, und Geröll. Vorsichtig schob Tschandru-Singh mit seinem Fuß das lose Zeug fort, bis er eine ungefähr ebene Fläche von der Größe einer Tischplatte gewonnen hatte. Dann ließ er sich von Batijah den heißen Behälter mit der glühenden Holzkohle geben und setzte ihn in die Mitte des von ihm freigelegten Raums. Er zeigte auf seine Füße, die in festen Lederschuhen staken, und danach auf ihre bloßen Füße, die durch die Sandalen gegen die Stiche der Skorpione nicht geschützt waren. Sie verstand, was er meinte, und ging die Stufen wieder hinauf, wo sie dann am Eingang stehenblieb und auf das hinab sah, was sich nun auf dem Grunde des Turms abspielte.

Um die Hände frei zu haben, hatte Tschandru-Singh den Lichtdolch in eine Mauerritze gesteckt, wobei er ihn dahin ausgerichtet hatte, dass dessen Schein die Fläche um den Kohlentopf erhellte. Er selbst hockte sich so, dass er im Dunkel blieb und die

Helle vor sich hatte. Er wusste, dass die Skorpione die Wärme lieben. Sie krochen darum gern in Betten, Kleider und unbenutzte Schuhe; jetzt sollte die Glut sie anlocken, wie das Feuer sie anzog, das im Freien übernachtende Kamelreiter anzündeten.

Es dauerte nicht lange, da sah Tschandru-Singh sie kommen. Sie krochen aus Mauerlöchern heraus und unter Steinen hervor, wo sie auf ihren nächtlichen Jagden nach Kellerasseln und Spinnen gesucht hatten. Auf acht Füßen bewegten sie sich und hielten ihre Zangen geöffnet, um in jedem Augenblick bereit zu sein, Beute zu fassen, und an ihren Köpfen bewegten sich unablässig ihre empfindlichen Kiefernfühler. Oben auf dem Kopfbruststück standen ihre Augen, die beiden großen Scheitelaugen nahe der Mittellinie und die andern sechs, die kleineren, mehr dem Rande zu. An der Spitze ihres Hinterleibes saß der Stachel, der das Gift barg, vor dem Tschandru-Singh sich zu hüten hatte, vor dem er sich jedoch bei seinen Hilfsmitteln nicht zu fürchten brauchte.

Die widerwärtigen Tiere kamen ohne Scheu, denn mit ihrer giftigen Waffe sind sie Angreifern aus der Tierwelt überlegen und werden von allen Lebewesen gemieden. Wohlig blieben sie in der Wärme liegen, die von der glühenden Holzkohle ausging. Schon wollte Tschandru-Singh sich daran machen, die größten Exemplare zu fangen, als er sah, dass sich der Wärmequelle jetzt Skorpione näherten, größer als alle, die sich bis dahin aus ihren Löchern gewagt hatten. Sie waren etwa acht Zentimeter lang und von einem matten, rötlichen Gelb, das dem Scheitel zu sich in ein lebhaftes Rot wandelte. Ihre Hauptaugen standen weit auseinandergerückt, und alle ihre Glieder trugen lange Zottelhaare, die auf den Scheren am dichtesten saßen. Als sie die warme Zone erreicht hatten, verharrten sie regungslos, und nun erst ging Tschandru-Singh ans Werk.

Er stülpte über die Tiere, die er haben wollte, das Glas und hob es dann wenige Millimeter wieder hoch. Sie konnten nicht entwischen, das Blatt Papier aber ließ sich darunter schieben. Dann kehrte er das Glas geschickt um, weil das Papier als Boden doch vielleicht nachgegeben hätte, und nun verschloss er das Glas, bis er mit einem kräftigen Ruck die Gefangenen in den Tonkrug schüttete, den er danach mit dem Holzdeckel wieder verschloss. Die Tiere, welche die Wärme genossen, kümmerte es nicht, was mit ihren Artgenossen geschah. Sie standen noch auf einer so tiefen Stufe, dass sie nur auf das hin automatisch reagierten, was ihnen selbst widerfuhr, und so dauerte es nicht lange, bis Tschandru-Singh dem Grafen bringen konnte, was er zur Rettung des Kindes brauchte. Jetzt konnte das Blut der überwältigten Tiere dazu dienen, das Kind vom Tode zu retten, den ihm sonst das Gift des einen Skorpions unweigerlich gebracht hätte.

Die alte Frau klapperte auf ihren Stelzensandalen neben Tschandru-Singh her. Sie schluchzte. Er suchte sie zu trösten: „*hakim* gut! *hakim* sehr gut!"

Durch die Nacht klang zu ihnen das Uhuhu der Eulen, die im Speicher und Adlerturm nisteten.

## Rettung

Als Tschandru-Singh und Batijah den Hauptturm verlassen hatten, waren etwa drei viertel Stunden vergangen, seitdem das Kind in die Küche getragen worden war. Noch immer war es bewusstlos, obwohl der Graf ihm in regelmäßigen Abständen das Mittel einspritzte, das den Kreislauf des Blutes wieder in Gang setzen sollte, obwohl er es abwechselnd in heißem und kaltem Wasser badete und sein kleines Herz massierte. Voller Entsetzen war die Mutter des Jungen, die Neunauge geholt hatte, in die Küche gestürzt. Aber dann hatte sie sich gefasst und besorgte, was GG ihr nach den Anweisungen des Grafen auftrug. Jedoch tat sie alles schweigend, und es schien GG, als bewege sich diese junge Frau wie in einem sonderbaren Bann – als nähme sie, was ihr geschah, widerspruchslos hin, weil irgend etwas in ihr gelähmt wäre.

Die junge Frau, die GG beobachtete, ohne dass sie es gewahr wurde, trug wie Batijah die Tracht des Landes und bewegte sich in ihr nicht ohne Anmut. Yehudit hatte, wie GG sich sagte, wohl die Schönheit ihrer Mutter geerbt, war aber nicht von deren hohem Wuchs, sondern in allem zierlicher. ‚Kluge Augen, kluge Augen', dachte GG, und indem er ihr zur Hand ging, suchten seine Gedanken weiter. Augen, die viel weinten, wie die alte Batijah gesagt hatte. Aber die Tränen entrannen ihnen nicht nur in der Trauer um den verlorenen Gatten. Was sah denn diese junge Frau noch, das sie ängstigte, oder was wusste sie, das sie so traurig machte? Wenn er mit ihr sprechen könnte … Aber nicht jetzt, nicht hier …

Auch der Graf konnte sich der Bedrückung nicht entziehen, die von Yehudits düsterem Schweigen ausging. „Sagen Sie ihr", äußerte er, „dass ich nicht unzufrieden bin. Die Verfärbung geht zurück. Der Puls wird besser."

Jetzt öffnete sich die Tür, und Batijah trat mit Tschandru-Singh ein. „Mutter!", sagte Yehudit, nichts weiter. Aber was lag nicht in dem einen Wort!

Der angstvolle Blick der alten Frau suchte das Kind. Sie sah, dass es sich noch nicht regte. Sie fasste sich an ihr Herz. Hastig richtete GG aus, was der Arzt meinte.

„Noch eine Spritze, bitte", sagte der Graf, worauf GG ihm behilflich war, und als das geschehen war, wandte sich der Graf dem großen Kruge zu, den Tschandru-Singh ihm zurechtgestellt hatte. „Sahib Graf", sagte er, „es sind zweiundvierzig."

„Schön, sehr schön", war dessen Antwort. „Wollen wir hoffen, dass sie genug hergeben!" Er nahm den Holzdeckel ab, stäubte DDT in den Krug und verschloss ihn wieder. Als er nach geraumer Zeit dessen Inhalt auf dem Tisch ausschüttete, fielen die Tiere wie dürre Blätter auf die Holzplatte. Sie hatten keine Kraft mehr, sich ihres Giftstachels zu bedienen. Es war zwölf Uhr, als der Graf begann, ihnen nach dem Einstich der Spritze ihre Blutflüssigkeit zu entnehmen, und es dauerte eine Stunde, bis er damit fertig war. „Mehr als genug", sagte er befriedigt, als er, die Spritze gegen das Licht haltend, die Menge der erhaltenen Lymphe an den Maßstrichen des Glases ablas. Nun konnte er dem kleinen Körper die weißliche Flüssigkeit zuführen, welche die Abwehrkräfte enthielt, die allein das tödliche Gift, das in seinen Adern kreiste, wirkungslos machen konnte. Und sie taten ihr Werk. Der Graf und GG, Neunauge, Tschandru-Singh und die beiden Frauen umstanden sein Lager, als der Junge zum ersten mal die Augen wieder aufschlug. Sein Blick fiel auf die fremden Männer und ging verständnislos von einem zum andern. Dann erkannte Elias das vertraute Gesicht seiner Mutter. Er lächelte sie an.

„Er lebt, er lebt!", flüsterte Batijah. Ihre Tochter griff nach der Hand des Grafen und küsste sie.

"Mais Madame!", sagte der Graf leichthin, als habe er nicht das Kind vom Tode errettet, sondern der Mutter nur ein zu Boden gefallenes Taschentuch aufgehoben, und freundlich entzog er ihr seine Hand.

Wie gebannt beobachtete GG die Szene. Denn er sah, dass die junge Frau voller Erregung war, und es schien ihm, als wäre sie nicht nur von tiefer Dankbarkeit erfüllt, sondern zugleich auch von Furcht. Um das Lehen ihres Kindes brauchte sie nicht mehr zu bangen – was war es denn da noch, das sie zu fürchten hatte? Es war unverkennbar, dass sie mit sich kämpfte. Suchte sie etwa die Furcht zu überwinden? Wollte sie Mut fassen und den Mann, zu dem sie Vertrauen haben konnte, auch in ihrer anderen Not um Hilfe bitten?

Wie GG war der Graf von dem betroffen, was ihre angespannten Züge verrieten. Er sah sie herzlich und voller Erwartung an. Aber sie seufzte auf und wandte sich ab. Offenbar wagte sie doch nicht, rückhaltlos zu sprechen, und um sie nicht zu bedrängen, blickte der Graf auf seine Armbanduhr und sagte zu GG, als ob er nichts weiter bemerkt hätte: „Zwei Uhr zehn. Die Angelegenheit hat sich zu allseitiger Zufriedenheit erledigt. Patient bleibt noch bis morgen früh hier liegen, dann kriegt er etwas Milch, worauf ihn die Mama nach Hause trägt. Im übrigen gibt das einen netten kleinen Bericht im ‚Bulletin Medicinal', zwanzig Zeilen, denke ich."

„Sie haben nicht nur das Kind gerettet", sagte GG. „Vielleicht kommen wir hier nun rascher weiter. Auf die junge Frau können wir, glaube ich, jetzt zählen, und was uns ihre Mutter nicht zu sagen wagt, kann ich vielleicht von ihr erfragen. Das ist Ihr Verdienst."

„Kein Verdienst", antwortete der Graf. „Reines Muss. Nach meinem Kontrakt bin ich unterwegs zu ärztlichen Hilfeleistungen verpflichtet, sonst hätte Ubique Terrarum ja auch statt eines Mediziners einen Maler oder einen Fotografen mitschicken können. Und jetzt muss uns der Chef gestehen, wieso er sich hier einen Hausschlüssel besorgt hat, ohne uns etwas davon zuzuflüstern!"

*

„Freue mich, dass Sie kommen", sagte der Chef, als sie zu ihm in die Wachstube des Turms der Kaiserin traten, worauf sich Plumpudding wie selbstverständlich entfernte. „Muss da etwas klären."

„Wieso?", fragte der Graf in spitzbübischer Verstellung. „Die Sache ist klar: der Bengel ist geheilt, morgen gegen sechs Uhr früh muss man der Mutter das Tor aufschließen, wenn sie ihn nach Hause trägt. Da Sie über den Schlüssel verfügen, macht das ja keine Umstände."

„Wollte ich Ihnen eben auseinandersetzen." Er berichtete, wie Plumpudding an den Schlüssel gekommen war, und dann fügte er die Sätze an, die ihm schwer wurden, zu denen er sich aber unwiderruflich entschlossen hatte. „Hätte Ihnen das sagen sollen. Hab's nicht getan. Sie sind ein Arzt von Format, Graf. In Kafiristan heulen alle Weiber vor Rührung, wenn sie von Ihnen sprechen. GG weiß alles, kann alles. Wollte auch mal was in der Tasche haben."

„Chef", sagte GG, „ich muss Sie und den Grafen um Entschuldigung bitten."

„Es würde mich keineswegs wundern", sagte der Graf, „wenn sich jetzt herausstellt, dass Sie auch schon längst im Besitz dieses interessanten Torschlüssels sind!"

„Nein", antwortete GG. „Aber ich habe Ihnen etwas Wichtiges verschwiegen." Er setzte ihnen auseinander, warum anzunehmen war, dass Marûn nicht erst seit sechs Wochen in Ängsten lebte, dass er ihnen höchstwahrscheinlich entscheidende Dinge verschwieg. „Ich habe das für mich behalten. Ich hatte für den Mann etwas übrig. Aber ich merkte, Sie waren ihm nicht grün. Ich wollte die Bedenken gegen ihn nicht vermehren. Das hätte ich nicht tun sollen."

Der Graf begriff, dass GG nicht ihn meinte, sondern den Chef, denn nur der hatte sich so heftig gegen den Syrer geäußert. Aber GG wollte das dem Chef gegenüber nicht noch betonen, und damit war der Graf schon einverstanden. Etwas anderes war für ihn viel wichtiger: War dies nicht der richtige Augenblick, damit herauszukommen, dass auch er bis jetzt nicht alles ausgesprochen hatte, was ihm durch den Kopf ging? Aber er hatte das ja nicht ohne Grund getan, und dieser Grund hatte seiner Meinung nach noch immer Gültigkeit. „Herrschaften", sagte er, „eine Wahrheit ist wohl immer wahr, aber sie hat auch ihre Zeit. Eine Wahrheit, die zur Unzeit ausgesprochen wird, kann wie eine Bombe vernichten. Und was Sie angeht, Chef: was wäre ich mit meinem Pflasterkasten, und was wäre GG, das lebende Lexikon, wenn wir Sie nicht hätten? Aufgeschmissen wären wir, aufgeschmissen! Und da wir nun schon einmal uns gegenseitig durchleuchten, erlauben Sie mir, Chef, einen weisen Mann zu zitieren. Selbiger hat einmal gesagt: Gegen große Vorzüge eines Menschen gibt es nur ein Hilfsmittel –"

„Sich selbst aufgeben, wie?", fragte der Chef.

„Nein – man muss ihm Liebe entgegenbringen."

„Schwer", antwortete der Chef.

„Sehr schwer, Chef, sehr schwer", bestätigte ihm der Graf, und um die Schwere ihres Gesprächs nicht drückend werden zu lassen, gab er ihm in seiner gewandten Art rasch eine andere Wendung. „Wir sind uns also völlig einig – aber wie kommen wir mit diesem undurchsichtigen Syrer weiter?"

Ja, das war die Frage: Was sollte nun werden?

*

Das Leben in der Burg veränderte sich in einer Weise nicht.

Yakub el Muquatta kam und ging mit seinem Esel, die Männer des Teams bezogen ihre Posten und lösten einander ab, Neunauge kochte in Batijahs Küche, Plumpudding half ihm dabei, und das ging so einen Tag wie den andern. Aber trotzdem hatte sich etwas verändert: Marûn ließ sich nicht sehen.

Nie kam er mehr aus dem Donjon, und selbst vor den beiden, die nachts bei ihm zu wachen hatten, ließ er sich nicht blicken. Von dem Vorzimmer aus, das er ihnen für ihren nächtlichen Aufenthalt überlassen hatte, hörten sie ihn wohl gehen oder auch einmal sich räuspern, aber das war alles. Nur Batijah sah ihn, wenn sie ihm das Essen brachte oder sein Zimmer in Ordnung hielt. Für die Männer war er verschwunden, seitdem er in jener Nacht plötzlich die Küche verlassen hatte.

Da sie nun den Besitz des zweiten Torschlüssels nicht länger zu verheimlichen brauchten, war es für sie nicht mehr nötig, Marûn zu bemühen. Sie waren es jetzt, die das Tor für Yakub el Muquatta aufschlossen, wenn er mit seinem schwerbeladenen Tier von Tripoli heraufkam und wenn der Esel ihn anstatt der abgeladenen Lasten wieder in die Stadt zurücktragen musste. Sie hatten erwartet, Marûn würde sie zur Rede stellen, wieso sie im Besitz des Schlüssels wären, und waren, um Batijah nicht in Bedrängnis zu bringen, zu der Behauptung fest entschlossen, sie hätten ihn in der Turmstube gefunden, mochte er das nun glauben oder nicht. Jedoch auch dazu kam es nicht, weil Marûn sich ihnen völlig entzog. Eigentlich erleichterte ihnen das ihren Dienst, aber sie fühlten sich dabei nicht wohl. Denn die Unklarheit ihrer Lage war bedrückend. Was war denn nur mit Marûn? Was ihn zu seinem eigenartigen Verhalten veranlasste, erfuhren sie freilich erst sehr viel später, nachdem die Lawine der Ereignisse über alle hinweggegangen war und ihr Todesopfer in den Abgrund gerissen hatte. Sie aber dachten, er hätte sich endlich entschlossen, sich mit ihnen auseinanderzusetzen, als Batijah zu ihnen kam und ausrichtete, der Effendi bäte GG zu sich, und voller Spannung ging er mit ihr in den Donjon.

## Abreisen oder bleiben?

Qualvolle Nächte hatte Marûn el Maschumar hinter sich, der jetzt GGs Besuch erwartete. Es hatte ihn in tiefen Schrecken versetzt, dass die Männer einen Torschlüssel besaßen. Wie waren sie daran gekommen? Hatten sie ihn etwa schon mitgebracht? Aber was mussten sie dann für weitreichende Beziehungen haben, und vor allem: mit wem standen sie dann in Verbindung? Der Boden schien ihm unter den Füßen zu schwanken, wenn er sich in Vermutungen verlor, wenn er in Überlegungen gerissen wurde, die sich in ihm überstürzten. Er rang nach Luft: wussten sie vielleicht schon längst, was er vor ihnen doch unbedingt verbergen musste?! Nein, nein, nein. Er schüttelte das von sich ab. In welche Nebel ließ er sich denn treiben! Klaren Kopf musste er behalten, einen ganz klaren Kopf. Diese Männer hatten sich, wer weiß wie, den Schlüssel verschafft. Er hatte befohlen, das Tor solle verschlossen bleiben, und sie hatten es trotzdem geöffnet. Es war richtig, dass sein Verdacht, draußen lauere die Bande, die er fürchtete, sich nicht bestätigt hatte, und es wäre ihm sehr, sehr leid gewesen, wenn durch seine Weigerung der kleine Elias umgekommen wäre. Denn er hatte ihn ja gern, wie ihm auch die stille, ernste Amal lieb war. Aber er kam nicht darüber hinweg, dass die Männer ihm nicht gehorcht hatten. Von dem Augenblick an war er nicht mehr Herr in seiner Burg – das ging nicht, das war nicht zu dulden, und dem musste jetzt ein Ende gemacht werden. Darin versteifte und verhärtete er sich und verbarg damit vor sich selbst, was für ihn das schlimmste war und weshalb er sich vor den Männern versteckte wie ein verwundetes Tier. „Hier geschieht nur, was recht ist", hatte GG zu ihm gesagt. Diese Worte waren es, die ihn so tief getroffen hatten und so aufrührten, dass er sie vor sich selbst nicht wahrhaben wollte. Leibwächter hatte er sich in London bestellt, die ihn beschützen sollten – und unbestechliche Richter hatte er sich mit ihnen in sein Haus geholt …

Das Zimmer, in das GG jetzt trat, war ein gut eingerichtetes Gemach. Der Fußboden war mit einem kostbaren indischen Bildteppich ausgelegt. An der größten Innenwand, auf die aus zwei gegenüberliegenden Fensternischen helles Licht fiel, hing ein persischer Figurensamt, auf einem wertvollen alten, halbhohen Schrank stand ein dreiarmiger Leuchter aus schwerem Silber; Tisch und Stühle waren von dunkelrotem Mahagoni.

Marûn, der in einem hohen Ledersessel saß, erhob sich nicht, sondern verbeugte sich nur ein wenig auf den Gruß, den GG ihm bot, und wies auf einen der Stühle am Tisch. GG drehte ihn sich so um, dass er mit dem Rücken gegen die Fenster saß, während auf Marûn, dessen Sessel vor dem samtenen Wandbehang stand, das volle Tageslicht fiel. GG erschrak, als er nun aufmerksam in das Gesicht des Mannes blickte, der sich vor ihnen verborgen hatte. Marûn sah gealtert aus, in den Zügen lag eine übersteigerte Spannung, und als er jetzt zu reden begann und arabisch sprach, sagte sich GG, sein Gegenüber sei innerlich so in Anspruch genommen, dass er es nicht einmal mehr fertigbrachte, englisch zu reden, obwohl er sich in der fremden Sprache geläufig ausdrücken konnte.

„Ich habe nach London geschrieben", sagte Marûn, „man möchte mir Hilfe schicken. Ihr seid gekommen. Ich danke euch dafür. Aber ich sehe jetzt, ich brauche euren Schutz nicht. Ich werde eurem Rat folgen. Ich werde in ein anderes Land reisen. Ich werde niemand sagen, wohin ich reise. So werde ich mich schützen. Daher bitte ich euch, mein Haus zu verlassen. "

GG war überrascht. Noch nie war es geschehen, dass ein Auftraggeber von ihnen verlangt hatte, ihre Bemühungen abzubrechen, ehe sie zu dem gewünschten Ziel geführt hatten. Er wusste zuerst nicht, was er antworten sollte. Doch er war überzeugt, Marûn denke nicht daran, aus dem Lande zu gehen; das war sicher nur ein Vorwand, sie loszuwerden. Aber was war damit für ihn gewonnen? GG sah ihn hier wieder allein in seiner Burg hocken, von seinen Ängsten verfolgt, von diesen unerklärlichen Ängsten, und wieder tat ihm der unglückliche Mann sehr leid.

„Effendi", sagte er, „noch immer hängt die Gefahr über dir, die dich bedrückt. Wir haben sie noch nicht beseitigen können. Wir haben bis jetzt hier immer nur gewartet."

Marûn schwieg.

„Effendi", begann GG wieder, „noch immer musst du, wenn es ans Tor klopft, die Schläge zählen, ob es nicht sieben werden. Was willst du tun, wenn es siebenmal klopft, wir aber sind nicht mehr da?"

Marûn schwieg. GG wartete eine Zeitlang, ehe er weitersprach, und dann bemühte er sich, behutsam zu bleiben, nicht zudringlich zu werden und doch diese Mauer zu durchstoßen, mit der Marûn sich umgab. „Effendi, erlaube mir ein offenes Wort. Du hast uns berichtet, wovor du dich fürchten musst, und du weißt, ich glaube das, was du uns gesagt hast. Aber höre es nicht mit Unwillen, wenn ich dir mein Herz öffne. Effendi, ich fürchte, du hast uns nicht alles mitgeteilt, was du uns mitteilen müsstest. Glaube mir, Effendi, wir wollen es wirklich mit dir teilen, und geteilte Last ist nur noch halbe Last. Sprich doch, Effendi! Habe ich unrecht – würgt das Schweigen dich nicht ab? Sprich – ich bitte dich darum!"

Marûn antwortete nicht. Aber GG sah, wie seine Hände, die er aufeinandergelegt hatte, sich verkrampften, wie die Finger sich auf den Handrücken pressten, dass das Blut aus den Nägeln wich und sie weiß wurden. So musste der Bedauernswerte sich selbst

Gewalt antun, um sich nicht aus seinem Versteck locken zu lassen! Wenn er hier auch vor GGs Augen saß, so hielt er sich eben immer noch verborgen.

Jetzt fuhren die Hände auseinander, und Marûn sagte: „Ich habe schon zu dir gesprochen. Ich habe dich gebeten, mit den Effendis und den Dienern meine Burg zu verlassen."

Vorbei. Es war vorbei. Es war GG nicht geglückt, ihn von seinem Panzer zu befreien.

„Wir haben den Auftrag", sagte GG, „dich zu beschützen. Dieser Auftrag ist noch nicht erledigt."

„Ich ziehe den Auftrag zurück", sagte Marûn.

„Ich habe es gehört", antwortete GG und stand auf. „Ich werde es ausrichten."

Er ging, und die Nachricht, die er den Männern überbrachte, traf sie ebenso überraschend, wie sie ihn getroffen hatte.

„Schickt uns weg", sagte der Chef. „Einfachste Art für den Mann, den zweiten Schlüssel zu bekommen."

„Die werten Hotelgäste werden gebeten", bemerkte der Graf, „vor der Abreise den Zimmerschlüssel abzugeben."

„Aber reisen wir ab?", fragte GG.

„Sehe uns dazu gezwungen", antwortete der Chef. „Der Mann hat uns bestellt. Wir sind gekommen. Bestellt uns wieder ab. Also …"

GG schwieg, und auch der Graf sagte darauf nichts.

„Gebe zu", sprach der Chef weiter, „die Sache ist unbefriedigend. Durchaus unbefriedigend. Blamabel. Verschwinden wie begossene Hunde. Wissen nicht einmal, was hier los ist. Dabei ist etwas los. Gar keine Frage."

„Die Angelegenheit hat auch ihre finanzielle Seite", erklärte der Graf. „Dieser Effendi, der uns freundlicherweise den Stuhl vor die Tür setzt, ist ein wohlhabender Mann. Also muss er an London zahlen. Hinreise, Aufenthalt, Rückreise. Aber den Aufenthalt selbstverständlich nur so lange, wie der Auftrag dauert. Wenn er ihn jetzt zurückzieht, wie er GG ausdrücklich erklärt hat, aber wir bleiben trotzdem, weil es uns hier gut gefällt oder aus sonst einem Grunde, dann ist das unser Privatvergnügen, und wir werden es aus unserer Tasche bezahlen müssen. Ich bin dazu durchaus bereit, wenn die Herren dafür sind. Immerhin müssten wir London darauf aufmerksam machen."

„Möchte schon bleiben", sagte der Chef. „Bleibe zwar nicht gern da, wo man mich nicht haben will. Aber die Geschichte hier – kommt mir vor wie ein Glas Sherry, aus dem ich erst ein-, zweimal getrunken habe und von dem ich weiß, es ist noch ein guter Schluck drin."

„Ich meine, wir müssen bleiben", sagte GG.

„Aber unser Auftrag, lieber GG, unser Auftrag!", warf der Graf ein.

„Unser Auftrag lautet, Marûn Effendi zu schützen."

„Und er erklärt uns, er brauche keinen Schutz!"

„Dass er das erklärt, ist noch kein Beweis dafür, dass er ihn nicht doch braucht."

„Aber wenn er nun vielleicht eingesehen hat, dass seine Furcht vor Zettelschreibern, Türklopfern und Neffen übertrieben war oder geradezu Einbildung?"

„Erstens weiß ich nicht, ob diese Bedrohung nicht nach wie vor besteht. Zweitens aber – und das, Graf, ist mein Hauptanliegen – bin ich der Meinung, wir müssen Marûn vor sich selbst schützen. Ich fürchte, er ist von daher ärger bedroht als von seinem Neffen."

„Wie meinen Sie das?", fragte der Graf.

„Wie ich Ihnen sagte, können wir mit gutem Grund annehmen, dass Marûn schon lange, ehe er den bewussten Zettel fand, etwas zu befürchten hatte. Da muss irgendeine alte Sache sein, und mit der neuen, die der Neffe in Gang setzte, ist die alte mit ins Rollen gekommen."

„Und sie rollt, meinen Sie, unaufhaltsam auf ihn zu?"

GG nickte. „Ich möchte ihm helfen", sagte er. „Ich habe den Mann gern. An ihm ist etwas."

„Graf?", fragte der Chef.

„Wenn das so ist", war dessen Antwort.

„Beschlossen und verkündet", sagte der Chef. „Bleiben in der Burg!"

„Und Sie, GG, eröffnen dem Effendi diesen erfreulichen Entschluss", schlug der Graf vor. „Er ist jetzt ihr erklärter Schützling. Wie Sie das tun wollen, wie Sie einem Manne, der uns wegschicken will, klarmachen, dass er uns nicht wegschicken kann – diese undankbare Aufgabe übergeben wir Ihnen gern. Aber lassen Sie mich Ihnen und dem Chef etwas eröffnen, das ich auch schon länger mit mir herumtrage und nur für mich behalten habe, weil ich dachte: ‚Weshalb sollst du die Pferde scheu machen?' Nun aber muss es heraus!"

Er machte eine kurze Pause. „Sie sagten einmal", sprach er dann weiter, „der Effendi habe ein Tagesgesicht und ein Nachtgesicht. Wir einigten uns dahin, dass wir ihn von seinem Nachtgesicht bewahren müssten, indem wir ihn nicht aufstörten. Wir müssen uns wohl darüber klar sein, dass wir mit dieser Weigerung, hier abzutreten, genau das tun, was wir vermeiden wollten! Jetzt sind wir es, die auf den gefangenen Tiger mit Stangen und Peitschen losgehen."

„Richtig", sagte der Chef. „Aber höchste Zeit, dass es geschieht."

„Ich bin noch nicht fertig", sagte der Graf. „Damit überliefern wir diesen Marûn dem Bösen in ihm. Sie haben sicher recht, GG, wenn Sie sagen, ‚an dem Manne ist etwas'. Ich habe mir meinerseits einmal die Bemerkung erlaubt, man dürfe ihn nicht unterschätzen. Jetzt will ich Ihnen sagen, was mich immer wieder beschäftigte: das ist ein Kerl von Format. Daher wird auch das Böse in ihm Format bekommen, das Böse, das wir nicht in ihn hineingelegt haben, aber das wir in ihm jetzt wecken … Wenn es dann in ihm übermächtig wird, wenn er es nicht mehr regiert, sondern wenn es ihn beherrscht und ihn hemmungslos macht – dann müssen wir mit dem Schlimmsten rechnen."

„Darin stimme ich Ihnen zu", antwortete GG. „Aber wissen Sie einen andern Weg?"

„Nein. Den sehe ich auch nicht."

„Also müssen wir ihn gehen", sagte GG. Er stand auf, um Marûn sofort wieder aufzusuchen. Aber dazu kam es nicht, denn unerwartet griff ein Mann in den Ablauf der Ereignisse ein, von dem sie wohl öfters gehört, den sie aber bis dahin nie gesehen hatten.

## Ein neues Gesicht

Ihre Unterredung hatte da stattgefunden, wo sie immer am ungestörtesten waren, in der Turmstube, von der aus das Tor zu überwachen war, und jetzt vernahmen sie dort oben ein ungewohntes Geräusch: vor der Burg hielt ein Auto an, und schon hörten sie auch dessen Tür klappen.

„Ein ‚Jaguar'", meldete der Graf, der zur Luke hinaussah. „Das könnte Marûns Freund Ghamin sein", sagte GG, und alle drei gingen hinunter.

Noch auf der Treppe hörten sie, wie der Türklopfer kurz, aber energisch benutzt wurde, und als der Chef das Tor aufgeschlossen hatte, sahen sie sich einem munteren Herrn gegenüber, der sich ihnen gewandt und sicher als Yuhanna es Ghamin vorstellte.

Sie waren erfreut, dass der Freund Marûns endlich auftauchte, denn vielleicht gab es durch ihn eine Möglichkeit, die verworrene Lage zu entwirren, und sie musterten ihn voll Interesse. Er hatte die hohe, schlanke Gestalt der Maroniten, ihr breites, fast viereckiges Gesicht, dichtes schwarzes und lockiges Haar. Entgegen der Landessitte ging er glattrasiert, und seine europäische Kleidung war von ausgesuchter Eleganz. Wie Marûn wäre er daher trotz seiner olivfarbenen Haut weder in Rom noch in Paris als Fremder aufgefallen, wenn ihn nicht eine entsetzliche Narbe, die sich auf der rechten Backe zum Munde hin zog, als Sohn des Morgenlandes ausgewiesen hätte – die nicht zu beseitigende Spur der Aleppobeule, des Habbet es Seneh, des „Geschwürs von einem Jahr", wie die Bevölkerung dort die eiternde Wunde nennt, deren Erreger durch winzige blutsaugende Fliegen übertragen wird und die fast ein ganzes Jahr offenbleibt. Nur Kinder werden von dieser Plage heimgesucht, aber die von ihr Befallenen tragen dann das gräuliche Mal ihr Leben lang.

Der bewegliche Mann unterschied sich von seinem Freunde erheblich. Er hatte nichts von dessen düsterer, fast feindseliger Zurückhaltung, sondern war von heiterer, ja sprühender Lebendigkeit und gab sich so unbefangen, dass er die Menschen spielend für sich gewann. Doch konnte GG sich nur schwer des Eindrucks erwehren, der Syrer sei sich dessen genau bewusst und setze seine Anziehungskraft nicht ohne Berechnung ein.

In einem ausgezeichneten Französisch wandte er sich sofort an den Grafen und bedankte sich bei ihm für die Rettung seines kleinen Neffen. Er gebrauchte dabei nicht die überschwänglichen Formeln, die im Orient üblich sind und auf den Europäer leicht übertrieben und unecht wirken; er sprach vielmehr geschmackvoll gemessen, aber herzlich. Dann äußerte er die Hoffnung, sie hätten auch Gelegenheit, sich im Lande etwas umzusehen, denn das lohne sich wirklich, es kämen viel zuwenig Fremde in den Libanon – und schließlich fragte er nach Marûn, und als ihm geantwortet wurde, jener halte sich jetzt immer im Donjon auf, bemerkte er bedauernd: „Jaja, mein guter Marûn – ein wenig menschenscheu, nicht wahr? Er macht sich das Leben unnötig schwer – aber was wollen Sie? Man muss die Menschen nehmen, wie sie sind. Wer könnte sie ändern?"

Sie begleiteten ihn höflich bis an die Tür des Hauptturms, wo sie sich von ihm verabschiedeten, aber äußerten, sie hofften, ihn nachher noch einmal zu sehen. Er sagte „gewiss, gewiss", zog dabei aber schnobernd die Luft ein und bemerkte, sichtlich beschäftigt: „Das riecht gut. Hammel. Mein guter Marûn muss noch etwas warten. Erst einmal gehe ich in die Küche. Um welchen Genuss bringen sich viele Menschen, die nur mit der Zunge genießen und nicht auch mit der Nase. Auf Wiedersehen, meine Herrschaften! Es ist mir eine Genugtuung, meinen armen Marûn in Ihrer Obhut zu wissen."

In der Küche begrüßte er Batijah und sprach mit ihr noch einmal über den Schrecken, den sie mit Elias gehabt hatte. Dann stellte er sich Neunauge mit gewinnender Freundlichkeit vor, lobte wieder den verlockenden Duft, der von der brodelnden Hammelfleischbrühe ausging, mit welcher der Franzose beschäftigt war, und hob den Deckel des andern Topfes, unter dem Batijah die gewohnte Reissuppe mit dem üblichen Huhn kochte. „Immer nur Huhn mit Reis und Reis mit Huhn!", sagte er klagend zu Neunauge. „Die Leute hier kochen gut, aber sie haben keine Phantasie. Was könnten sie nicht alles aus dem zarten Hühnerfleisch machen, das es hier gibt! Eine Hühnerkleinpastete zum Beispiel, oder Hühnerbrust mit Schinken und Käsestreifen, oder im Brattopf mit Speckscheiben, oder auch einmal mit Estragon, durch den die Tunke einen unvergleichlichen Reiz bekommt, oder Huhn im ganzen gekocht mit einer Tunke aus Sahne! Das sind doch Möglichkeiten, ungenutzte Möglichkeiten!"

Neunauge war entzückt. „Kennen Sie Huhn à la Mascotte?", fragte er.

„Was ist das?", rief Ghamin aus, und die Spannung in seinem Gesicht war nicht gespielt.

„Ein gebratenes Huhn mit Erbsen, Trüffeln, Champignons, Artischocken und dazu winzige neue Kartoffeln!", erklärte Neunauge mit der überzeugenden Sicherheit eines Mannes, der seiner Sache gewiss ist.

„Großartig", flüsterte Ghamin, „großartig ... " Es war, als wäre seine Stimme vor Ergriffenheit leise geworden. Dann aber bekam sie wieder den vollen Ton der Begeisterung. „Lieber Freund", rief er, „laden Sie mich bitte ein, wenn es das bei Ihnen gibt! Was ist der feinste Koch ohne Esser mit Zungenverstand? Ein großer Feldherr ohne Armee! Noch besser: Kommen Sie zu mir! Besuchen Sie mich! Wir kochen zusammen. Sie dichten Ihr Huhn à la Mascotte, und ich komponiere Ihnen eine Zabaglione zusammen, wie Sie es noch nicht gekostet haben, eine Eiscreme aus Eiern und Wein, und die garniere ich Ihnen mit einem kandierten Ei!"

Damit verließ er die Küche, und Neunauge sah ihm mit großer Befriedigung nach. „Das ist ein Mann von Welt!", sagte er zu Batijah. Aber sie verstand ihn nicht. Enttäuscht suchte er die drei Herren in der Turmstube auf und erzählte ihnen in heller Begeisterung sein Gespräch mit dem eleganten Weltmann Wort für Wort. Aber von dem, was zwischen Ghamin und Marûn im Donjon unter vier Augen gesprochen wurde, erfuhren sie nichts, und das wäre für sie sehr viel wichtiger gewesen als ein Rezept zu einer Zabaglione.

*

Sie sprachen leise miteinander, die beiden, obwohl sie in Marûns Wohnzimmer, demselben, in dem er mit GG geredet hatte, niemand hätte hören können, und jetzt zum ersten Mal machte Marûn seinem bohrenden Groll gegen die Fremden Luft, die er sich in seine Burg geholt hatte – was sagte Ghamin dazu, dass sie sich einen Schlüssel zum Tor verschafft hatten? Konnte er es sich bieten lassen, dass sie über seinen Kopf hinweg –

„Marûn", unterbrach ihn Ghamin, „ich habe dir immer wieder auseinandergesetzt, dass deine entsetzliche Furcht eine Marotte ist – "

„Und der Zettel, Yuhanna, der Zettel?"

„Gewiss, der war da … " Er zögerte. „Hast du dir etwa das Geld tatsächlich geholt?"

„Ich hab's bereitliegen", antwortete Marûn.

Ghamin machte eine wegwerfende Handbewegung. „Was ist denn schon ein Zettel? Da kann irgend jemand einen Witz gemacht haben, oder es ist ein Jungenstreich – oder es versucht irgend jemand, ob dabei etwas herausspringen könnte. Nimm es nicht ernst, Marûn, und dann ist es auch nicht mehr ernst! Aber das mit dem Schlüssel, das ist ernst. Da hast du recht. Da haben sie dich in der Hand."

„Ich begreife das nicht … ich begreife das nicht … ", murmelte Marûn.

„Ich habe dir abgeraten, dir aus London eine Leibwache kommen zu lassen. Das ist hinausgeworfenes Geld. Doch das ist ja alles viel einfacher, als du es nimmst. Du siehst nur immer unnötige Schwierigkeiten. Du hast die Leute kommen lassen, und jetzt schickst du sie eben wieder weg. Basta."

„Ich habe diesem Deutschen schon gesagt, sie sollen abreisen!"

„Nun also. Damit ist die Sache doch erledigt. Sie reisen ab."

„Und wenn sie das nicht tun?"

„Haben sie sich etwa geweigert, hier abzutreten?", fragte Ghamin scharf.

„Nein. Noch nicht. Aber sie können es tun."

„Sie werden es nicht tun, Marûn."

„Und von wem haben sie den Schlüssel? Mit wem stehen sie draußen in Verbindung?"

„Das ist wahr", sagte Ghamin. „Darüber kommt man nicht hinweg. Wenn ich mir das überlege – "

Er sprach nicht weiter, und Marûn sah voller Unruhe auf ihn. Schließlich sagte Ghamin ernst, und das war um so eindrucksvoller, als ein ernster Ton sonst seine Sache nicht war: „Das sieht wirklich nicht gut aus, Marûn. Ich weiß ja nicht, ob du irgend etwas zu fürchten hast, und ich will es auch nicht wissen. Aber wenn da irgend etwas hinter dir liegt, dann fürchte diese Männer. Diese Sache mit dem Schlüssel … Marûn, sieht das nicht so aus, als hätten sie mit dir etwas vor?"

„Yuhanna", antwortete Marûn heiser vor Erregung, „was soll ich tun, wenn sie nicht fortgehen?"

„Nun", erwiderte sein Freund, „es gibt schon Mittel, unerwünschte Gäste in Marsch zu setzen." Seine Worte hatten wieder ganz den leichten Ton, der ihm eigen war und den Eindruck erweckte, als kenne er nichts anderes als eine unbeschwerte Unterhaltung. „Entsinnst du dich des Basil Mes'ad, der damals versuchte, die Preise in Ölkuchen zu unterbieten? Wenn ich mich recht erinnere, hat man nie wieder etwas von ihm gehört. Oder ist dir noch gegenwärtig, wie es von Habib Sailba hieß, er wüsste zu genau, wie groß bei gewissen Leuten der Unterschied zwischen ihren Einnahmen beim Ölgeschäft und ihren Angaben bei den Steuererhebern wäre? Auch von ihm hast du niemals wieder etwas vernommen – nichts gehört, nichts gesehen, als hätte er sich in Luft aufgelöst „

„Aber ich … ich … wie soll denn ein Mann wie ich …"

„Not hat kein Gewissen", sagte Ghamin.

„Ich kann sie doch nicht umbringen!", stöhnte Marûn auf. „Aber Marûn! Wer spricht denn von dir? Für alle peinlichen Arbeiten gibt es doch Leute. Und was du für Ausdrücke hast! Kennst du nicht die taktvolle Redewendung der *Meta wile*: ‚er hat Blumen in der Wüste gesucht'? Wenn einer dort Blumen sucht – ist es dann nicht ganz natürlich, dass man von ihm nie wieder etwas hört oder sieht? Ich glaube, wer wissen will, wo die Verschwundenen geblieben sind, der brauchte nur bei den Männern mit den blauen Turbanen nachzufragen. Nur bin ich nicht sicher, dass er von ihnen je eine Antwort erhält. Die Verschwiegenheit steht bei ihnen hoch im Kurs."

Er verabschiedete sich und bemerkte noch, er wäre nur auf einen Sprung gekommen, um nach Marûn zu sehen. Heute Abend führe er noch nach Beirut zurück. „Ich hoffe, wenn ich wieder zurück bin, dann ist bei dir alles klar." Im Vorraum fiel sein Blick auf zwei Lager, die früher dort nicht gestanden hatten. „Soso", sagte er und sah sich das genau an, „hier schlafen also zwei deiner Bewacher … " Er war stehengeblieben, ging dann aber rasch weiter.

Die drei Männer des Teams traf er am Tor, wo sie auf ihn gewartet hatten, und mit ihm zusammen gingen sie auf und ab. Es täte ihm leid, so äußerte er, gleich wieder fort zu müssen, aber er werde in Beirut erwartet, „wenn Sie es genau wissen wollen", setzte er lächelnd hinzu, „im Nachtklub ‚El ruedo', man soll sich nicht besser machen, als man ist". Der Graf bedauerte seine kurze Anwesenheit, und GG sagte ihm offen, wie sehr sie sich gewünscht hatten, mit ihm einmal ausführlich sprechen zu können. „Da begegnen sich unsere Wünsche", erwiderte er lebhaft. „Aber ich komme ja wieder, und ich nehme als sicher an, dass ich dann noch das Vergnügen habe, Sie hier anzutreffen!"

Das Gespräch mussten der Graf und GG führen, da Ghamin offenbar nur Französisch sprach, und ehe sie auf seine letzten Sätze, die für sie ja etwas heikel waren, eine Antwort gefunden hatten, fuhr er fort: „Wissen Sie, mit meinem guten Marûn ist das folgendermaßen. An die Gefahr, an die er glaubt, glaube ich nicht. Aber das darf ich ihm nicht sagen, dann verliert er jedes Vertrauen zu mir, und deshalb muss ich ihm meine Meinung verschweigen. Manchmal denke ich sogar, er sei von Hirngespinsten bedroht, als ob sein Verstand nicht ganz intakt sei. Gerade darüber hätte ich gern mit so unterrichteten und erfahrenen Männern, wie Sie es sind, einmal gründlich gesprochen, und dazu wird es auch noch kommen, bestimmt. Nur lassen Sie mich, meine Herren, eins noch rasch sagen. Mein guter Marûn ist schwierig. Er stößt seine besten Freunde vor den Kopf, das bringt er ohne weiteres fertig. Doch niemals ist er einer gewissenlosen Handlung fähig, und deshalb muss man mit ihm Geduld haben. Aber ich bin auch überzeugt, meine Herren, die haben Sie!"

Aus dem Wagen winkte er ihnen noch einmal zu und fuhr davon.

## Eine verdächtige Wendung

GG betrat den Donjon, um nun Marûn aufzusuchen, woran ihn vorhin die unerwartete Ankunft Ghamins gehindert hatte. Im Türrahmen der Küche sah er die alte Frau stehen, und er hatte den Eindruck, als wartete sie dort auf jemand. ‚Vielleicht auf mich?' dachte er, blieb bei ihr stehen und fragte freundlich: „Wie geht's, Batijah?"

Sie antwortete mit der feststehenden Formel, die bei den Maroniten üblich ist: „Wer am Leben ist, hat Grund genug, der Mutter Gottes zu danken." Dann aber schlossen sich ihre Lippen wieder, als hätte sie nichts anderes zu sagen, und GG ging weiter. Da lief sie ihm plötzlich nach, fasste ihn, der die Treppenstufen gerade hinaufgehen wollte, am Ärmel, hielt ihn so an und flüsterte ihm ängstlich zu: „Ist es wahr? Gehen die Effendis fort?" Ehe GG darauf antworten konnte, redete sie schon weiter, leise und hastig: „Ihr dürft nicht fort! Ihr dürft nicht fort!" – und dann kam ein mühsam unterdrückter Hilferuf: „Lasst uns nicht allein!"

‚Uns? Uns?' dachte GG überrascht. Wenn sie ‚mich' gesagt hätte! Oder hatte sie etwa sich und Marûn gemeint? Aber er hatte doch gar nicht das Gefühl, dass sie sich zu ihm rechnete …

Sie legte sein Zögern falsch aus. Sie nahm an, er suchte nach einer ausweichenden Antwort, um ihr die Wahrheit, die sie fürchtete, nicht ins Gesicht sagen zu müssen. „Das bitte ich nicht für mich", sagte sie, um die Wirkung ihrer Worte zu verstärken. „Was liegt an mir. Alte Bienen geben keinen Honig mehr. Aber Yehudit ist jung. Ich bitte dich um ihretwillen, Effendi!"

GG verstand das nicht. Wie kam sie jetzt auf ihre Tochter?

Er sah Yehudit wieder vor sich, wie sie in jener Nacht ihm und dem Grafen geholfen hatte, immer schweigend, schweigend, als dürfte sie nicht reden, als sei auch sie in diesen unheimlichen Kreis mit einbezogen, aus dem die Menschen hier anscheinend nicht hinausfanden, in dem sie wie in einem Irrgarten umhertappten.

„Ich weiß", sagte er, „du ängstigst dich immer noch vor den

*Meta wile*, auch wenn sie euch nicht mehr verfolgen. Wovor aber fürchtet sich deine Tochter?"

Sie erschrak, als sähe sie jetzt, dass sie zu weit gegangen wäre. „Frage mich nicht", antwortete sie inständig bittend und setzte dann in einem wahren Anfall von Schrecken noch bedrängender hinzu: „Und frage auch sie nicht, um aller Heiligen willen!"

Indem ging oben eine Tür. GG flüsterte ihr zu „wir bleiben" und schritt rasch die Stufen hinauf. Als er um die erste Biegung der Wendeltreppe gekommen war, sah er Marûn, der aus den Räumen seiner Wohnung getreten war. Hatte er GG kommen sehen? Hatte es ihn beunruhigt, dass GG, mit dessen Besuch er ja rechnen musste, sich irgendwo verweilte? Das konnte GG nicht entscheiden, aber diese Ungewissheit war ein Grund mehr für ihn, der bevorstehenden Unterredung mit Sorge entgegenzusehen. Wie konnte es ihm nur gelingen, dem so schwer zugänglichen Mann schmackhaft oder wenigstens erträglich zu machen, dass sie gegen seinen Willen entschlossen waren, in der Burg zu bleiben?

Aber das Gespräch nahm eine Wendung, die GG nicht erwartet hatte. Gleich zu Anfang sagte er ohne alle Umschweife, was er mitzuteilen hatte – und Marûn nahm das ohne Widerspruch hin. Ja er antwortete sogar, dass er für ihren Entschluss sehr dankbar wäre. „Ich muss Sie und die andern Herrn wieder um Entschuldigung bitten", fuhr er fort. „Vergessen Sie, was ich Ihnen heute morgen gesagt habe. Mein Freund Yuhanna hat mir den Kopf zurechtgesetzt. Er hat mir klargemacht, was ich an Ihnen habe. Und was ich Ihnen jetzt sagen muss, darüber werden Sie selbst sich schon längst klargeworden sein: manchmal bin ich wie von Sinnen. Wahrscheinlich weiß ich dann selbst nicht, was ich rede. Wirklich, ich bin froh, dass Sie da sind. Yuhanna hat ganz recht, ich muss mich vielmehr darauf verlassen, dass Sie da sind, und muss meine Beängstigungen abschütteln. Yuhanna sagt, ich solle mich nicht so vergraben. Ich solle unter Menschen gehen, und das werde ich von jetzt an auch tun. Gleich heute Nachmittag, wenn es kühler geworden ist, will ich Yehudit und die Kinder aufsuchen. Das tut mir gut. Ich bin ja wochenlang nicht aus den Mauern herausgekommen."

Es war eine Wohltat, Marûn so sprechen zu hören und zu sehen, wie einfach und natürlich er nun war. Seinem Freund war offenbar gelungen, was ihnen nicht geglückt war – in ihm seine besten Kräfte lebendig zu machen. Es drängte GG, das anscheinend so glücklich Begonnene fortzusetzen. Sollte er ihm jetzt nicht erklären, auf welch harmlose Art sie zu dem Torschlüssel gekommen waren? Musste ihm das nicht noch weiterhelfen? Und war das nicht jetzt der Augenblick, wo es darum ging, Offenheit mit Offenheit zu begegnen? Gewiss, da war Batijah, die dadurch in Schwierigkeiten kommen konnte. Aber auch das war doch sofort zu bereinigen. Wenn er ihm ihre Angst vor den *Meta wile* begreiflich machte, musste Marûn doch verstehen, was ihr die Möglichkeit bedeutete, mit diesem Schlüssel im Fall der höchsten Not ihr Leben zu retten. Gerade wo er selbst auch in einer Bedrohung lebte, musste er einsehen, warum sie den Besitz des Schlüssels vor ihm verheimlicht hatte, und konnte er da nicht leicht zugeben, dass er in seinem Misstrauen ihr den Schlüssel nicht gelassen hätte, wenn er von dessen Existenz gewusst hätte?

GG war drauf und dran, das alles auszusprechen, und trotzdem brachte er davon nichts über die Lippen. War er jetzt nicht dabei, einen Fehler zu begehen, der nicht wieder gutzumachen war? Gewiss, nichts löste eine unheilvolle Verstrickung beglükkender, als wenn auf offene Worte offen geantwortet werden konnte. Aber hatte denn Marûn wirklich offen gesprochen? Hatte GG irgendeine Sicherheit dafür, dass Marûn auch meinte, was er eben gesagt hatte? War es denkbar, dass er sich innerhalb weniger Stunden so verändert zeigen konnte, oder war er immer noch der gleiche und hatte er nur ein anderes Gesicht, weil er sich eine Maske vorgelegt hatte? Gewiss, es war schon möglich, dass die Einwirkung seines Freundes ein so verblüffendes Ergebnis hatte – aber ein leises Bedenken gegen diesen Ghamin konnte GG nicht überwinden. Zu gewandt schien ihm der bewegliche Mann, zu glatt, zu wendig. Plötzlich musste er auch wieder an Batijahs Hilferuf denken, an ihre Angst um Yehudit. Vor wem konnte sich denn ihre Tochter so fürchten? Mit Marûn hatte sie doch nichts zu tun, und die Männer, die Marûn fürchtete, gingen sie nichts an. Fürchtete sie sich etwa vor Ghamin?

Nein, GG verschwieg, was er jetzt so gern gesagt hätte, und verabschiedete sich mit höflichen, jedoch unverbindlichen Worten. Denn selbst wenn er ganz sicher gewesen wäre, hätte er in einer so wichtigen Sache nicht ohne die Zustimmung der anderen, über ihre Köpfe hinweg, handeln dürfen. Sonst hätte er dagegen verstoßen, was sie so stark machte und dessen sie sich gerade jetzt wieder so bewusst geworden waren: keiner hielt sich für vollkommen, keiner schätzte das Urteil des anderen geringer. Als er dann mit ihnen in der Turmstube beriet, gaben sie ihm recht – sowohl dem Chef wie dem Grafen schien die Lage gefährlicher als damals.

„Traue dem Mann nicht", erklärte der Chef. „Bittere Feindschaft – gut. Weiß ich, woran ich bin. Aber eben so und dann wieder so – nichts für mich. Am besten: glaube weder das eine noch das andere und halte alles für möglich."

„Ich erinnere an das, worüber wir schon sprachen", brachte der Graf vor. „Wenn dieser Effendi sich zum Bösen entschlossen haben sollte, dann kann es sehr böse werden. Dass er sich jetzt mit allem einverstanden zeigt, kann der erste Schritt dazu sein. Ich fürchte, wir müssen von Stund an sehr wachsam sein."

„Bis jetzt", sagte der Chef, „lauerte draußen irgendwer. Ist immer noch da. Aber nun setzt noch etwas zum Sprunge an. Innerhalb der Mauern. Auf uns."

„Jedenfalls kann es so sein", waren GGs Worte. „Und es ist nichts aufs Spiel gesetzt, wenn wir uns verhalten, als ob es so wäre."

Sie riefen Tschandru-Singh und sagten ihm, was er zu tun hätte. Als Marûn am Spätnachmittag, wie er es angekündigt hatte, die Burg verließ, folgte ihm der Inder unauffällig. Er kam mit der Nachricht zurück, dass der Effendi nicht zum Hause Ghamins gegangen wäre, sondern einen sehr schmalen Weg ins Tal hinab eingeschlagen hätte, der eigentlich nur ein Pfad für Ziegenhirten war. Doch ihm hatte Tschandru-Singh nicht folgen können, weil er ohne jede Deckung gewesen wäre.

Als Marûn zurückkehrte, war es schon dunkel. Ihm fiel nichts weiter auf. Am Tor empfingen ihn der Chef und Plumpudding, die hier Wache hatten, im Vorraum seiner Wohnung der Graf und Neunauge. Von GG und Tschandru-Singh nahm er an, dass sie die Nacht im Turm des armen Prinzen verschliefen. Aber darin irrte er, denn es hatte sich in seiner Burg etwas geändert, das seiner Aufmerksamkeit entging.

## Auf der Suche

Eine einfache Überlegung hatte den Männern klargemacht, dass sie jetzt nicht mehr so leben konnten wie bisher. Sie nahmen an, dass Marûn etwas gegen sie plane, und um sich nicht überrumpeln zu lassen, beschlossen sie, von nun an darauf zu verzichten, dass sich immer zwei im Turm des armen Prinzen ausruhten. Scheinbar zwar sollten die beiden, die damit an der Reihe waren, es nach wie vor tun, aber in Wirklichkeit ebenso auf Wache sein wie die beiden andern am Tor und im Vorzimmer Marûns. Denn wenn ein Anschlag gegen sie erfolgte, dann konnte das eigentlich nur nachts geschehen. Diese neue Einteilung kostete sie freilich Schlaf, aber sie mussten sehen, ihn am Tage nachholen zu können.

Die ersten, welche diese Änderung betraf, waren GG und Tschandru-Singh, und sie hatten nur Marûns Rückkehr abgewartet, um den Prinzenturm zu verlassen. GG nämlich sagte sich, dass Marûn doch unmöglich allein etwas gegen sie unternehmen könnte, denn was sollte schon einer gegen sechs ausrichten? So musste er sich Helfershelfer suchen. Durch das Tor konnten sie nicht in die Burg kommen, denn jeder Versuch hätte die bei den Torwächter alarmiert. Lag da nicht die Annahme nahe, es gäbe noch eine zweite Möglichkeit, hier einzudringen? Das mussten sie untersuchen. Wenn ein geheimer Gang existierte, so war zu vermuten, dass er von einem der sechs Ecktürme aus ins Freie führte. Unwahrscheinlich dünkte es GG, dass der Gang unter einem der beiden Türme lief, die in der Nähe des Tors lagen. Denn er war doch wohl als Fluchtweg für die letzte Not angelegt worden für den Fall, dass bei einem Ansturm nichts mehr zu retten, dass das Tor schon in den Händen der Feinde war. Von daher gesehen, kamen vor allem die Türme in Betracht, die vom Tor am weitesten entfernt lagen, und das waren der Turm des armen Prinzen und der Turm der bösen Dschins.

Der erste war ihnen von Marûn als Wohnung angewiesen worden. War es deshalb nicht geradezu ausgeschlossen, dass dieser Bau den Fluchtweg barg? Oder sollte etwa ein hier verborgener Zugang es den Eindringlingen erleichtern, die nichtsahnenden Gäste im Schlaf zu überwältigen? Doch den Gedanken wies GG wieder zurück, denn als Marûn sie in diesem Turm unterbrachte, war zwischen ihm und ihnen ja noch keine Feindschaft ausgebrochen. Immerhin war GG vorsichtig genug, Marûns Abwesenheit zu einer gründlichen Untersuchung des Kellers in ihrem Wohnturm zu benutzen. Doch ihr Ergebnis entsprach seiner Erwartung. Überall stieß er auf festes Mauerwerk, sogar gewachsenen Stein stellte er fest. Nirgends war eine hohle Stelle zu entdecken, obwohl er und Tschandru-Singh gut drei Stunden lang die Wände Handbreite um Handbreite abgeklopft hatten. Als sie dann gewiss waren, dass Marûn wiedergekommen und in den Donjon gegangen war, schlichen sie, jeder mit einem Lichtdolch versehen, zum Turm der bösen Dschins hinüber, und dort hoffte GG nicht ohne Grund auf Erfolg.

Denn schon der Name des in seinem Innern verfallenen Baus musste Einheimische davor abschrecken, sich ihm zu nähern. GG war es wohlbekannt, auf welch bedeutungsvolle Wurzel das arabische Wort Dschin zurückgeht, das sich von dem lateinischen „genius" herleitet. Darunter verstanden die alten Römer das göttliche Abbild des Besten im Menschen, auch seinen Schutzgeist. Im Volksglauben der Muslime jedoch war er zu einer Gattung von Teufeln und bösen Geistern geworden. Wenn der Wind heulte, dann war das für sie das Heulen der Dämonen; sie hockten, so nahmen die Menschen an, auf Gräbern und verbargen sich in verrufenem altem Gemäuer, um über den herzufallen, der es ahnungslos betrat. Lag der geheime Zugang in diesem Turm, so war er schon durch seinen Namen gesichert, und wer ihn trotzdem aufsuchte, der flüchtete bald, wenn seine Füße nicht durch festes Schuhwerk vor den Skorpionen sicher waren, die hier hausten.

GG ließ Tschandru-Singh, der sich hier auskannte, allein die Stufen hinabgehen, nachdem er ihm noch aufgetragen hatte, den Lichtdolch immer senkrecht auf den Boden zu halten und ihn ja nicht aus Unachtsamkeit nach oben huschen zu lassen. Die Fenster der Räume, die Marûn bewohnte, gingen zwar zum Tor und zum Turm der Stummen hin, so dass nicht anzunehmen war, der Syrer werde auf diesen Turm achtgeben, der, von ihm aus gesehen, abgelegen war. Jedoch GG wollte nichts aufs Spiel setzen. So wartete er draußen und folgte dem jungen Inder erst, nachdem er sich überzeugt hatte, dass von dem Lichtschein nichts zu merken war.

Nun standen sie beide auf der Sohle des Turmes und stiegen über Geröll, Holztrümmer und Moder bis dicht an die Mauer. Während Tschandru-Singh sie beleuchtete, suchte GG sie mit den Augen ab. Da Marûn jetzt zurückgekehrt war, wagte er nicht, die Wände wieder abzuklopfen.

Plötzlich hielt er inne. Wenn hier ein Ausgang sein sollte, war dann nicht zu vermuten, dass dieser Turm auch mit dem Donjon in Verbindung stand? Denn der Bau der ganzen Burg war doch darauf angelegt, dass der Hauptturm das Kernstück der Verteidigung war. Wenn die Mauern der Umfassung zerstört oder überklettert, wenn die Außentürme erstürmt waren, dann bot er die letzte Zuflucht. Er war von allen Türmen der größte und stärkste. Er barg den Brunnen, so dass die Besatzung, wenn sie über genügend Lebensmittel verfügte, auch eine Belagerung aushalten konnte. Aber gab es von ihm keinen letzten Ausweg, dann saßen die Bedrängten darin wie in einer Mausefalle.

„Komm", sagte GG, „drüben hin!" Er wies auf die Ecke des Turms, die auf den Donjon zu ging, und tatsächlich fanden sie hier, was sie suchten. Sie räumten Geröll und Schutt weg, wozu sie herumliegende Bretterreste als Werkzeug benutzten. Sie wollten zu der Stelle gelangen, wo das Mauerwerk der Wände auf gemauerten Boden ansetzte, und es dauerte nicht lange, da zeigte sich die äußerste Kante eines kleinen Rundbogens, der sich immer mehr herausschälte, je tiefer sie kamen. Als sie ihn ganz freigelegt hatten, sahen sie, dass der Raum, den er nach oben abschirmte, nicht zugemauert, sondern mit losen Steinen ausgefüllt war. Sie räumten auch noch dieses Füllsel fort, und als sich dann Tschandru-Singh bückte und in das dunkle Loch leuchtete, sah er einen Gang.

„Sahib", sagte er, „ich krieche hinein!"

„Warte noch", antwortete GG. Die Freude darüber, dass seine Vermutung sich bestätigt hatte, nahm ihm die Vorsicht nicht. Er stieg die Stufen wieder hinauf, trat, ohne ein Geräusch zu verursachen, aus dem Turm ins Freie und horchte in die Nacht. Nichts rührte sich, und nur die nächtlichen Rufe der Eulen waren zu vernehmen. Kein Windhauch bewegte einen Zweig der mächtigen Zeder. Hoch über ihr und den Türmen lag der dunkle Himmel mit seinen hell funkelnden Sternen. Immer wieder spähte GG nach dem Donjon hin, und nach einer Viertelstunde, als er ganz sicher war, dass er nichts Beunruhigendes entdecken konnte, ging er in den Turm zurück.

„Jetzt versuche dein Glück", sagte er, und Tschandru-Singh kroch auf allen vieren in den Gang hinein, nachdem er sich gegen Skorpione dadurch geschützt hatte, dass er um seine bloßen Hände Wickelgamaschen gewunden hatte. Erst leuchtete er ab, was vor ihm lag. Dann knipste er die Lampe aus und kroch im Dunkeln weiter, wobei er immer noch damit rechnen musste, dass ihn ein Skorpion in die Hand stechen könnte.

GG stand an der Mündung des Ganges und wartete im Dunkeln. Wenn er nach oben blickte, sah er nun die Sterne durch die Turmöffnung. Von Tschandru-Singh war nichts mehr zu hören; dafür vernahm er hin und wieder ein leises Knistern vom Boden des Turmes her. Das konnten Skorpione sein, die auf ihren nächtlichen Jagden unterwegs waren.

Jetzt war Tschandru-Singh wieder im Gang zu hören. Er kam zurück. GG sah auf die Leuchtziffern seiner Uhr. Fast eine Stunde war der Inder fortgewesen. „Sahib", flüsterte er, nachdem er sich wieder aufgerichtet hatte, „ich komme nicht weiter. Erst ging es gut, obwohl ich immer nur kriechen konnte. Aber dann ist der Gang ganz verschüttet. Er ist von oben zusammengebrochen. Kein Mensch kommt da noch durch!"

So war also der Zugang zum Donjon nicht mehr zu benutzen.

Im Lauf der Jahrhunderte war der eine Strang des Fluchtweges ausgefallen – wie stand es nun mit dem zweiten? Aus einem Gefühl für die Ebenmäßigkeit des Baues sah GG sich bewogen, jetzt in der Ecke des Turmes zu suchen, die der Öffnung, die sie gefunden hatten, diagonal gegenüberlag. Dann jedoch fiel ihm ein, dass hier, wo es um kunstvolle Irreführung ging, gerade das Nächstliegende vermieden sein könnte. Daher gingen sie gleich die andere Ecke an, welche wie die in der Diagonale nach außen wies, und da überraschte sie es schon nicht mehr, als sie nach kurzem Suchen genau wie beim ersten Mal auf einen Rundbogen stießen, dessen Hohlraum auch nur mit leichtem Geröll ausgefüllt war. Jetzt hielt GG den Inder nicht erst auf, denn ihm war, als verginge die Zeit zu rasch und sie könnten sich zu lange verweilen.

Es dauerte nur eine halbe Stunde, bis Tschandru-Singh wiederkam. „Sahib", sagte er, „auch hier kannst du nur kriechen, aber du triffst auf kein Hindernis."

„Bist du aus dem Gang ins Freie gekommen?"

„Nein, Sahib. Ich kam an eine Steinplatte. Sie schließt den Gang ab. An einer Ecke ist sie zerbrochen, und ich sah Buschwerk. Ich habe an ihr gerüttelt, sie sitzt lose. Doch ich habe sie lieber gelassen wie sie war."

„Das war richtig, Tschandru. Und nun rasch alles wieder so herrichten, wie es war!"

## Kriegsrat

Die drei waren einer Meinung: wenn der Syrer irgendwo hilfreiche Männer aufgeboten hatte, die ihn von seinen Beschützern befreien sollten, dann konnten sie nur durch den geheimen Gang in die Burg gelangen. Ihre Aufgabe war, von Marûn aus gesehen, nicht übermäßig schwer. Denn in der Nacht war das Team ja aufgesplittert. Die zwei, von denen er annahm, dass sie im Prinzenturm schliefen, waren durch einen zahlenmäßig überlegenen Trupp aufzuheben, ohne dass davon in den anderen Türmen etwas zu merken war. Die beiden, die im Hauptturm saßen, gerieten geradezu in eine Zange, denn in dem Vorzimmer, in dem sie sich aufhielten, saßen sie zwischen den Eindringlingen, die sie von der Treppe her fassten, und Marûn selbst, den sie dann im Rücken hatten. Wenn auf den Lärm des Zusammenstoßes hin die Torwächter ihren bedrohten Kameraden zu Hilfe kommen wollten, so konnten sie ohne Schwierigkeit von drei, vier Männern matt gesetzt werden, die in dem Augenblick über sie herfielen, in dem sie ihren Wachtturm verließen.

„Umsichtig, umsichtig", bemerkte der Graf anerkennend. „Schade, dass wir ihnen den Gefallen nicht tun können, darauf einzugehen."

„Der Plan hat *eine* Voraussetzung", sagte GG. „Er kann nur glücken, wenn sie uns völlig überraschen!"

„Selbst dann hat er", so setzte der Graf seine Überlegungen fort, „meines Erachtens einen Schönheitsfehler. Ich bitte Sie – es lägen dann hier sechs Tote herum. Das wäre doch ausgesprochen lästig."

„Fangen sie genauso", sagte der Chef, „wie sie die Torwächter schnappen könnten. Nehmen sie in dem widerlichen Turm einen nach dem andern in Empfang. Kommt einer durch das Loch gekrochen – rappelt sich auf, und schon wird er gepackt und gebunden."

„Meinen Sie nicht, Chef", wandte der Graf ein, „das könnte eine störende Verkehrsstockung zur Folge haben, die sich dann für die übrigen Teilnehmer des Ausflugs günstig auswirkt? Man sagt in solchem Falle gern, ‚sie riechen Lunte', obwohl es schon seit Generationen keinen Menschen mehr gibt, der wüsste, wie eine Lunte riecht. Sie machen einfach kehrt, sie verkrümeln sich – das Trauerspiel, das hier aufgeführt werden sollte, kommt sozusagen über die ersten Sätze der ersten Szene des ersten Aktes nicht hinaus, und wir erfahren nie, wie es eigentlich ablaufen sollte!"

„Und das müssen wir wissen", sagte GG. „Was will Marûn damit eigentlich? Ich kann nicht annehmen, dass er uns sechs hier umbringen lassen will!"

„Mein lieber GG, warum denn nicht?", warf der Graf ein.

„Wenn der Mann sich in einer unheimlichen Zwangslage befindet? Wenn ein verzweifelter Mensch nicht mehr aus noch ein weiß, dann gibt er dem Teufel nicht nur den kleinen Finger, sondern Leib und Seele."

„Aber Graf! Fünf Europäer und ein Inder ermordet! Das bleibt doch nicht verborgen –"

„Ich gebe zu, zur Hebung des Fremdenverkehrs, von dem Herr Ghamin träumt, trägt so etwas nicht gerade bei –"

„Nein, nein", sagte GG bestimmt. „Wir müssen abwarten, ob jemand kommt – wer da kommt – und vor allem, was er vorhat."

„Gefährlich, GG", antwortete der Chef darauf. „Lassen womöglich eine ganze Mannschaft herein, und wir? Zwei in dem einen Turm, zwei in dem anderen bei dem Effendi – und zwei sollen dann mit den Kerlen fertig werden? Sind vielleicht zwölf – oder noch mehr?!"

GG schwieg darauf, und der Graf machte keinen Scherz mehr. Die Sache wurde ernst.

„Schlage Änderung vor", sagte der Chef. „Graf und Neunauge übernehmen von jetzt an ständig die Torwache. Bei Marûn wachen Plumpudding und Tschandru-Singh. GG und ich bleiben nachts am Dschin-Turm."

„Das geht nicht, Chef", erwiderte GG. „Jede Änderung, die Marûn bemerkt, erregt seinen Verdacht. Für ihn muss alles so bleiben, wie es bisher war. Wenn Sie dran sind, bei ihm zu wachen, müssen Sie im Donjon sein, und ich auch. Nur wenn Sie oder ich Torwache haben, können Sie Plumpudding dort lassen und ich Tschandru-Singh, und dann können wir zusammen überwachen, was am Dschin-Turm geschieht. An der Torwache genügt einer."

„Somit bestünde das Empfangskomitee ständig aus drei Mann", sagte der Graf.

Der Chef entschied: „In Ordnung. Wird so gemacht."

„Was halten Sie davon?", fragte GG. „Wir sind nicht sicher, dass alles so abläuft, wie wir es annehmen. Es kann doch auch etwas ganz anderes geschehen, von dem wir nichts ahnen. Soll ich nicht die alte Batijah ins Bild setzen, dass wir etwas befürchten?"

„Vielleicht nicht schlecht", meinte der Graf. „Immerhin zwei Augen und zwei Ohren mehr."

„Hat uns den Schlüssel verschafft", sagte der Chef. „Hält zu uns. Ein Horchposten. Bin dafür."

Sie gingen auseinander, und sobald es sich unauffällig machen ließ, sprach GG mit der alten Frau. „Batijah", sagte er, aber sie legte sofort wie beschwörend ihre Hand auf ihn. „Frage mich nichts", flüsterte sie. „Darum habe ich dich doch schon gebeten."

„Ich will dich nichts fragen", antwortete GG. „Ich will dir etwas sagen." Einen Augenblick lang überlegte er wieder, wie weit er wohl gehen dürfe. War ihr der geheime Ausgang bekannt? Wenn nicht, dann musste sie seine Mitteilung nur in neue Ängste stürzen. Nein, davon durfte er nichts erwähnen, solange er nicht wusste, ob sie das Geheimnis des Turms der bösen Dschins kannte. „Batijah", sagte er, „wir vertrauen dir. Und wir bitten dich: hilf uns!"

Sie sagte darauf nichts und sah ihn nur erschreckt an.

„Wir glauben", sprach er weiter, „hier kann bald irgend etwas Böses geschehen."

„Wisst ihr das schon? Aber sie sind noch nicht da!" Die Worte entfuhren ihr, und GG war aufs höchste überrascht. Also wusste auch Batijah, dass etwas im Gange war? Aber wer waren die „sie", von denen sie wusste? Doch er hielt sich daran, dass er ihr mit keiner Frage kommen durfte. „Ja", sagte er, „wir wissen es. Aber wir wissen nicht genug."

„Wenn man wüsste, wer alles weiß", antwortete sie bekümmert.

Ihm kam ein neuer Gedanke. „Batijah, ich will nachts nicht mehr im Prinzenturm schlafen. Ich will innerhalb der Mauern wachen."

„Das ist gut", flüsterte sie.

„Wenn ich da wache, willst du nicht bei mir sein?" Sie zögerte mit der Antwort.

„Du kennst die Geräusche der Nacht besser als ich, Batijah! "

„Ich werde kommen, Effendi", flüsterte sie und verließ ihn dann rasch.

## Die Nacht der Geschichten

Nacht um Nacht verging, ohne dass sich etwas ereignete. Doch je weniger geschah, desto größer wurde für die sechs die Spannung, denn mit jeder Nacht, die sie vergeblich durchwacht hatten, rückte ja die näher, auf die sie warteten. Schon wurden sie gewahr, dass es ihnen an Schlaf fehlte. Da es sie immer mehr Mühe kostete, wach zu bleiben, hatten die drei, die den Raum zwischen dem Donjon und dem Turm der bösen Dschins zu kontrollieren hatten, es sich zur Regel gemacht, einander alle halben Stunden aufzusuchen, damit keiner, von Müdigkeit überwältigt, etwa einschliefe, und in diesem Wachgang wurde auch die Stube im „Turm der stolzen Kaiserin" einbezogen, da in ihr jetzt immer nur einer blieb.

Der Graf und Neunauge, die diese Nacht im Vorzimmer zu Marûns Wohnung zubrachten, hielten sich den Schlaf fern, indem sie einander erzählten, was ihnen aus der Zeit ihres Lebens, die sie nicht zusammen verbracht hatten, erzählenswert schien, und da Neunauge auf seine Jugendjahre in Marseille zu sprechen gekommen war, ging ihm der Vorrat an merkwürdigen und aufregenden Erlebnissen nicht aus. „Einmal", so fing er eine neue Geschichte an, „kam ich im Hafenviertel mitten in eine Schießerei zwischen Chinesen. Das war damals nichts Besonderes, man hatte sich schon daran gewöhnt, und niemand fand etwas dabei, dass die Chinamänner ihre Streitigkeiten auf der Straße austrugen. Nebenbei bemerkt: dabei floss selten Blut, denn sie waren elende Schützen; dass es ordentlich knallte, war für sie die Hauptsache. Aber gerade, als ich nun so dazugekommen war – na, Herr Graf, ich war noch keine siebzehn, da können Sie sich denken, dass das eine Sache für mich war –, also gerade, als ich um die Ecke biege, da geht eine Kugel wieder daneben. An dem Chinamann, dem sie zugedacht war, geht sie haarscharf vorbei und fährt in ein Fenster –"

„Also Scherben!"

„Schlimmer, Herr Graf, viel schlimmer. Das Fenster gehörte nämlich zu einer Werkstatt, in der Raketen fabriziert wurden, überhaupt aller möglicher Feuerwerkskram, und da fährt die Kugel doch auch noch in ein Pulverfässchen! Das Pulver explodiert. Ein furchtbarer Krach, die ganze Bude bricht zusammen, die Menschen schreien, und schon schlagen die Flammen lichterloh hoch. Nun war an der Werkstatt wirklich nicht viel dran. Sie war nur eine armselige Bude. Den Mann, der die Raketen machte, habe ich gut gekannt, Dufour hieß er, Marcel Dufour, ein alter Mann mit einem Holzbein, das richtige hatte er in der Sahara gelassen – wo war ich doch mit der Geschichte, Herr Graf?"

„Du sagtest, die Werkstatt des Monsieur Holzbein sei nur eine armselige Bude gewesen."

„Das war sie auch, aber das Feuer war nicht ohne, dazu pufftte und krachte es, denn nun gingen doch alle Raketen los, und die Funken flogen 'rüber in das große Lager von Frau Pescatori Witwe, das war eine Weltfirma in Öl und Fetten, und nun stellen Sie sich das vor, Herr Graf, wie das brennt!"

„Schrecklich, schrecklich …"

„Großartig, Herr Graf, großartig. Ich habe nie wieder solch ein Feuer gesehen!"

„Aber nun wird doch endlich die Feuerwehr gekommen sein!"

„Natürlich kam sie. Aber was konnte sie denn machen?

Was brannte, das musste ausbrennen, bis nichts mehr da war, und die Feuerwehr konnte nur dafür sorgen, dass nicht auch in Flammen aufging, was bis dahin noch nicht brannte, und das ist ja gerade, was ich erzählen wollte. Da war nämlich eine Wirtschaft, eine Wirtschaft für Hafenarbeiter, eine Goldgrube, Herr Graf, das können Sie mir glauben!"

„Ich glaube es dir, Neunauge. Es hat mich immer wieder erstaunt, wie rasch manche Menschen zu Geld kommen."

„Sie hatte auch einen Namen, der zog: ‚Hier, wo die Katze Tango tanzt', hieß sie. Der Tango war damals gerade Mode geworden. Aber wie weit war ich mit der Geschichte, Herr Graf?"

„Ich hatte den Eindruck, dass die Flammen, welche die Feuerwehr kaum eindämmen konnten, in jedem Augenblick diese bemerkenswerte Wirtschaft erreichen würden."

„So sah es auch aus, genauso. Und da stürzten zwanzig, dreißig Mann – was sage ich, fünfzig werden es gewesen sein! – also die stürzten in die Wirtschaft –"

„Um zu retten, was zu retten war?"

„Wie man's nimmt. Sie rissen nämlich alle Flaschen an sich

und tranken sie aus, damit das Feuerwasser nicht auch ein Raub der Flammen würde wie die Öle und Fette der Frau Pescatori Witwe, und ehe sie in der Wirtschaft überhaupt wussten, was los war, da waren schon alle Flaschen leer, alle Männer wieder fort, keiner hatte einen Centime bezahlt, und die Feuerwehr setzte alles unter Wasser. Der Wirt aber hat seinem Sohn die ganze Schuld zugeschoben, weil der nicht die Tür rechtzeitig abgeschlossen hätte, und vor Wut ist der Sohn mit seiner Frau von heut auf morgen nach Madagaskar ausgewandert. Da hat der Vater noch einmal heiraten müssen, denn in solch ein Geschäft gehört eine Frau – und alles nur, weil der Chinese vorbeigeschossen hatte!"

„Da siehst du, Neunauge, was die Gelehrten eine Kettenreaktion nennen!"

„Aber das Schönste, Herr Graf: am andern Tag treff' ich doch den Chinesen, der den Schuß abgefeuert hat! ‚Mensch', sage ich zu ihm, ‚nun verschwinde aber aus Marseille. Wenn sie dich erwischen!' Da lachte der Kerl: ‚Mich niemand erwischen', sagte er. ‚Für Polizisten hier ein Chinamann aussehen wie andrer Chinamann.' Ich habe ihn aber gleich wiedererkannt, Herr Graf. Natürlich – gesagt habe ich nichts!"

„Richtig, Neunauge. Die Kette rechtzeitig abbrechen – wer das kann, der tut der Menschheit oft den größten Dienst."

Der Graf trat ans Fenster, das offenstand, und horchte hinaus. „Nichts", sagte er dann. „Noch immer nichts." Er blickte in die Nacht. In dem hellen Mondlicht hoben sich Mauern und Türme scharf ab und warfen schwarze Schatten. Er sah das Tor und links und rechts davon den Adlerturm und den der stolzen Kaiserin. Das gefährliche Gebiet um den Turm der bösen Dschins war seinem Blick entzogen. Dort wachten der Chef, GG und Tschandru-Singh.

Die Mauern, die von den vier Ecken des Donjon zu den nächstgelegenen Türmen gezogen waren, teilten den Raum zwischen dem Hauptturm und den Außenmauern in vier verschieden große Vierecke auf. In jeder der Verbindungsmauern befand sich nur eine schmale Öffnung, und über ihr waren noch die Kehlsteine zu sehen, in denen früher einmal die Tragbalken eines Fallgitters gelegen hatten. Der Chef hatte seinen Posten am Durchgang der Mauer, die vom Donjon aus zum Turm der bösen Dschins führte und an der einen Seite den Garten abschloss, an der andern den Raum mit der Zeder begrenzte. GG hielt sich an der Verbindungsmauer zwischen Donjon und dem Prinzenturm verborgen, während Tschandru-Singh um den Hauptturm herum von einem zum andern zu patrouillieren hatte, wobei er von Zeit zu Zeit auch die Wachstube im Turm der Kaiserin aufsuchte, in der sich Plumpudding aufhielt. Nach zwei Stunden löste der Inder den Posten an einer der Mauern ab, und dann war der Betreffende für den Rundgang frei. So hatte der Chef den Dienst für den Ablauf der Nacht genau eingeteilt – aber einen Plan, wie sie mit den erwarteten Eindringlingen fertig werden sollten, konnte er nicht festlegen, weil sie ja nicht wissen konnten, wie sich die Unbekannten verhalten würden.

Schlichen sie etwa zuerst in den Prinzenturm, der ihnen ja, wenn sie durch den geheimen Gang kamen, am nächsten lag? Oder war es ihnen wichtig, als erstes ihr dunkles Vorhaben im Donjon zu erledigen – oder waren es so viele, dass sie sich in drei verschiedenen Trupps zu gleicher Zeit in die drei Türme begaben, deren Besatzungen sie zu überwältigen gedachten? Was zu tun war, konnte der Chef wirklich erst entscheiden, wenn ihm die Absichten der geheimnisvollen Gegner bekannt wurden, und so hatte er nur angeordnet, dass nichts geschehen dürfte, was die Männer, die da kommen sollten, vorzeitig warnen könnte. Alles hing davon ab, dass keiner die Nerven verlor, auch wenn sie sich einer vielleicht erheblichen Übermacht gegenübersahen. Sie mussten auf ihre guten Waffen vertrauen und auf ihre Entschlossenheit, richtig zu handeln, wenn es so weit war.

GG hörte Batijah erst, als sie gleich darauf neben ihm stand, denn sie hatte sich ihrer Sandalen entledigt und ging barfuss, um sich nicht zu verraten. Auch sie wachte mit den Männern und hockte dann auf dem obersten Absatz einer Steintreppe, die an der Außenwand am Turm der Stummen hinaufführte. Von Zeit zu Zeit aber kam sie zu GG und setzte sich neben ihn auf die Steintrümmer, von denen aus er durch die Öffnung in der Verbindungsmauer den Eingang zum Turm der bösen Dschins beobachtete. Da die Zeder ihre Äste erst in einem hohen Abstand vom Erdboden ausbreitete, hinderten sie den Durchblick nicht.

Noch immer hatte GG von der alten Frau nicht mehr erfahren, als sie ihm unwillkürlich verraten hatte. Aber er war sich darüber klar, dass er ihr Zeit lassen musste. Er war schon zufrieden, dass sie in diesen nächtlichen Stunden überhaupt ins Erzählen kam, und indem er sich ihr da fügte, hoffte er, mit Geduld schließlich doch noch zum Ziele zu kommen. Schon konnte er sie nach diesem und jenem fragen, ohne dass sie davor zurückscheute. Mit geheimem Grauen hatte sie ihm die Geschichte eines persischen Räubers erzählt, der in Tripoli einen reichen Juwelenhändler erschlagen und sich dann vor seinen Verfolgern im Turm der bösen Dschins verborgen hatte – nie wieder hatte man etwas von ihm gesehen. Für sie stand es fest, dass die Dschins ihn zerrissen und seine Glieder in alle Winde verstreut hatten. ‚Er wird', dachte GG, ‚durch den geheimen Gang entwischt sein', und sagte: „Du wolltest mir auch noch vom Turm der stolzen Kaiserin erzählen, Batijah."

„Oh, Effendi", sagte sie und sprach so leise wie er, „dies ist ein Haus der bösen Geschichten. Es hat mir gegraut von Anfang an, und wie gern hätte ich es nie betreten. Aber wenn du alt wirst, wenn die Jahre kommen, die dir nicht mehr gefallen, dann musst du froh sein, wenn du irgendwo unterkriechen kannst." Sie schwieg, und es war GG nicht sicher, dass sie ins Erzählen geraten würde, denn er hatte es schon erlebt, dass sie, von düsteren Gedanken überwältigt, sich zum Reden nicht mehr aufraffen konnte. Doch jetzt fing sie auf einmal wieder zu sprechen an.

„Sie lebte in einem herrlichen Schloss, die stolze Kaiserin", sagte sie. „Es stand am blauen Meer, und es gab auf der ganzen Erde keine schöneren Gemächer als die ihren. Das Ankleidezimmer war mit weißem Marmor getäfelt und mit Heiligenbildern ausgemalt, und alle Heiligen standen auf Goldgrund. Ihr Schlafgemach hatte einen Fußboden von Marmor, der glich einer Wiese voll blühender Blumen, und die Wände waren von rotem Porphyr. Und Türen sahst du aus Silber und Elfenbein, mit Goldfäden waren die Teppiche bestickt, und von Gold waren die Leuchter, die von der gewölbten Decke herabhingen. In einer Kammer von Purpur kam ihr Sohn zur Welt, und deshalb hieß er ‚Der in Purpur Geborene'. Aber was blieb von all der Herrlichkeit? Heute nennt ihn keiner mehr so, und alle kennen nur den Namen, den er in diesem Turm des Unglücks erhielt."

„Er war der arme Prinz?", fragte GG.

„Er wurde der arme Prinz", flüsterte Batijah, „und wer war schuld dran?"

„Sein Ehrgeiz", antwortete GG.

„Seine Mutter, die stolze Kaiserin", sagte Batijah.

„Sie hatte ihn vielleicht zu fürchten?", fragte GG.

„Er war ein Knabe von vier Jahren", sagte Batijah. „Sie konnte es nicht erwarten, dass er die Kaiserkrone trug. Aber sie dachte dabei gar nicht an ihn. Wenn der Kaiser nicht mehr lebte, wenn ihr Sohn an seiner Statt auf dem Thron saß, dann galt sie als Mutter des Kaisers mehr als der Kaiser, denn er war ja noch lange Kind. Oh, Effendi, der du die Menschen kennst – was trieb sie nur, noch mehr zu sein, als der Kaiser war?"

„Musste sie dem Knaben vielleicht das Reich erhalten? War ihr Gatte, der Kaiser, vielleicht ein schlechter Herrscher?"

„Er war hart, aber nicht böse. Er kannte keine Nachsicht, aber er schonte sich selbst nicht. Solange er lebte, war Friede."

„Vielleicht wollte sie so reich sein, wie der Kaiser war."

„Nicht die Schätze des Kaisers lockten sie, denn auch ihre Schatzkammer war voll gefüllt."

„Vielleicht liebte der Kaiser sie nicht mehr?"

„Es war nicht die Liebe des Kaisers, die sie begehrte. Es war die kaiserliche Macht, die sie verlockte. Und sie gewann einen seiner Leibwächter, der sollte den Kaiser im Schlaf erstechen. Aber der wachte auf, sah den Mann an und fragte: ‚Was willst du tun?' Da erschrak der Mann so, dass er den Dolch wegwarf und alles bekannte.

Der Kaiser befahl der Kaiserin, mit ihrem Sohn vor ihm zu erscheinen, und als sie vor ihm stand, verlangte er von ihr, sie solle ihre Schuld bekennen. Doch die Kaiserin schwieg. Sie öffnete ihre Lippen nicht. Sie schwieg. Denn sie war zu stolz, ihre Schuld zu gestehen. Der Kaiser aber liebte sie immer noch, denn sie war nicht nur stolz, sie war auch schön wie die Erde am Morgen. ‚Gestehe deine Schuld', sagte der Kaiser, ‚und sie ist vergessen!' Doch sie schwieg.

Da ließ der Kaiser sie auf diese Burg bringen, in den Turm, der heute noch nach ihr heißt, und in den Turm dort ließ er den Knaben bringen, den armen Prinzen. Und der Kaiser legte einen Schwur ab auf das heilige Evangelium: sieben Jahre wollte er der Kaiserin Zeit lassen. Wenn sie in diesen sieben Jahren ihre Schuld bekannte, sollte sie frei sein und ihm so lieb sein wie zuvor. Aber wenn sie es nicht täte, dann würden sie und der Sohn, den sie geboren, den Stummen überliefert."

„Wer waren die Stummen, Batijah?"

„Siehst du, Effendi: hier ist der Turm des armen Prinzen, drüben steht der Turm der stolzen Kaiserin, und zwischen beiden steht der Turm der Stummen. Sie waren die Henker des Kaisers. Sie waren armselige Männer, denen die Zungen genommen worden waren, damit sie keinem Menschen sagen konnten, wen sie im Namen des Kaisers erdrosselt hatten. Sie konnten auch nicht lesen und nicht schreiben. Und jedes Jahr schickte der Kaiser einen Herrn vom Hof, der musste die Kaiserin fragen, ob sie jetzt reden wolle. Aber sie schwieg und schwieg und schwieg, die stolze Kaiserin, und als die sieben Jahre um waren, da kamen die Stummen zu ihr und zu dem armen Prinzen."

‚Eine Kaiserin von Byzanz', dachte GG. ‚Die Kaiserin Eudokia wurde von Konstantinopel nach Palästina verbannt. Aber das geschah 650 Jahre früher, als diese Burg gebaut wurde. So kann das nicht gewesen sein. Nicht historisch, nur eine Sage. Geschichtliche Tatsachen mit Erfundenem vermengt. Aber welche Wahrheit schimmerte aus dem Gewebe: Umkehren kann ein Mensch nur, nachdem er seine Schuld eingestanden hat ..."

„Ich danke dir, Batijah", sagte er. „Was ist unheilvoller, als wenn ein Mensch nicht bereit ist, die Schuld einzugestehen, die er begangen hat?"

„Zu dir kann ich sprechen, Effendi", sagte sie. „Du hörst, was in den Worten verborgen ist. Yuhanna es Ghamin lacht mich aus."

GG horchte auf. Kam sie jetzt auf Ghamin zu sprechen? War das endlich ein Anfang? Erfuhr er von ihr nun, was die Lebenden anging, die in der unheimlichen Burg wohnten oder hier aus und ein gingen? Sollte er darauf einhaken? War es so weit, dass er das wagen konnte, oder würde die alte Frau dann von neuem verstummen? Nein, er wartete nicht länger.

„Ghamin", sagte er – aber weiter kam er nicht. Einen Schritt vor ihm fiel ein Stein auf den Boden, ein kleiner Stein nur, und das matte Geräusch war sofort wieder verstummt. Aber der Stein war von drüben gekommen, wo der Chef stand. Es war das Zeichen, das sie vereinbart hatten, das Zeichen dafür, dass etwas drohte.

„Gefahr!", flüsterte er Batijah zu. Sie wollte wegstürzen, aber er hielt sie fest. „Nein, dort!" Er wies auf die Nische in der Verbindungsmauer, die wohl einmal durch eine Säule ausgefüllt worden war. Sie presste sich in die hohle Stelle, und er versteckte sich hinter den Steinblöcken, auf denen er gesessen hatte.

Jetzt sah er, dass sich im Eingang zum Turm der Dschins eine Gestalt bewegte. Aber der Mensch trat nicht heraus. Offenbar wagte er es noch nicht, ehe nicht auch seine Gefährten durch den Gang gekrochen waren, was ja nur langsam vor sich gehen konnte.

‚Sie kommen', dachte GG.

‚Sind da', dachte der Chef, der gut verborgen, die Pistole in der Hand, den Eingang zum Dschin-Turm scharf beobachtete.

Tschandru-Singh kam von seinem Kontrollgang um den Donjon herum durch den Garten. Er sah den Chef nicht an der gewohnten Stelle. Der Chef musste sich versteckt haben. Also war da etwas, das ihn beunruhigte! Wusste Sahib GG schon Bescheid? Er wollte umkehren, um ihn zu erreichen. Aber zugleich fiel ihm ein, dass nichts unternommen werden sollte, was die Eindringlinge hätte warnen können, und so wagte er es nicht, sich zu bewegen, sondern blieb dicht am Stamm des Korallenbaums. Bis zum Eingang des Dschin-Turms konnte er von da nicht blicken, da die Verbindungsmauer es verwehrte.

Jetzt! Chef und GG hielten den Atem an. Aus dem Turm traten Männer. Lautlos. Der Chef zählte sie. GG nahm sie gewissermaßen auf: weiße Pluderhosen, an den Knöcheln zugebunden. Leibbinden um den Bauch. Eng anliegende Jacken. Ein Überwurf mit kurzen, weit offenen Ärmeln. Turbane. Also Muslime.

Sie bewegten sich lautlos, einer hinter dem andern an der großen Zeder vorbei. Vorsichtig, langsam kamen sie auf die Verbindungsmauer zu, deren Durchlass GG zu bewachen hatte. Aber es war noch nicht gewiss, dass dies ihr Ziel war. Sie konnten auch vorher noch zum Prinzenturm abbiegen.

GG hatte seine Pistole schon gezogen. Jetzt entsicherte er sie. Ein Schrei gellte durch die Nacht. „*Meta wile*! *Meta wile*!"

Batijah, die ihn ausgestoßen hatte, hielt jetzt nichts mehr. Sie rannte davon, zum Tor, zum Tor.

## Der Überfall

Der Plan der Eindringlinge, sich unbemerkt in die bewohnten Türme der Burg zu schleichen, war vereitelt. Durch den Aufschrei Batijahs wussten sie, dass sie entdeckt waren. Zugleich war aber auch die Absicht des Teams zunichte, erst einmal abzuwarten, was sich ereignen würde. Jetzt musste der Chef blitzschnell handeln. Die Fremden durften nicht etwa auf dem Weg, den sie gekommen waren, wieder entweichen, denn es lag ja alles daran, dass man sie fasste und zum Reden zwang. Sie durften also nicht zurück, aber sie durften auch nicht vorwärts, sie durften sich mit ihrer Übermacht nicht auf die drei Männer des Teams stürzen, von denen GG ganz allein stand.

Der Chef hatte Tschandru-Singh neben sich, denn der war zu ihm gerannt, als durch den Schrei der alten Frau jede weitere Vorsicht unnötig geworden war. „Lasse dich hier allein", flüsterte der Chef dem Inder zu.

„Ja, Sahib."

„Lässt hier keinen durch!"

„Nein, Sahib."

„Schießt jeden nieder, der hier durch will!"

„Ja, Sahib."

„Sonst schießt du nur, wenn ich's kommandiere!"

„Ja, Sahib."

„Weiß, dass ich mich auf dich verlassen kann."

„Ja, Sahib."

„Gut."

Was hier so genau wie möglich berichtet wird, spielte sich in Sekunden ab. „Feuern!", schrie der Chef zu GG hinüber. Sofort knallte es drüben. Um sich vor den Schüssen zu decken, wichen die bedrohten Männer in den Raum zwischen der Zeder und der Außenmauer zurück. Dass sie GG nicht mit gleicher Münze bezahlten, bewies dem Chef, dass sie keine Schusswaffen besaßen. Aber selbst wenn sie die in Händen gehabt hätten, so hätte ihn das nicht von seinem Husarenstreich abgehalten.

Während ihre Aufmerksamkeit noch ganz nach links auf GG gerichtet war, schlich er von rechts her an sie heran und sprang auf, als er ihren letzten Mann erreicht hatte, der ihm den Rücken zukehrte. Aber der hatte etwas gehört und drehte sich um. Er sah den Chef und wollte auf ihn los. Schon aber fuhr ihm der Chef mit eisernem Griff an die Kehle, riss ihn nieder und zog den röchelnden Mann zum Eingang des Dschin-Turms, bis wohin es nur wenige Schritte waren. Hier ließ er ihn liegen, kauerte sich neben ihm hin und gab über ihn weg eine Serie von Schüssen ab, die in den Stamm der Zeder einschlugen. Damit stoppte er die Araber, die sich nach dieser Überraschung gefasst hatten und hinter ihm her wollten, um den überwältigten Mann wieder zu befreien. Sie wichen zurück, und der Chef hatte erreicht, was er wollte. Der Rückweg war ihnen versperrt, und er hatte sich eine Geisel gesichert, wodurch das Team sich gegen einen Angriff der Übermacht schützen und die Männer zum Verhandeln zwingen konnte.

Aber noch war es nicht soweit. Noch waren die Turbanmänner nicht mürbe. „Tschandru, los!", rief der Chef zu dem Inder hinüber, und nun krachten auch von dort her die Schüsse, die den Eindringlingen bewiesen, dass sie von drei Seiten her unter Feuer genommen werden konnten. Die Pistolenkugeln fuhren in die Mauer, dass Mörtel und Steine splitterten. Um keine Zielscheibe abzugeben, warfen sich die *Meta wile* zu Boden. Sie lagen zwischen Zeder und Mauer.

Inzwischen hatten die aufregenden Vorgänge innerhalb des Mauerrings bis in das Vorzimmer zu Marûns Wohnung gewirkt. Bei dem Schrei Batijahs waren der Graf und Neunauge aufgesprungen, und als die ersten Schüsse fielen, rief Neunauge außer sich: „Herr Graf, wir müssen hin!" Damit riss er schon seine Pistole aus der Tasche.

„Jaja, ja", antwortete der Graf und stürzte zur Tür, wie Neunauge die Pistole in der Hand. Aber ein wildes „Halt!" hielt sie zurück.

Marûn stand in der Verbindungstür, die er aufgerissen hatte, und auch er hielt eine Waffe schussbereit, seinen schweren Browning. „Halt!", rief er wieder. „Keiner verlässt das Zimmer!"

„Darf ich Sie darauf aufmerksam machen", sagte der Graf, „dass dies nicht der Ton ist, in dem ich mich zu unterhalten pflege."

„Sie dürfen mich nicht allein lassen", rief Marûn. In seinen schwarzen Augen flackerte es. „Ich habe Sie engagiert, mich zu beschützen. Jetzt, wo Schüsse fallen, wo Räuber in die Burg gedrungen sind, wollen Sie mich im Stich lassen!"

„Wollen Sie vielleicht, dass wir unsre Freunde im Stich lassen?", fragte der Graf scharf. Er überlegte sehr rasch. Marûn hatte den Überfall erwartet. Marûn hatte die Männer, die er Räuber nannte, selbst herbeigerufen. Sicher waren die Drei des Teams da unten ihnen an Zahl unterlegen. Sie mussten Hilfe haben. Aber war es nicht ebenso wichtig, Marûn daran zu hindern, mit den Kerlen, die er bestellt hatte, zusammenzukommen?

„Neunauge", befahl er, „du gehst! Ich bleibe."

„Nein!", schrie Marûn. Neunauge warf die Tür hinter sich zu; das war seine Antwort.

„Wenn ich mich recht entsinne", sagte der Graf in seinem höflichsten Ton, „so wollten Sie anfänglich überhaupt nur einen Mann zu Ihrem Schutz hier im Turm haben. Sie sehen, Sie haben Ihren Willen durchgesetzt."

Sie standen einander gegenüber, jeder die Pistole in der Hand, und hörten, wie Neunauge die Treppe hinunterraste. Jetzt rannte er aus dem Turm zu GG, von dem er ja wusste, wo er ihn zu suchen hatte.

„Wo sind sie?", fragte er, von seinem schnellen Lauf noch keuchend.

„Hinter der Zeder."

„Wie viel?"

„Fünfzehn sicher, vielleicht noch mehr."

„Jemand verwundet?"

„Von uns bestimmt nicht. Sie schießen nicht zurück."

Jetzt fielen Tschandru-Singhs Schüsse, und aus dem Feuerbefehl des Chefs sah GG dessen Absichten. „Neunauge", sagte er, „die Araber sind umstellt. Aber nur von drei Seiten. Der vierte fehlt noch. Der Chef liegt am Dschin-Turm. Wollen Sie versuchen, den Prinzenturm zu erreichen, und feuern, wenn Sie dort sind?"

„Deswegen bin ich doch gekommen", antwortete Neunauge. „Ich wusste ja, allein können Sie das nicht schaffen."

„Aber schießen Sie hoch", sagte GG, „das genügt."

„Ich bin kein Blutmensch", erwiderte Neunauge stolz. „Vorwärts!"

Er kroch an der Verbindungsmauer entlang und kam an den Prinzenturm ohne Schwierigkeiten. „Ziel erreicht!", schrie er in die Mondscheinnacht, und dann feuerte er seine Schüsse ab.

‚Hat geklappt', dachte der Chef befriedigt. ‚Sind im Kessel. Können nicht mehr 'raus. Müssen den Schwanz einziehen.' In bester Laune rief er zu GG hinüber: „Großer Geist, jetzt rede du mit den Söhnen der Nacht! Habe mir einen von ihnen geangelt. Sag ihnen, wenn sie einen einzigen Schritt tun, der mir nicht gefällt, dann werden seine Hinterbliebenen ihnen schwere Vorwürfe machen!"

## Zweikampf

Immer noch standen die beiden Männer im ersten Stock des Donjon mit der tödlichen Waffe in der Hand einander gegenüber. Sie hörten die Schüsse, die fielen, aber keiner wusste, wie die Lage unten war, und das unheimliche Schweigen, das ihnen folgte, konnte für jeden eine andere Bedeutung haben.

Marûn wusste, dass die *Meta wile* mit einer starken Mannschaft hatten kommen wollen. Waren die Schüsse der verzweifelte Versuch der Männer aus London gewesen, sich der Überzahl zu wehren? Was der Chef gerufen hatte, war hier nicht zu verstehen gewesen, denn die Räume lagen ja nach der Torseite hin. Besagte die Stille, dass der Kampf schon vorüber und der Überfall geglückt war? Dann stand der Graf hier auf verlorenem Posten, und auch mit den beiden in der Turmstube würde es bald vorbei sein – dann hatte Marûn erreicht, was er sich gewünscht hatte. Aber er kam nicht dazu, diesen Triumph zu genießen, denn plötzlich wurde ihm siedendheiß bewusst: durch diesen Sieg seiner Leute kam er ja selbst in höchste Lebensgefahr. Denn wenn die Gefährten des Grafen überwältigt waren und er für sich dasselbe Schicksal voraussah, wenn er dazu begriff, dass Marûn hinter diesem tückischen Anschlag stand – was lag dann näher, als dass der Graf, da er sich nicht mehr retten konnte, in der Verzweiflung der letzten Augenblicke ihn niederschoss? Oder – oder – ein neuer jagender Gedanke: wenn der Graf ihn jetzt überwältigte, um mit ihm als Pfand seine Freiheit und die der anderen auszuhandeln?!

„Legen Sie Ihre Pistole auf den Tisch", stieß Marûn heraus, heiser vor Aufregung.

„Nach Ihnen, Effendi, nach Ihnen", antwortete der Graf.

Es war ihm klar, dass sie hier auf des Messers Schneide standen. Aber das hielt ihn nicht davon ab, sich auf diesem schmalen Grat zwischen Tod und Leben so sicher und heiter zu bewegen wie auf dem wohl glatten, aber ungefährlichen Parkettboden eines Salons, obwohl sein scharfer Blick etwas bemerkt hatte, das ihn sehr beunruhigen musste.

„Sie bedrohen mich", keuchte Marûn.

„Wenn ich mich nicht sehr täusche, Effendi, haben auch Sie eine Waffe in der Hand!"

„Sie haben die Schüsse gehört –"

„Gerade weil ich sie hörte, musste ich zur Pistole greifen", antwortete der Graf in unerschütterlicher Ruhe. „Die Lage ist unklar, und nur das eine ist ganz klar: meine Aufgabe ist es, Sie zu beschützen."

„Ich brauche Ihren Schutz nicht. Meine Pistole gibt zehn Schüsse. Ich kann mich allein verteidigen!"

„Sie übersehen eins, Effendi. Waffen haben oft eine doppelte Natur. Sie können der Verteidigung dienen, gewiss. Aber ebenso gut auch dem Angriff."

„Sie trauen mir nicht?!"

„Erlassen Sie mir die Antwort darauf, Effendi. Gestatten Sie mir statt dessen eine Frage: trauen Sie mir? Wenn ja, dann sehe ich nicht ein, warum Sie immer noch diese schwere Waffe in der Hand haben, die außerdem –"

Nein, das verschluckte er. Ein Trumpf bekommt seine höchste Stärke erst dann, wenn er im entscheidenden Moment ausgespielt wird.

Marûn starrte böse auf den Grafen. Er hatte das bittere Gefühl, das einen Ringer befällt, wenn er merkt, dass er seinem Gegner nicht gewachsen ist. Aber hatte er ihn denn zu fürchten, wo er doch die Übermacht der *Meta wile* auf seiner Seite hatte? Gefährlich war der Graf nur, solange er die Waffe in der Hand hatte.

„Legen Sie Ihre Pistole auf den Tisch", sagte er wieder. Doch jetzt setzte er hinzu: „Ich lege meine daneben."

„Ein ausgezeichneter Vorschlag", erwiderte der Graf.

„Aber –"

„Verlangen Sie etwa", rief Marûn, „dass ich meine Pistole zuerst weglege?"

„Keineswegs", antwortete der Graf. „Es wäre mir, offen gestanden, nicht unlieb, aber verlangen kann ich das nicht. Man soll von keinem Menschen zuviel verlangen."

Marûn gab einen empörten Laut von sich.

Wieder hatte sich dieser gewandte Mann seinem Griff entwunden! Er musste ihm etwas anbieten …

„Ich mache Ihnen einen anderen Vorschlag", sagte er. „Wir treten an den Tisch, jeder von seiner Seite. Wir legen die Pistolen gleichzeitig darauf, und dann geht jeder drei Schritt zurück."

„Zweifellos eine Lösung, Effendi. Jedoch, wenn nun einer von uns – darf ich ausdrücklich darauf hinweisen, dass ich das ganz allgemein bemerke, ohne jemand damit direkt zu belasten –, wenn also einer rascher und vielleicht auch skrupelloser als der andere ist, wenn er blitzschnell wieder zugreift, ehe der andere darauf kommt, dann ist das Gleichgewicht wieder gestört!"

„Legen wir die Pistolen nicht auf den Tisch", antwortete Marûn rasch. „Werfen wir sie zum Fenster hinaus!"

Der Graf schwieg überlegend.

Marûn trat rasch an das Fenster und riss es auf. Der Graf schwieg immer noch.

„Ich werfe meine Pistole zuerst hinaus, wenn Sie versprechen, dann dasselbe zu tun!"

„Bitte tun Sie das", antwortete der Graf. „Aber ich muss Ihnen mitteilen, dass ich Ihrem Beispiel nicht folgen kann!"

„Was wollen Sie denn noch von mir?!", schrie Marûn auf.

Der Graf überhörte nicht, dass diese Worte wie ein Hilferuf klangen, als sei der Syrer der Verzweiflung nahe, und er antwortete mit vollem Ernst: „Effendi, wenn Sie und ich allein auf dieser Erde wären, würde ich noch vor Ihnen meine Waffe wegwerfen. Es ist widerwärtig, einander mit einer Mordwaffe zu bedrohen. Warum sollen sich zwei verständige Menschen nicht verständigen können? Aber die mir unbekannten Menschen da unten wissen nichts von dem, was zwischen Ihnen und mir vorgeht. Und ich weiß nicht, wie es mit meinen Freunden steht, ob sie mich nicht sehr brauchen, damit ich mit meiner Mordwaffe ihr Leben retten kann. Sie sehen, Effendi: die Welt draußen ist stärker als ich. Darf ich Sie übrigens darauf aufmerksam machen – Sie haben, vermutlich in durchaus begreiflicher Erregung, Ihren Browning entsichert. Bitte überzeugen Sie sich, dass meine Smith & Wesson immer noch gesichert ist!"

Ohne sich etwas zu überlegen, ganz mechanisch schob Marûn den Sicherungsflügel seiner Waffe zurück. Er schien nicht mehr fest auf den Füßen. Er schwankte fast, als er vom Fenster wieder in das Zimmer trat. Die Stärke, zu der er sich gezwungen hatte, verließ ihn. Er musste sich setzen, um wieder Halt zu gewinnen.

Er brütete vor sich hin. Alles, was er anfing, lief unglücklich aus. Immer wieder prallte er gegen eine unsichtbare Wand, die ihn auf sich selbst zurückwarf. Mit diesem Franzosen ließ sich doch reden … mit dem Deutschen auch … Das waren Persönlichkeiten von menschlicher Art, mehr: von innerer Haltung, in sich gefestigt, von sicherer Entscheidung über das, was wertvoll und was verwerflich ist … Warum hatte er nie versucht, mit ihnen richtig zu sprechen? Was stand denn nur unüberwindbar zwischen ihm und ihnen?

Ein neuer Gedanke packte ihn mit solcher Gewalt, dass ihm war, als drehe sich alles um ihn. Welchem Schicksal hatte er diese Männer ausgeliefert? Was wurde da unten aus ihnen? Konnte er nicht noch das Schlimmste vermeiden? Er hatte es nicht bestellt, dieses Schlimmste – aber konnte es nicht trotzdem über sie schon hereingebrochen sein? War vielleicht schon alles zu spät? Diese entsetzliche Stille da unten –

Er stand auf. Aber das brachte er nur fertig, indem er sich dabei auf die Tischplatte stützte. „Ich muss zu den Leuten da unten!", flüsterte er mühsam.

Der Graf hatte ihn keine Sekunde aus den Augen gelassen. Er sah, dass ihn irgend etwas schüttelte. Er hörte aus dem gepressten Ton seiner Worte, dass Marûn im Innersten erschüttert war, wie ein Haus, unter dem die Erde bebt. Was GG immer wieder vorgebracht hatte, schien ihm jetzt so deutlich: dieser Mann war schwer heimgesucht, wie von Fiebern der Seele geschüttelt, und als erfahrener Arzt wusste er, dass ein schlechtes Gewissen kein Fieber übersteht, auch wenn der Patient sich mit Chinin betrinkt.

Wie verstört, strebte Marûn der Tür zu, blieb aber halbwegs wieder stehen, als könne er sich nicht mehr weiterschleppen. Doch der Graf, den dieses Bild innerer Schwäche weich gemacht hatte, rief sich wieder zur Ordnung. Konnte das, was er hier mit ansah, nicht auch gespielt sein, freilich sehr gut gespielt? Wollte Marûn, der sich jetzt so gab, als wüsste er überhaupt nicht mehr, dass er eine schwere, zehnschüssige Polizeipistole in der Hand hatte, ihn übers Ohr hauen? Hatte sich denn seine Aufgabe geändert? Für ihn ging es doch nach wie vor darum, dass sich dieser undurchsichtige Mann nicht mit seinen Helfershelfern in Verbindung setzen konnte, und wenn Marûn ihn zu täuschen suchte, dann war es an ihm, darauf nicht hereinzufallen und ihn noch zu überspielen.

„Ich muss zu den Leuten da unten", sagte Marûn wieder. Es war, als gäbe er seinen letzten Kräften den Befehl, nicht zu versagen.

„Warum sagen Sie das jetzt erst?" fragte der Graf, schob seine

Pistole in die Hosentasche und trat auf Marûn zu. „Sie schwanken ja", sagte er und griff ihm unter den Arm, um ihn zu stützen.

Marûn atmete schwer. „Danke", stammelte er, „danke".

War das gespielt? War das wirklich nur gespielt? Aber wo war der Beweis, dass es nicht gespielt war?! Jäh fasste der Graf zu, riss ihm die Pistole aus der Hand, entsicherte sie, stieß Marûn zurück und trat zwischen ihn und die Tür. „Sie verlassen das Zimmer nicht", sagte er scharf.

Marûn hatte einen Halt an dem Tisch gefunden. Er stand mit dem Rücken an ihn gelehnt, die Hände an die Tischkante gepresst. Er hatte die Augen geschlossen. Wieder diese unsichtbare Wand, durch die er nicht kam … Wieder auf sich zurückgeworfen …

Das war nicht gespielt. Jetzt war der Graf sicher: der Mann war fertig. Marûn war nicht mehr imstande, Schaden anzurichten. Den konnte er jetzt sich selbst überlassen. Rasch ging er aus dem Zimmer, schloss die Tür ab, zog den Schlüssel heraus und steckte ihn in die Tasche. Es gab keinen zweiten Ausgang. Marûn war in seiner Wohnung ein Gefangener.

Das war erledigt. Jetzt schnell, schnell zu den anderen!

## Ein Stück Brot

Nach dem Zuruf des Chefs ging GG langsam auf die Zeder zu, hinter der die Turbanmänner auf der Erde kauerten, blieb aber dann in angemessener Entfernung vorsichtig stehen, die Pistole schussbereit. Er wollte nicht plötzlich angesprungen, niedergerissen und zu ihnen gezerrt werden, wodurch das Pfand, das der Chef sich verschafft hatte, seinen Wert verloren hätte.

„Ihr Männer der *Meta wile*", rief er ihnen zu, „wenn ihr unsern Gefangenen lebendig wiederhaben wollt, dann rührt euch nicht vom Fleck!"

Keiner antwortete, und GG wusste, dass seine Drohung nur von fragwürdiger Wirkung sein konnte, denn die Muslime sagten sich natürlich, wenn es im Buch des Schicksals stünde, dass dieser Mann sterben müsste, so ließe sich das gar nicht ändern. Deshalb rief GG rasch weiter: „Ihr Männer der *Meta wile*, ihr wisst, dass ihr in unserer Hand seid. Ergebt euch!"

„Wir haben immer noch unsere Messer!", antwortete ihm eine wilde Stimme.

„Ja, die habt ihr, und für einen Kampf Mann gegen Mann sind die Messer der *Meta wile* berühmt. Aber könnt ihr mit euren Messern auch schießen?"

Darauf kam keine Antwort, und GG fuhr fort: „Unsere Pistolen sind besser als eure Messer. Es ist nicht mehr weit bis Sonnenaufgang – dann können wir euch abschießen wie die Hasen!"

„Wir fürchten den Tod nicht!", rief die wilde Stimme.

„Ich weiß", antwortete GG, „die Männer der *Meta wile* sind dafür bekannt, dass sie vorm Tode nicht zittern. Aber wollt ihr denn den schimpflichen Tod am Galgen sterben? Wollt ihr, dass die Gendarmen von Tripoli kommen, dass sie euch mit gebundenen Händen durch die Straßen der Stadt führen? Die Männer werden vor euch ausspucken, und die Kinder werden euch auslachen und schreien: ‚Da kommen die dummen Räuber, die noch nicht wussten, dass Pistolen besser sind als Messer!'"

Das war Salz in die Wunde. Die Männer, von denen bis jetzt nur immer derselbe gesprochen hatte, redeten heftig untereinander, und schließlich rief ihr Wortführer: „Kein *Meta wile* stirbt den Tod der Schande. Wir werden euch anrennen, wir werden unter euren Kugeln zusammenstürzen, und dafür sind uns die Wonnegärten gewiss, in denen Allah auf seine Gläubigen wartet. Wir werden sitzen auf bestickten Polsterkissen, und strahlende Jünglinge werden uns in goldenen Schalen den klaren Trank reichen, der nicht berauscht und nicht verdüstert – doch über euch wird der Glutwind fahren und euch ausdörren, dass ihr nach Wasser schreit wie verdurstende Kamele, aber die bösen Dschins werden euch die galligen Früchte des Höllenbaums in den Mund stoßen, die für die Verdammten bestimmt sind!"

„So wird es sein! So wird es sein!", schrien die Männer und sprangen vom Boden auf. Neunauge, der Chef und Tschandru-Singh hoben ihre Pistolen.

Das wurde gefährlich. Wenn die Sektierer der Taumel packte, kannten sie sich selbst nicht mehr und rannten in einen sinnlosen Tod. „Wir wollen euer Leben gar nicht", rief GG laut in das Getümmel. „Ihr sollt leben, alle!"

Auf diese Worte wurde es ganz still. Hatte die Männer eben der Blick ins Paradies, an das sie glaubten, hoch über die Wolken gerissen, so standen sie jetzt wieder mit beiden Füßen auf der Erde. Denn nun hatten sie erkannt, was der Effendi von ihnen wollte. Ein Lösegeld sollten sie zahlen, und da hieß es handeln, aufs Zäheste feilschen.

Einer der Turbanmänner trat aus der Bande hervor. In dem ersten Morgendämmer, das den Himmel erhellte, sah GG, dass es ein alter Mann war, der nur noch Haut und Knochen zu sein schien und aus dessen hagerem Gesicht zwei schwarze Augen funkelten. Als er jetzt sprach, merkte GG, dass er es war, der bis dahin immer geantwortet hatte.

„Was verlangst du für unser Leben?", fragte der Alte, und es war, als wäre das, was er sagte, das verabredete Stichwort für das Einsetzen eines ganzen Chors. „Die *Meta wile* sind arm!", schrien die Männer klagend. „Die Ungläubigen sind reich! Sie haben Pistolen! Sie haben Wagen! Aber die Gläubigen haben nur ihre Messer!"

„Wir fordern kein Lösegeld", sagte GG, und sofort verstummte das Gejammer. Die Männer sahen einander höchst erschreckt an. Kein Lösegeld? Was sollte das heißen? Das war wider allen Brauch unter den Menschen. Dahinter musste etwas ganz Gefährliches lauern.

„Was forderst du denn?", erkundigte sich der Alte voll Misstrauen.

„Ich werde dich einiges fragen", sagte GG, „und du musst schwören, mir die reine Wahrheit zu sagen!"

Der Alte war verdutzt. Er wusste offenbar nicht, was er von diesem Vorschlag halten sollte. Er trat zu seinen Leuten zurück. Sie redeten miteinander, leise und erregt.

Es war ganz hell geworden, und GG sah, dass die andern alle blutjunge Kerle waren. Neunauge stand, die Pistole in der Hand, auf den Stufen, die zum Prinzenturm hinaufführten. Der Chef saß gemächlich auf einem Stein und hatte den Gefangenen vor sich, der mit dem Gesicht zur Erde lag. Tschandru-Singh war aus dem Durchlass vor die Verbindungsmauer getreten.

Der Alte kam wieder auf GG zu und blieb in einiger Entfernung vor ihm stehen. „Du sagst", so begann er, „ihr wolltet unser Leben nicht. Aber du hast auch von den Gendarmen in Tripoli gesprochen. Wenn du ihnen von uns erzählst, dann sind sie es, die unser Leben wollen."

„Wenn du versprichst, mir auf meine Fragen die lautere Wahrheit zu sagen", antwortete GG, „dann verspreche ich dir, dass keiner von uns mit den Gendarmen von Tripoli über euch redet."

Das beruhigte sichtlich. Aber der Alte war vorsichtig. „Und wenn ich dir deine Fragen beantwortet habe, können wir dann ungekränkt gehen?"

„Ja – sowie du mir die Wahrheit gesagt hast."

„Schwörst du das beim Haupt deiner Mutter?"

„Das schwöre ich", sagte GG fest, „beim Haupt meiner Mutter."

Der Alte trat zu seiner Bande zurück, und wieder tuschelten sie heftig. GG wusste genau, was für ein verlockendes Angebot er ihnen gemacht hatte, und zweifellos beredeten sie jetzt, wie sie es so leicht hätten, ihn zu übertölpeln, denn war ein Anhänger des Propheten etwa verpflichtet, einen Eid zu halten, den er einem Ungläubigen geleistet hatte, einem von Allah Verfluchten, den er für die Hölle geschaffen hatte? Aber GG wartete geduldig. Er hatte noch einen Pfeil im Köcher, der schrecklicher traf als eine Kugel aus der Smith & Wesson.

Jetzt näherte sich der Alte von neuern, und seine gleichmütigen Züge schienen nichts von List und schlauen Kniffen zu wissen. Aber die jungen Gesichter der anderen konnten einen verschmitzten Triumph kaum verbergen.

„Was willst du von mir hören?", fragte der Alte.

„Schwörst du, mir die Wahrheit zu sagen?"

„Ich schwöre es", sagte der Alte. GG glaubte, die Spannung zu spüren, in der sie ihn belauerten. Würde der Effendi jetzt noch einen Zusatz verlangen ‚Beim Haupt meiner Mutter' oder gar ‚Beim Barte des Propheten'? Das würde ihren Sprecher in eine quälende Lage bringen. Aber nein. Dieser Effendi wusste eben nicht, wie man einem *Meta wile* die Wahrheit abzwingt. Sie atmeten auf, als GG weiterfragte: „Was habt ihr hier gewollt?"

Eine Bewegung ging durch die Bande. Welche Last fiel von jedem ab! Diese Frage hätte auch der Jüngste von ihnen zur völligen Befriedigung des Effendis beantworten können.

„Die *Meta wile* sind arm", sagte der Alte. „Ungleich hat Allah die Güter des Lebens verteilt. Wir wissen, dass Marûn Effendi reich ist. Wir haben gehört, dass die Fremden, die bei ihm wohnen, gute Waffen haben. Es schien uns gut, dass wir uns etwas von Marûn Effendis Reichtum holten und von den Fremden ihre Waffen."

„So ist es! So ist es!", beteuerten die jungen Männer inbrünstig. Vielleicht glaubten sie in diesem Augenblick selbst, so wäre es gewesen.

Sieh da, sieh da – geschickt aus der Schlinge gezogen! Sogar für Marûn hatte er noch eine Brücke gebaut! „Tschandru", rief GG und sprach in Hindustani weiter, „lauf in die Küche und hole ein Stück Brot!"

„Ja, Sahib!" Der Inder verschwand.

„Nun weißt du, was du wissen wolltest", sagte der Alte.

Sein Blick war unruhig geworden. Wozu hatte der Effendi den Braunhäutigen weggeschickt? „Nun lass uns gehen, wie du es uns versprochen hast!"

„Ja", antwortete GG, „wer die Wahrheit gesagt hat, der darf gehen." Aber er rührte sich nicht, er gab ihnen den Weg nicht frei, und auch die anderen Effendis veränderten ihre drohende Haltung nicht, denn sie richteten sich nach GG.

„Sage deinen Freunden", fing der Alte wieder an, „dass wir jetzt den Wunsch haben, zu gehen. Und sage dem großen Effendi, dass er Musairijeh freilässt."

„Alles zu seiner Zeit", antwortete GG.

Der Alte drängte: „Jetzt ist es Zeit, zu gehen."

„Noch nicht", erwiderte GG sehr bestimmt.

„Worauf wartest du noch?"

„Ich weiß noch nicht, ob du mir die Wahrheit gesagt hast."

Der Alte war empört. „Ich habe dir geschworen", rief er vorwurfsvoll. „Der Schwur macht allem Hader ein Ende."

„Er sollte es tun", erwiderte GG. „Aber in meinem Lande sagen die Leute: ‚Wo du hörst Schwüre, steht die Lüge vor der Türe!'"

„Effendi", sagte der Alte mitleidig, „ich will dich nicht kränken, aber wie schlimm muss es um ein Volk stehen, das einen Schwur nicht achtet!"

Jetzt kam Tschandru-Singh wieder und mit ihm der Graf.

Ihn hatte der Inder mit dem einen Satz über die Lage unterrichtet: „Sahib GG vernichtet sie!" Er gab dem Grafen den Brotfladen und lief rasch wieder auf seinen Posten am Durchgang der anderen Verbindungsmauer.

„Hier", sagte der Graf zu GG. „Aber für ein Frühstück ist das etwas wenig!"

GG hielt das Brot dem Alten hin. „Nimm", sagte er, „und sprich mir nach: ‚Wenn die Worte, die ich sagte, nicht wahr sind, soll Allah mich an diesem Stück Brot ersticken lassen!' Und dann isst du das Brot!"

Der Alte nahm es nicht. Er wurde grau im Gesicht. Die jungen Kerle waren wie erstarrt. Dieser Effendi aus dem fernen Land stand da, unerbittlich und wissend wie der Engel, der alle Taten der Menschen aufgezeichnet hat, damit keiner leugnen kann, was er getan hat, am Tage des Gerichts, wenn die Erde bebt, die Sterne verschlungen sind und der Himmel sich spaltet.

„Das haben wir nicht ausgemacht", sagte der Alte mühsam.

„Du irrst", antwortete GG freundlich, aber ohne Gnade. „Wir haben beschworen, du und ich, dass du die Wahrheit sagst und dass du dann mit deinen Männern gehen kannst, wohin ihr wollt. Du hast mir meine Frage beantwortet. Nun muss ich noch sehen, ob du die Wahrheit gesprochen hast. Sprich nach, was ich dir vorsprach. Iss darauf das Brot. Wenn du daran nicht erstickst, dann weiß ich, dass du wahr gesprochen hast. Wenn du dich aber weigerst, diese Probe vor Allah zu bestehen, dann weiß ich Bescheid: Du hast mich nicht nur belogen, sondern auch deinen Schwur gebrochen!"

Der Alte stöhnte auf in seiner Qual. Einen Ungläubigen zu belügen, das war nichts. Aber wie konnte er wagen, Allah zu betrügen, der alles wusste, das Geschehene und das noch Ungeschehene? Wie konnte er das erbarmungslose Urteil des Ewigen herausfordern?

„Ich zähle bis drei", sagte GG. „Wenn du dann nicht gesprochen hast, dann weiß ich, woran wir sind – und du weißt es auch!"

Der Alte atmete schwer. „Eins."

Die *Meta wile* sahen zu Boden. Sie zitterten vor dem, was kommen würde. Denn was kam, wenn der alte Kesruan schwieg? Und Himmel und Erde, was kam, wenn er redete?!

Der Alte war so aus den Angeln gehoben, dass er an allem zweifelte. „Wenn ich rede", stammelte er, „lässt du uns dann wirklich gehen?"

„Ja", sagte GG. „Denn ich bin gewohnt, meinen Eid zu halten!"

„Effendi", sagte der Alte, nach den Worten ringend, die ihm noch einen Schein des Ansehens gaben, „die Wahrheit hat ein furchtbares Gesicht. Wer kann ihren Anblick aushalten? Sie muss sich einen Schleier vor das Antlitz legen. Und Effendi: die Wahrheit kann töten. Kannst du einem Menschen nicht nur so viel Wahrheit sagen, wie er ertragen kann? Ich kenne dich nicht, ich wusste nicht, wie viel Wahrheit du erträgst. Aber jetzt sehe ich, du bist stark wie ein Bote Allahs, und ich will dir deine Fragen beantworten, so gut ich es kann."

Er machte eine Pause, als wollte er doch noch warten, ob das alles nicht ein entsetzlicher Traum wäre, aus dem das Erwachen erlöst. Aber es war ja kein Traum, vor ihm stand dieser Unerbittliche, und der Alte musste weitersprechen.

„Es kam ein Mann zu uns", sagte er, „der bot uns eine hohe Summe. Wir sollten sechs Ungläubige aus dem Dar el burusch es saba'a holen. Dafür wollte er uns nicht nur Geld geben, viel Geld, sehr viel Geld. Wir sollten auch alle Waffen der Fremden bekommen."

„Und was sollte mit den Fremden geschehen?", fragte GG.

„Sie sollten Blumen in der Wüste suchen", sagte der Alte.

„Das heißt, ihr wolltet uns dem Tode ausliefern?"

„Wie kannst du das sagen?", fragte der Alte empört. „Wenn Allah wollte, dass ihr leben solltet, so führte er euch aus der Wüste, und wenn ihr sterben solltet, dann geschah es nach seinem Willen. *Kull min allah*, Effendi!"

„Wer war der Mann, der zu euch kam und euch das sagte?"

„Oh, Effendi, verzeih mir, aber die Frage habe ich nicht gehört!"

„War es Marûn Effendi?", fragte GG.

„Oh, Effendi, ich habe dir unter Schmerzen die Wahrheit gesagt. Aber du musst doch verstehen, dass meine Lippen versiegelt sind. Der Mann kam im Geheimen zu uns. Er schenkte uns sein Vertrauen. Er gab uns sein Wort, und wir gaben ihm unser Wort. Wie kann ich ihn verraten? Effendi, vom Verräter frisst nicht einmal der Geier!"

„Wohnt der Mann, der zu euch kam, in diesem Turm?" GG wies auf den Donjon.

Der Alte wandte sich. „Ich sage nicht ja", sagte er schließlich. „Aber ich sage auch nicht nein. Ich schweige."

„Es ist gut", sagte GG. „Ihr könnt gehen!" Und seinen Freunden rief er zu: „Jetzt wissen wir, was wir wissen wollten!"

## Was wird mit Marûn?

Sie kamen alle auf GG und den Grafen zu, der Chef, der seinen Gefangenen freigelassen hatte, Neunauge und Tschandru-Singh. „Tschandru", sagte der Chef, „bitte, zu Plumpudding! Weiß nicht, woran er ist. Macht sich Sorgen. Sag ihm, alles in Ordnung."

„Ja, Sahib Chef", sagte Tschandru und ging.

Dann erst fragte der Chef: „Was ist?"

„Die Herren", antwortete GG und wies auf die Turbanmänner, die unschlüssig herumstanden, als sei doch noch nicht alles klar, „die Herren hatten den Auftrag, uns in die Wüste zu verschleppen und dort unserm Schicksal zu überlassen."

„Mörder", sagte der Chef.

„Sie bestreiten, das zu sein. Denn unser Schicksal bestimmt, wie sie versichern, keiner von ihnen, sondern Allah. Sie wollten uns nur veranlassen, wie der Alte sagte, Blumen in der Wüste zu suchen."

„Spitzfindigkeiten", sagte der Chef. „Infame Spitzfindigkeiten."

„Die Flora dürfte nicht sehr reichhaltig ausfallen", sagte der Graf. „Immerhin wäre es eine Gelegenheit gewesen, sich mit dem Problem der Xerophyten auseinanderzusetzen."

„Ich finde das beleidigend", meinte Neunauge empört. „Sind wir Leute, die sich verschleppen lassen?"

„Und der Auftraggeber?" knurrte der Chef.

„Das ist der Punkt", erwiderte GG. „Aber erst müssen die Leute fort. Ich habe ihnen freien Abzug zugesichert."

„Kommen gut weg", sagte der Chef ärgerlich.

„Vergessen Sie nicht, Chef", sagte der Graf tröstend, „je mehr Einsicht, desto mehr Nachsicht."

„Sollen wenigstens wieder fort, wie sie gekommen sind", entschied der Chef. „Auf allen vieren davonkriechen, wie die Hunde!"

„Ich fände es besser, wenn wir sie zum Tor hinausließen, Chef!", wandte GG ein.

„Weshalb?"

„Ich denke an den Auftraggeber", sagte GG.

„Also machen Sie's, wie Sie denken."

Darauf wies GG den Alten an, mit seinen Männern die Burg durch das Tor zu verlassen. „Effendi", sagte der Alte in gewinnendem Ton, „es macht euch sicher nichts aus, wenn ihr vorangeht!"

„Wieso?", fragte GG. „Meinst du, ihr fändet den Weg nicht?" Der Alte suchte nach Worten. „Die *Meta wile* sind es nicht gewohnt", sagte er dann, „Männer mit Pistolen in ihrem Rücken zu wissen."

„Und wir wissen nicht gern Männer mit Messern in unserem Rücken!"

GG erklärte die Verzögerung. „Sollen hier verfaulen, wenn sie unserm Wort nicht trauen!", sagte der Chef.

„Aber ich bitte Sie, Chef", erwiderte der Graf, „das können Sie ihnen nicht übelnehmen. Sie schließen von sich auf uns! Mein Vorschlag: GG, Neunauge und ich gehen voran, dann kommen die Herren, die uns zu Botanikern der Wüstenpflanzen machen wollten, und den Beschluss bilden Sie!"

So bewegte sich denn der Zug zum Tor – und der Mann, an den GG gedacht hatte, sah es mit Entsetzen. Als Marûn vom Grafen allein gelassen worden war, hatte er sich an das noch offenstehende Fenster geschleppt. Er hatte keine Waffe mehr, er war eingesperrt. Um zu erfahren, was draußen geschah, konnte er nichts anderes tun, als horchen. Er vernahm auch, dass unten gesprochen wurde, aber er konnte die Worte nicht verstehen, und die Sprechenden vermochte er ja von seinen Fenstern aus nicht zu sehen. Doch jetzt hörte er Schritte, sie wurden lauter, es kam jemand eilig. Er sah den jungen Inder, wie er in den Turm der Kaiserin lief. Dann blieb es wieder still. Er war wie außerhalb der Welt. Hatte er sich nicht von allem trennen wollen, damals, als er das Haus der sieben Türme gekauft hatte? Nun war er abgeschlossen, wehrlos, ein Gefangener seiner Burg, und musste sich vor dem ängstigen, was draußen geschah.

Schritte, wieder Schritte! Aber viele Schritte. Sie kamen! Er fuhr vom Fenster zurück. Er wollte sehen, aber nicht gesehen werden. Er sah die Männer mit den blauen Turbanen. Er sah, wie der Inder und der Mann mit dem runden Gesicht aus dem Turm traten, wie das Tor aufgeschlossen wurde. Er sah, dass keinem der Europäer ein Leid geschehen war – und jetzt sah er, wie der Alte, mit dem er im Dorf der *Meta wile* verhandelt hatte, sich von dem Deutschen, der arabisch sprach, friedlich verabschiedete …

„Wir sind keine Freunde, Effendi", sagte der Alte, „aber wir scheiden voneinander auch nicht als Feinde!"

„So ist es", erwiderte GG, „und zum Abschied gebe ich dir das Wort zurück, das du mir sagtest: Wie schlimm muss es um ein Volk stehen, das einen Schwur nicht achtet!"

„Effendi", sagte der Alte, „wir wollen uns nicht mit einem bitteren Geschmack auf der Zunge voneinander trennen. Die Worte, die ich sagte, sind nicht gesprochen."

„Wir wollen sagen, wie es ist", antwortete GG. „In jedem Volk gibt es Menschen, die ihren Eid halten, und andere, die ihn brechen!"

Die jungen Männer hatten die Burg schon verlassen. Jetzt ging der Alte als letzter. Plumpudding schloss das Tor, musste es aber gleich wieder öffnen, denn ahnungslos über all das, was sich hier in der Nacht ereignet hatte, erschien genau zur selben Stunde wie immer an seinen Tagen Yakub el Muquatta mit seinem hochbeladenen Esel und grüßte die Effendis mit seinem schönen Wunsch: „Gesegnet sei euch der Tag!"

Plumpudding schloss das Tor nicht, nachdem der Eseltreiber vorübergezogen war, und trat hinaus. „Wonach sehen Sie?", fragte GG.

„Ich dachte, die Großmutter käme wieder, aber man wird sie holen müssen, sie wagt sich allein nicht her."

„Wann ist sie fort?"

„Sie kam gerannt, noch ehe geschossen wurde. Sie war ganz sinnlos vor Angst. Sie zeigte auf das Tor. Sie warf sich vor mir auf die Knie. Da schloss ich ihr auf."

„Sie wird zu ihrer Tochter sein", sagte GG. Aber den Chef interessierte die alte Frau nicht. „GG, jetzt reden wir von dem Auftraggeber, ja?"

„Es ist genau derselbe, den wir uns dachten", erwiderte GG.

Von oben her sah Marûn, wie die Herren und ihre Diener zusammenstanden. Aber waren es denn Diener und Herren? Waren sie nicht alle von gleichem Rang, da ein jeder frei und sicher war? Er sah, wie sie miteinander sprachen, und wusste: jetzt sprachen sie über ihn, der unfrei war, unsicher und vor dem zitterte, was jetzt kommen musste.

„Starkes Stück", sagte der Chef. „Unmöglicher Mann. Holt uns her und will uns umbringen lassen. Geht nicht. Geht einfach nicht. Können wir uns nicht bieten lassen. Bin der Meinung, müssen die Koffer packen."

„Ich fürchte, Chef, dann sind wir nicht ganz folgerichtig", wandte der Graf ein. „Dieser Anschlag schreit zum Himmel, das wird jeder zugeben. Aber kann er uns denn überraschen? Ich muss sagen, mich erfüllt er sogar mit einer gewissen Genugtuung. Denn ich erlaubte mir seinerzeit die Bemerkung, weil wir den unbegreiflichen Effendi zum Bösen trieben, hätten wir etwas Böses zu erwarten, das in seiner Art von Format wäre. Genau das ist eingetroffen. Aber nun ist das vorüber, und wir stehen wieder da, wo wir vor dieser Episode standen: Wir wissen nicht, was den Mann veranlasst, so zu sein, wie er ist."

„Und was geschieht, Chef", sagte GG, „wenn wir ihn verlassen? Dürfen wir, weil er uns aufs schwerste bedroht hat, vergessen, dass er selbst nach wie vor schwer bedroht ist? Müssen wir ihn nicht nach wie vor schützen?"

„Und noch etwas, Chef", setzte der Graf wieder ein. „Ich muss mich korrigieren. Ich war so stolz, dass meine Diagnose richtig war, der Effendi sei auch im Bösen nicht von Pappe, aber jetzt muss ich gestehen: Wie ich ihn gesehen habe, nachdem ich ihm auf eine abscheulich hinterlistige Art seine Pistole entwendet hatte, halte ich ihn keiner Untat mehr fähig. Er hat sie in der Verzweiflung versucht, er ist damit gescheitert, und jetzt sitzt da oben nur noch ein hilfloser Mann."

„Dann braucht er unsere Hilfe", sagte GG.

„Will sie doch gar nicht mehr!", widersprach der Chef.

„Vielleicht wagt er nur nicht, sie noch in Anspruch zu nehmen", meinte der Graf.

„Können wir darüber hinweg", fragte der Chef, „dass der Mann uns umbringen lassen wollte?"

„Chef", sagte der Graf, „werden Sie bitte jetzt nicht ungeduldig, wenn ich von etwas ganz anderem anfange. Ich habe einen Dichter gekannt, der schöne Sachen geschrieben hat. Der Name ist nicht wichtig. Geschmack ist zu verschieden. Von dem habe ich etwas gelernt. Der hat mir gesagt: beim Arbeiten kommt er manchmal nicht weiter. Er stößt auf ein Hindernis, über das er nicht hinwegkommt, eine ‚sperrige Sache' nennt er das. Also will er sie weglassen, ganz anders anfangen. Aber er kommt auch dann in Gedanken von der ‚sperrigen Sache' nicht los. Bis er auf einmal merkt: die Sache ist gar nicht sperrig. In ihr sitzt überhaupt die eigentliche Lösung des Ganzen. Er hat sie nur nicht erkannt."

„Geht mich nichts an", erwiderte der Chef. „Schreibe keine Romane."

„Chef, der Anschlag des Effendi ist die sperrige Sache, mit der wir nicht fertig werden."

„Genau, was ich denke!", sagte GG. „In ihr liegt die Lösung. Sie scheint uns von Marûn für immer zu trennen. Aber in Wirklichkeit gibt sie uns die Möglichkeit, ihn endgültig für uns zu gewinnen."

„Verrenne mich nicht gern", erwiderte der Chef. „Hinterm Berg wohnen auch Leute. Aber sehe nicht, wie Sie das machen wollen."

„Allein kann ich es nicht machen", sagte GG. „Sie, Chef, müssen mir helfen, und Sie auch, Graf!"

„Ich bin dazu ebenso bereit wie aufs Äußerste gespannt", erwiderte der Graf.

„Los!“ Damit trieb der Chef GG an, und er sagte, was er ihnen zu sagen hatte.

## Die goldene Brücke

Marûn ertrug es nicht länger, den Männern zuzusehen, die über ihn berieten. Er ging zur Tür. Er wusste, dass der Graf sie abgeschlossen hatte, und trotzdem drückte er die Klinke nieder, als könnte das Schloss sich wie durch ein Wunder öffnen. Es rührte sich nicht. Was hätte es ihm auch geholfen, wenn die Tür aufgegangen wäre? Die Richter, die er sich ins Haus geholt hatte, standen zwischen Tor und Turm. Sie kannten jetzt auch den geheimen Ausgang, den er bis dahin hatte verheimlichen können, von dem er sogar nicht einmal seinem Freunde Yuhanna etwas verraten hatte. Er war ihnen ausgeliefert.

Er ging langsam, als sei er sehr, sehr müde, durch das große Vorzimmer, durch das Wohnzimmer, dessen Kostbarkeiten keinen Glanz mehr zu haben schienen, durch den Raum, der vor seinem Schlafzimmer lag und der keine Möbel hatte, sondern nur herrliche Teppiche auf dem Boden und an den Wänden, und auch deren Schönheit sprach nicht zu ihm. In seinem Schlafzimmer setzte er sich auf sein Bett. Es stand an der äußersten Wand, bis zu der er gehen konnte, und hier saß er zusammengesunken, mit aufgestützten Ellenbogen, den Kopf in seine Hände gelegt, als wäre er am Ende.

War er es nicht auch? Jetzt mussten sie ihn verlassen, und was kam dann? Dann war er wieder allein, dann kamen die, die auf ihn lauerten … Warum hatten die Unsichtbaren nichts von sich hören lassen? Weil er sich gegen sie durch die Männer aus London geschützt hatte. Nun gingen sie, und von der Minute an, in der sich das Tor hinter ihnen schloss, war er den anderen wieder ausgeliefert. Warum hatte er den Rat nicht befolgt, den ihm der Engländer gleich zu Anfang gegeben hatte? Auf und davon, irgendwohin! Überall gab es Banken, auf die er sein Geld überweisen konnte. Ach, die Unsichtbaren hatten ihn hier aufgespürt – und sie würden ihn überall aufspüren …

Und was wurde jetzt, wenn der Deutsche wieder zu ihm heraufkam? Warum hatte er nicht bedacht, dass der Mann arabisch sprach? Gewiss, der Anschlag auf die Gäste, die ihm so unwillkommen geworden waren, hätte immer misslingen können. Aber dann hätte er sich schon irgendwie herausgewunden – so jedoch hatte der Mann mit den *Meta wile* sprechen können, und nachdem sie von den Europäern matt gesetzt worden waren, hatten sie selbstverständlich alle Schuld auf ihn geschoben. Und er hatte ja doch auch Schuld! Wie hatte er denn nur dem tückischen Hinweis Ghamins folgen können?!

Himmel und Erde, Himmel und Erde! Würden ihm die Männer denn glauben, dass er die *Meta wile* beschworen hatte, es dürfe kein Blut fließen? Ach, sie waren klug genug, zu erraten, warum er sich das ausbedungen hatte und warum die *Meta wile* sofort darauf eingegangen waren. Wo Blut floss, da war Gefahr – aber die Gefahr war vermieden, wenn die Fremden durchaus die Wüste hatten sehen wollen, wenn sie gegen allen Rat sich hatten hinbringen lassen und dann auf die plötzlich erhöhten Geldforderungen ihrer Führer nicht eingegangen waren, sondern unbelehrbar, wie diese Fremden sind, auf eigene Faust weitergezogen waren, in den sicheren Tod. Es war ein Mord ohne Mörder. Aber die, gegen die der Anschlag geplant war, wussten jetzt, dass die *Meta wile* nur die Handlanger waren und er der Schuldige an dem geplanten Mord.

Was konnte er ihnen sagen? Nichts, nichts, nichts … Wenn Yuhanna dagewesen wäre! Er hatte ihm den Rat gegeben. Er hätte ihm auch sagen müssen, wie er sich aus diesem Strudel, in den Ghamin ihn gelockt hatte, herausretten könnte. Doch nie war er da, wenn man ihn brauchte. Er kam, er redete auf ihn ein und verschwand wieder … Allein war er, ganz allein. Kann man denn auf dieser Erde überhaupt leben, wenn man ganz allein ist?!

Aber die sechs Männer waren ja gekommen, zu ihm waren sie gekommen! Und er hatte sie von sich gestoßen, er hatte sie ermorden lassen wollen … Was würden sie jetzt tun? Würden sie gehen, heute noch, und unten in Tripoli sich bei der Polizei darüber beklagen, was ihnen hier geschehen war, schlimmer, was ihnen hier hätte geschehen sollen? Dann kamen die Gendarme ihm ins Haus, dann nahmen sie ihn mit, und dann würden sie ihn ausfragen, ausfragen, nach allem, nach allem würden sie fragen. Und was fragten sie nicht aus ihm heraus, wenn sie ihn mürbe gemacht hatten? Und was denn – genügt dieser Mordanschlag auf die Fremden nicht, dass er in einem Gefängnis verkam?

Nein, nein. So waren diese Männer nicht. Das waren keine Männer, die zur Polizei liefen. Das war es ja, das Schlimmste: sie waren keine Männer, die einen Unglücklichen noch unglücklicher machten. Sie gehörten auch nicht zu denen, die es verstehen, aus dem Unglücklichen Nutzen zu ziehen. Sie waren rechtschaffende Männer – rechtschaffend, das war das richtige Wort. Und es war richtig gewesen, was Ghamin auch dagegen sagte, ganz richtig, sich an sie zu wenden. Aber warum in aller Welt hatte er sich ihnen denn nicht anvertraut? Warum hatte er nicht offen mit ihnen gesprochen? Jetzt war es zu spät. Jetzt war diese Möglichkeit verscherzt.

Sie würden nicht zur Polizei gehen, nein. Aber sie würden ihm offen sagen, dass sie ihn verachteten, dass es unter ihrer Würde sei, sich mit einem Mann wie ihm noch länger abzugeben, und dann würden sie ihn allein lassen.

Dann hatte er nur noch Ghamin. Doch da kam ihm vor diesem Manne ein Grauen an. Ghamins Rat war der Rat eines Teufels gewesen. Ghamin war es, der ihm immer einreden wollte, mit dieser Drohung der Unsichtbaren wäre es nichts – würde Ghamin ihn auch da ins Unglück treiben, indem er leichtnahm, was ihm so gefährlich schien, indem er unachtsam wurde, wo schärfste Wachsamkeit allein ihn bewahren konnte?

Jetzt hörte er Stimmen. Was gesprochen wurde, konnte er nicht verstehen. GG redete mit Yakub, der mit seinem beladenen Esel vor dem Turm hielt und auf Batijah wartete. Aber sie war ja nicht mehr da! Neunauge wurde gerufen, und er zeigte, was von dem Eingekauften in die Küche kommen sollte und was in den Keller.

Marûn lauschte angespannt. Schritte auf der Treppe. Das musste der Deutsche sein. Nein, das waren nicht die Schritte eines Menschen. Da kamen mehrere. Sie kamen alle drei. Sie kamen, seine Richter kamen, um ihn in die Leere zu stoßen, die einen Mann umgibt, der von allen verachtet wird.

Jetzt ging der Schlüssel im Schloss. Darauf klopfte es. ‚Sie klopfen noch an', dachte Marûn. ‚Welcher Hohn! Sie sind hier die Herren und klopfen an … ' Er antwortete nicht.

GG öffnete. Das große Vorzimmer war leer. Sie durchquerten es. Sie gingen denselben Weg durch alle Räume, den Marûn gegangen war, und dann standen sie vor dem Mann, der auf seinem Bett saß und nicht aufsah.

„Marûn Effendi", sagte GG, „Sie brauchen nicht länger in Unruhe zu sein. Kerle aus dem Dorf der *Meta wile* waren hier eingebrochen. Sie hatten Rosinen im Kopf. Sie dachten, die guten alten Zeiten wären wieder angebrochen. Sie wollten Ihr Geld stehlen und unsere Waffen. Aber wir haben ihnen klargemacht, dass diese guten alten Zeiten endgültig vorüber sind."

Marûn war, als hörte er nicht recht. „Haben Ihnen die *Meta wile* das gesagt?", fragte er mühsam.

„Sie haben es zugegeben, nachdem ich ihnen für ein offenes Geständnis ungestörten Abzug anbot. Ich denke, Sie werden damit einverstanden sein, dass wir keine große Geschichte daraus gemacht haben. Die Leute sind schließlich Ihre Nachbarn. Es ist auf die Dauer besser, man verständigt sich mit ihnen."

„Gewiss, gewiss", brachte Marûn heraus.

„Es war eine große Dummheit, weiter nichts", sagte GG.

„Aber sie haben uns und Ihnen einen Dienst geleistet. Sie kannten einen alten Zugang durch den Turm der bösen Dschins. Den werden wir jetzt zumauern lassen."

„Das wird gut sein, jaja." Marûn war wie einem Ertrinkenden zumut, den im letzten Augenblick die rettende Hand packt.

„Gestatten Sie mir eine Bemerkung, Effendi", sagte der Graf. „Ich muss Sie um Entschuldigung bitten. Ich hätte Sie nicht einschließen dürfen. Ich hätte Ihnen auch die Pistole nicht wegnehmen dürfen. Meine Nerven haben versagt. Es war alles so unklar. Ich war der Situation nicht gewachsen. Nochmals: entschuldigen Sie bitte!" Er legte die Pistole Marûns auf den Stuhl am Bett.

„Möchte ebenfalls etwas äußern!" Jetzt sprach der Chef. „Habe mich auch zu entschuldigen. Hätte Ihnen sagen müssen, woher wir den Schlüssel zum Tor haben. War im Besitz der Alten."

„Batijah?!", fragte Marûn verblüfft.

Der Chef nickte. „Kann den Namen nicht behalten. Hatte den Schlüssel noch von früher. Wollte ihn unbedingt haben. Wollte sich retten können. Ist jetzt auch aus der Burg fortgelaufen. Hatte immer heillose Angst vor den blauen Turbanen."

„Die, wie man sieht, keineswegs unbegründet war", setzte der Graf entschuldigend hinzu.

„Hatte mich geärgert, offen gestanden, dass Sie uns Ihren Schlüssel nicht gaben. Dachte: ‚Gut, ärgerst du den Mann auch, und sagst ihm nichts von dem zweiten Schlüssel.' Hätte ich nicht tun sollen. War kindisch. Tut mir leid."

„Ich meine, Effendi", sagte GG, „jetzt steht eigentlich nichts mehr zwischen Ihnen und uns."

Marûn schluckte. Der Mund war ihm trocken geworden. Er hatte begriffen. Die drei wussten genau, was es mit den *Meta wile* auf sich hatte. Aber sie hatten einen Weg gefunden, der ihm jede Beschämung ersparte. Rechtliche Männer. Großzügige Männer. Männer.

„Ich danke Ihnen", sagte er leise. „Ich bin Ihnen sehr zu Dank verpflichtet. Und ich bitte Sie um eins. Wenn Yuhanna – ich meine, wenn mein Freund Ghamin wiederkommt, sagen Sie ihm bitte, er könnte mich nicht sprechen. Ich wäre nicht wohl, oder ich wäre krank. Oder wenn Sie etwas anderes für besser halten, dann sagen Sie das. Ich überlasse es ganz Ihnen."

## Kamelhengst Iskander

Diese merkwürdige Weisung stellte sie vor ein neues Rätsel, und schon am nächsten Nachmittag kamen sie dazu, sich an Marûns Wunsch zu halten, ohne ihn zu verstehen.

Nach ihrer Unterredung mit ihm hatte er sich noch nicht wieder gezeigt, und das schien ihnen durchaus verständlich, denn nach dem, was geschehen war, musste er sie als peinliche Mahnung und bedrückende Erinnerung ansehen. Sie mussten ihm Zeit lassen, bis ihm über die Wunde, die er sich zugefügt hatte, eine neue Haut gewachsen war. Ihnen selbst war wohl zumut. Sie waren eine Bedrohung los, die in Ungewissheit und Dunkel schwerer auf ihnen gelastet hatte als in dem Augenblick, da sie sich offen zeigte. Und dass es ihnen gelungen war, sie dann auf eine so glückliche Art zu bewältigen, machte ihnen gute Laune. Von nun an waren die besondern Nachtwachen, die sie so angestrengt hatten, nicht mehr nötig, und sie konnten den versäumten Schlaf nachholen. Eben saßen sie alle zusammen hinter dem verschlossenen Tor und halfen so der Torwache, sich die Zeit zu vertreiben, und es war Neunauge, der dabei seine schönsten Augenblicke hatte, denn immer wieder trieb ihn der Graf mit den Worten an: „Neunauge, erzähl' noch eine Geschichte aus Marseille!"

„Ja", sagte Neunauge und streckte genießerisch seine Beine lang, „ich weiß nicht, woher das kommt – früher, als ich ein Lümmel so von vierzehn, fünfzehn war, da hat es in Marseille ganz andere Leute gegeben als heute; damals hatten die Menschen noch Zeit für kleine Späße. Wenn ich nur an Schwindel-Philipp denke! Das heißt, so hieß er erst später. Er war vielleicht zwei Jahre älter als ich und hatte einen ausgeruhten Kopf, dem noch etwas einfiel. Eines Tages kam er darauf, den Leuten die Fenster mit einem Stein einzuwerfen –"

„Das finde ich allerdings nicht sehr originell", meinte der Graf.

„Warten Sie ab, Herr Graf. Um den Stein hatte er ein Papier

gewickelt, und wenn die Leute, bei denen es geklirrt hatte, das Papier von dem Stein abwickelten, lasen sie darauf: ‚Schade, nun ist die schöne Scheibe hin!'"

„Das ist schon besser", gab der Graf zu.

Neunauge fuhr fort: „Neben uns –", unterbrach sich aber sofort: „Na ja, wir wohnten eben alle dicht beieinander, und Philipp hatte spitzgekriegt, dass der Wirt von der ‚Meerjungfrau', bei dem viele Matrosen verkehrten, schlachten wollte. Am Morgen kommt der Metzger zu ihm, macht den Stall auf, packt die Sau – und schon liegt er da, der Metzger! Wie ein Aal ist ihm die Sau aus den Händen gerutscht – fort war sie, und der Wirt und die Wirtin und die Magd und die Kinder und der Metzger, der sich wieder aufgerappelt hat, alle hinter ihr her, aber es hat drei Stunden gedauert, bis sie das Vieh wieder hatten. Das hatte Philipp nämlich in der Nacht heimlich mit Schmalz eingeschmiert!"

„Nicht übel", bemerkte der Chef, der als echter Engländer Sinn für groteske Späße hatte.

„Aber das war ihm noch nicht genug", erzählte Neunauge weiter. „Eines Nachts geht er hin und macht die Stallungen im Schlachtviehhof auf – und 107 Ochsen und Kühe verlebten noch eine schöne letzte Nacht der Freiheit. Sie bevölkerten die Straßen, sie schlugen ein starkes Aufgebot der Polizei in die Flucht, sie wanderten über die Gleisanlagen des Bahnhofs. Die Folge war eine mehrstündige Zugverspätung, und es wurde Abend, bis alles wieder in Ordnung war."

„Also ein voller Erfolg", meinte GG.

„Aber dann", sagte Neunauge, „kam Philipp darauf, dass er doch ein hundsarmer Kerl war, dem's kümmerlich ging, während andere nicht wüssten, wohin mit dem Geld. Und er beschloss, sich auch die Annehmlichkeiten des Lebens zu verschaffen. Er geht also in ein erstklassiges Lebensmittelgeschäft, bestellt da, dass es zu einem Festmahl für zwölf Personen ausreicht, gibt haargenau die Adresse an, sagt: ‚Ein Fläschchen kann ich wohl gleich mitnehmen', klemmt sich eine Flasche guten Kognak unter den

Arm und verschwindet, wobei ihm der Ladenbesitzer noch die Tür aufmacht aus Freude über die gewaltige Bestellung – aber als der Mann, um den neuen Kunden gut zu bedienen, selbst mit all den Herrlichkeiten losfährt, gibt es die Hausnummer gar nicht …"

„Daher also der Name Schwindel-Philipp!"

Neunauge nickte. „Das hat er dann in mannigfachen Variationen ausgebaut: ein andermal stimmte die Hausnummer, aber die Leute wohnten dort gar nicht, wieder ein andermal wohnten die Leute tatsächlich dort, waren aber seit Wochen verreist – und so verschaffte er sich, was ihm seiner Meinung nach das Leben zu Unrecht vorenthielt."

„Dass er sich das auch durch angestrengte Arbeit hätte verschaffen können", meinte der Graf, „blieb ihm offenbar verborgen, und da wird doch die Frage recht interessant, wie ist das denn mit ihm weitergegangen?"

„Er kam auf die Idee", antwortete Neunauge, „er könnte sich vielleicht als Messerwerfer im Zirkus durchbringen, und er hatte darin auch schon eine bemerkenswerte Fertigkeit erlangt. Einer von uns stellte sich an die Rückwand eines Schuppens, und dann warf er mit seinen Messern nach ihm. Für jeden war es Ehrensache, dabei nicht zu zucken, und wir waren alle stolz auf uns und ihn, denn die Messer saßen immer genau richtig."

„Und wie war es mit der Zirkuslaufbahn?"

„Nichts. Er hatte Pech. Einmal verfing sich das Messer in seinem Ärmel. Dem kleinen Marcel fuhr es ins Herz. Er kam sofort ins Krankenhaus. Aber es war zu spät."

„Scheußlich", sagte der Graf.

„Gefängnis", sagte der Chef. „Mit Recht."

„Und damit zwei Leben verspielt", sagte GG.

„Und dabei", sagte Neunauge nachdenklich, „bin ich sicher: wenn der Marcel wieder geworden wäre, wenn man die Sache hätte vertuschen können – aus dem Philipp wäre noch etwas Ordentliches geworden. Denn wie der Kleine zusammenbrach – das hat ihm einen Schock gegeben – davon hätte er ein andrer Kerl werden können. Denn grundschlecht war er eigentlich nicht. Er wusste nur noch nicht, wo der richtige Platz für ihn war."

Der Türklopfer klang kurz und energisch, wie es Ghamins Art war. Er musste zu Fuß gekommen sein, denn sie hatten keinen Wagen kommen hören. Jetzt war es mit den alten Geschichten vorbei, und sie befanden sich wieder in der Gegenwart und ihren ungelösten Rätseln.

Tschandru-Singh öffnete, und Yuhanna es Ghamin trat ein. Es schien ihn zu überraschen, allen sechs hier am Tor zu begegnen, aber er begrüßte sie sichtlich erfreut, doch nahmen seine Züge sogleich einen besorgten Ausdruck an. „Was musste ich hören, meine Herren!", rief er aus. „Was sind das für Zustände in diesem Land! Vor einer Stunde bin ich wieder zurückgekommen und finde die alte Batijah in meinem Haus! Stellen Sie sich vor, sie weigert sich, hierher zurückzukommen! Aber aus dem, was sie einem vorjammert, bin ich gar nicht klug geworden – ich bitte Sie um aller Welt, was ist denn hier nur geschehen?"

Keiner antwortete. Der Chef, der ja nur redete, wenn es nicht anders ging, zog stumm an seiner Pfeife. Der Graf sah auf GG, und GG zögerte. Ihm war, als schwinge in den hastigen Sätzen Ghamins etwas mit, das ihm ungreifbar blieb. Doch verwarf er diesen Verdacht wieder. ‚Du bist überreizt', dachte er. ‚Sieh keine Gespenster am hellen Tag!' Aber er blieb vorsichtig. Als er nun sprach, schilderte er die Vorgänge der Nacht nicht, wie sie gewesen waren, sondern stellte sie so dar, wie er es Marûn gegenüber getan hatte.

Ghamin hörte ihm aufmerksam zu. Es war seinem Gesicht nicht anzusehen, ob er auch glaubte, was er da vernahm, und als GG zu Ende war, antwortete er sofort in seiner gewohnten lebhaften Art: „Bewundernswert, meine Herren, bewundernswert, wie Sie das gemacht haben! Und wie elegant Sie so etwas erledigen! Was hätte unser armer Marûn nur gemacht, wenn er allein gewesen wäre! Jetzt kann ich Ihnen ja sagen, meine Herren, dass ich es gewesen bin, der ihm empfohlen hat, sich nach London zu wenden. Ich hielt seine Angst für übertrieben, ich glaube, wir sprachen schon darüber – aber irgend etwas musste ja geschehen, und ich bin glücklich, dass er meinem Rat gefolgt ist. Nun ist die ganze Sache überhaupt ausgestanden. Jetzt ist mir erst alles klar: irgendein ausgeruhter Kopf hat diese Turbanmänner mobil gemacht und dann den bewussten Brief in Marûns Garten dirigiert, damit er bei dem Überfall auch genügend bares Geld im Haus hatte … Nun, ich werde mit ihm reden – ich werde ihm klarmachen, dass die Sache geplatzt ist – dass er Ihre kostbare Zeit nicht länger in Anspruch nehmen darf –"

Ghamin war schon auf dem Wege zum Donjon. „Ich muss ihm doch auch mitteilen, dass Batijah sich mit Händen und Füßen dagegen wehrt, wieder zu ihm zu kommen –"

Die drei Herren hatten ihn begleitet. „Verzeihung, Effendi", sagte GG, „leider muss ich Sie bitten, von einem Besuch bei Marûn heute abzusehen."

Ghamin blieb stehen. „Was soll das heißen?", fragte er. Auch die drei waren nicht weitergegangen. Sie standen zwischen dem Eingang zum Hauptturm und Ghamin, als versperrten sie ihm den Zutritt. Der Syrer empfand das sofort. „Wollen Sie mich etwa daran hindern, meinen Freund zu besuchen?"

Das klang bedrohlich. Alle Verbindlichkeit war von ihm abgefallen. Nie hätte man gedacht, dass seine Stimme solche Schärfe annehmen könnte. Anscheinend hatte der so umgängliche Mann bis dahin nur immer sein Sonntagsgesicht gezeigt, und nun erwies sich wohl, dass er nicht unterschätzt werden durfte, wenn es hart auf hart ging. GG warf dem Grafen einen Blick zu, und der verstand. Hier sollte der Arzt versöhnlich eingreifen. Er sagte freundlich: „Marûn Effendi hat selbst den Wunsch ausgesprochen."

„Mich nicht zu sehen?!"

„Ich muss Ihnen sagen", antwortete der Graf, „dass Marûn Effendi die ganze letzte Zeit schon nicht mehr auf der Höhe war. Er zog sich zurück. Er verließ sein Zimmer nicht mehr. Er möchte anscheinend überhaupt keinen Menschen um sich sehen. Sie kennen ihn doch", so schloss er verbindlich.

„Natürlich, natürlich", erwiderte Ghamin. Er war wieder ganz so, wie er sich bis dahin gegeben hatte. „Und ob ich ihn kenne! Von Launen heimgesucht, wie eine Primadonna. Ich weiß auch, das geht vorüber! Aber gestatten die Herren, dass ich mich noch ein wenig zu Ihnen setze? Offen gestanden, ein Krankenbesuch ist meine Sache überhaupt nicht, aber ein Gespräch unter Männern weiß ich zu schätzen."

Sie gingen langsam zum Tor zurück und setzten sich dort. Ghamins Blick ging von einem zum andern. Der Engländer rauchte stumm seine Pfeife, ein Gesicht wie von Stein. Der Deutsche schien ihm die Zurückhaltung selbst, und der Arzt hatte ihm eben auf die verbindlichste Weise den Stuhl vor die Tür gesetzt – aber da war ja auch dieser treffliche, schätzenswerte Franzose aus Marseille! „Ich habe an Sie gedacht, mein Lieber", sagte Ghamin zu Neunauge mit gewinnendem Schwung. „Ich sagte Ihnen bereits", damit wandte er sich wieder an die anderen Herren, „ich bin gern in dem Nachtklub El Ruedo, doch das ist mehr ein Spielklub, wo man sehr hoch gewinnen, allerdings auch entsprechend verlieren kann. Aber zum Essen geht man besser in ein kleines Restaurant, ‚Chez Henri', und da" – jetzt richtete er seine Worte wieder mehr an Neunauge – „haben sie einen neuen Koch. Einen Bulgaren, einen bedauernswerten Emigranten, aber, mein Lieber, von ihm habe ich eine *baniza* bekommen – wissen Sie, was eine *baniza* ist?"

Neunauge fiel es schwer, aber er musste gestehen, dass er das Gericht nicht kannte.

„Ein Käseblätterteig", sagte Ghamin, und er sagte es so, dass jeder den Eindruck hatte, bei dem Wort schon liefe ihm das Wasser im Munde zusammen. „Wer einen solchen Blätterteig herzustellen imstande ist, der kann kein schlechter Mensch sein, und dass ein solcher Mann sein Heimatland verlassen muss, beweist, dass da verschiedenes nicht in Ordnung ist. Ich habe mir von ihm natürlich das Rezept gehen lassen –" und schon setzte er Neunauge genau auseinander, wie dieses Göttergericht herzustellen war.

Als er zur Füllung gesalzenen Weißkäse empfahl, der mit fünf geschlagenen Eiern zu vermischen war, erhob sich der Chef und verschwand in den Garten, und Plumpudding murmelte sofort, er müsse sich nach dem Essen umsehen, worauf er in den Donjon ging. Als Ghamin die Anweisung gab, von der alles abhinge, nämlich den Teig zur Durchlüftung immer wieder mit einer Gabel zu durchstechen, entfernte sich GG mit Tschandru-Singh. Nur der Graf hörte amüsiert zu. Überdies war die Torwache an ihm.

„Ich sehe mit Schrecken", sagte Ghamin, „dass ich die Herren entsetzlich gelangweilt habe. Ich gebe auch gern zu, die Kochkunst ist nicht jedermanns Sache, aber Sie, mein Lieber, Sie sind mein Mann!" Damit legte er seine Hand mit einer liebenswürdigen Bewegung leicht auf Neunauges Schulter. „Wie ist es?", fragte er. „Kommen Sie doch mit zu mir! Zu einem kleinen Fachgespräch unter Fachleuten. Ich zeige Ihnen bei der Gelegenheit mein Haus, und Sie sehen etwas, das Sie noch nicht gesehen haben."

Neunauge blickte auf den Grafen, und der stimmte Ghamins Vorschlag gern zu. Sie waren vorhin ein bisschen aneinandergeraten, und es war gut, mit dem Syrer freundlich zu stehen. Als die beiden die Burg verlassen hatten, schloss der Graf hinter ihnen ab. „Wirklich reizende Leute, die Herren", sagte Ghamin.

Sie hatten keine Viertelstunde zu gehen. Ghamins Haus lag auf einem Plateau am Berghang und wurde von der Bergseite aus betreten. Ein gewölbtes Tor führte in einen Hofraum, der mit Marmorplatten belegt war, und ihn umgaben die einstöckigen, leuchtend weiß gehaltenen Gebäude. Ghamin brachte seinen Gast aber nicht zu ihnen hinein, sondern überquerte mit ihm den Hof und öffnete eine kleine Pforte. Sie traten in einen schmalen Gang, der rechts von der Hauswand begrenzt war und links von einer mannshohen Mauer. Sie musste ihrer Lage nach sich unmittelbar am Abhang erheben. Auch am Ende des Ganges befand sich eine schmale Tür, und als Ghamin sie geöffnet hatte, sah er, dass die Mauer, die jetzt nur noch halbhoch war, tatsächlich am Abhang entlang geführt worden war. Unmittelbar unter ihr ging eine Felswand senkrecht in die Tiefe. Es war ein gewaltiger Steinbruch, der hier lag, aber längst verlassen war. Vielleicht hatte man aus ihm die Quadern herausgeholt, die man für die Mauern und Türme der Burg gebraucht hatte. Der Blick in die gähnende Tiefe konnte Schwindel erregen, aber Neunauge schaute über sie hinweg in die Ferne bis zu dem weißen Palmenstrand mit dem brandenden blauen Meer. Doch das war es nicht, was Ghamin zeigen wollte. „Bleiben Sie hier", sagt er und ging selbst weiter. Die Mauer, an der Neunauge stand, umschloss ein geräumiges Viereck, dessen Erdboden festgestampft schien, und an der gegenüberliegenden Ecke befand sich ein stallähnliches Gebäude. Zu ihm war Ghamin hinübergegangen, und nachdem er dort eine Tür geöffnet hatte, kam er wieder zu Neunauge zurück.

„Iskander!", rief er, und noch einmal: „Iskander!" Doch nichts rührte sich. Ghamin lachte. „Der weiß, warum er nicht kommt! Aber das wird ihm nichts helfen. Rufen Sie einmal! Wenn er eine fremde Stimme hört, kommt er aus Wut." Damit verbarg er sich hinter der geöffneten Tür.

Neunauge tat ihm den Gefallen, und sofort erschien in der Öffnung ein großes, sehr kräftiges Kamel. Es war schwarz. Sowie es Neunauge eräugt hatte, legte es die Ohren zurück, entblößte seine langen gelben Schneidezähne und ging wütend auf den Fremden los. „Weg! Weg!", schrie Ghamin, „sonst zertrampelt er Sie!"

Neunauge rettete sich hinter die Eingangstür und schlug sie zu, so schnell er nur konnte. Ghamin, der das, hinter seiner Tür versteckt, mit angesehen hatte, lachte und lachte – wie es schien, aus vollem Herzen. „Da muss man springen, was?!", rief er und kam wieder hervor. „Wenn mein Iskander Sie mit seinen Zähnen gepackt hätte, dann hätte er Sie hoch in die Luft geworfen und danach mit Vergnügen zertrampelt! Wenn er Fremde sieht, wird er rasend!"

Neunauge war etwas betroffen. Das Vergnügen schien ihm doch zu sehr auf Seiten Ghamins und Iskanders zu liegen. Das

Tier hatte sich von ihm wieder abgewandt und stand jetzt mitten im Pferch. Ghamin ging darauf zu. „Ein ganz vorzüglicher Kamelhengst", sagte er. „Er stammt aus den Herden der Mutair. Beduinen der Wüste, verstehen Sie? Die besten Kamelzüchter. Mir tut er nichts. Vor mir fürchtet er sich – passen Sie einmal auf."

Er holte sich eine Stange, die am Eingang des Pferches gestanden hatte, und schritt wieder langsam zu Iskander hin. Das Tier ließ ihn nicht aus den Augen. „Ich weiß gar nicht", rief Ghamin, „der hat heute so einen komischen Blick." Er ging um den Hengst herum, ohne dass das Tier sich jetzt nach ihm umsah. Plötzlich schlug Ghamin mit der Stange so heftig zu, dass Neunauge meinte, er müsste Knochen brechen hören. Blitzschnell flog der wendige Hals mit dem offenen Maul und den langen Schneidezähnen zu dem Angreifer herum, aber Ghamin war sehr geschickt weggesprungen, und nun wiederholte sich dieses böse Spiel immer wieder, bis Ghamins Kräfte am Ende waren. Sich den Schweiß von der Stirn trocknend, kam er wieder zu Neunauge und stellte die Stange an ihren Platz. „Das macht ihn fit, verstehen Sie?", sagte er. „Training ist alles, Training! Keine drei Wochen mehr, und ich habe ihn so weit, dass er beim Wettkampf mit jedem andern Hengst fertig wird. Hahnenkämpfe und die Kampfschafböcke, auf die der letzte Sultan ganz verrückt war – ich sage Ihnen, das ist alles nichts, gar nichts. Wenn Sie einmal ein Duell auf Leben und Tod zwischen zwei abgerichteten Kampfkamelen gesehen haben, dann kann Sie nichts anderes mehr interessieren."

Neunauge brachte kein Wort heraus. Konnte er diesem liebenswürdigen Gesellschafter sagen, dass er die Misshandlung des Tieres schauerlich fand? Musste er ihm nicht manches zugute halten? Im Orient geht es eben anders zu als in Europa – und hatte Spanien nicht seine Stierkämpfe? Und wie war es in Europa und Amerika mit den Boxkämpfen und den brutalen Ringern des Catch-as-catch-can? Er musste immer wieder auf das Kamel sehen. Mitten im Pferch stand es ganz ruhig, ja es machte jetzt einen völlig gleichgültigen Eindruck. Nur in seinen Augen schien ein Funkeln zu liegen, das Neunauge merkwürdig vorkam. „Sonderbar", sagte er, „ich habe schon so manches Kamel gesehen, aber noch nie eins, das einen Blick hat wie Ihr Iskander."

„Genau meine Meinung", antwortete Ghamin. „Ich hab's auch gesehen. Aber ich sag's ja: der ist jetzt soweit. Den hab' ich auf Touren gebracht, verstehen Sie? Es kommt jetzt noch eins. Das Ohr, müssen Sie wissen, ist bei den Tieren überempfindlich. Das habe ich noch nicht ausgenutzt. Aber das tue ich erst ganz zuletzt. Mit einem angespitzten Stock muss ich ihn hinter das Ohr stoßen – dann wird er völlig rasend, und wenn's nachher soweit ist, wird er losgehen wie der leibhaftige Teufel."

Sie saßen jetzt in einem Zimmer, das wie ein Pariser Salon eingerichtet war, mit zwei vergoldeten Uhren auf dem Marmorkamin, von denen keine ging, mit einem Klavier an der Wand, auf dem niemand spielte, wie Neunauge auf seine Frage erfuhr. In den beiden Vorratskammern, die Ghamin ihm auch gezeigt hatte, war ihm wohler gewesen, angesichts der großen Krüge voll Öl und Wein, der Fässer mit Oliven, der Truhen mit Feigen und getrockneten Weinbeeren. Ghamins Schwägerin hatte er nicht erblickt, auch von Batijah oder den Kindern war nichts zu sehen. Nur einmal waren Frauenstimmen zu hören gewesen, aber sogleich wieder verstummt. Dann brachte eine Magd gezuckerte Orangen und eingemachte grüne Mandeln, über die mit Minze versetzter Kognak gegossen wurde. Neunauge rauchte Zigaretten, Ghamin eine Wasserpfeife. Indem er an ihr zog, gab sie brodelnde, röchelnde Töne von sich, und da er auf die brennende Pfeife Zucker gelegt hatte, füllte sich das Zimmer mit blauem Dunst.

Er kam von seiner Begeisterung für die Kamelkämpfe nicht los. „Ich sehe da große Möglichkeiten", sagte er. „Man weiß in der Welt zu wenig davon. Die Amerikaner fahren wegen der Stierkämpfe nach Spanien – warum kommen sie nicht her, um meinen Iskander zu sehen? Das ist viel, viel aufregender. Doch sie wissen eben nichts davon. Man müsste Reklame dafür machen. Man müsste die Fernsehgesellschaften dafür interessieren – das bringt Fremde ins Land, zahlungskräftige Fremde. Aber die Leute hier sind zu wenig unternehmungslustig. Nehmen Sie zum Beispiel meinen guten Marûn. Er hat Geld. Er könnte das doch investieren. Man könnte mit ihm etwas auf die Beine bringen. Keine Rede – er sitzt in seiner Burg und rührt sich nicht. Dabei könnte man allein schon aus dieser Burg etwas machen. Was meinen Sie, Herr Bombardon, ein ganz modernes Hotel in einer antiken Burg – wäre das nicht eine tolle Sache?"

Neunauge stimmte lebhaft zu, auch weil er froh war, damit von den fatalen Kamelkämpfen loszukommen, und malte aus, was wohl alles geschehen müsse, um aus dem alten Kasten, wie er sich ausdrückte, ein anziehendes Etablissement des Gaststättengewerbes zu machen.

„Ausgezeichnet", sagte Ghamin, „man sieht sofort, dass Sie ein Mann vom Fach sind. Das wichtigste an der Sache wäre natürlich eine hervorragende Küche … Und wissen Sie, wer dafür der richtige Mann wäre?"

„Ich nehme an, Sie denken an den bulgarischen Koch?"

„Keineswegs – ich denke an Sie, mein Lieber! Keiner könnte das besser machen als Sie! Und ich bin überzeugt: Sie und ich würden uns in einem solchen Unternehmen aufs beste verstehen!"

Neunauge verließ das Haus in dem angenehmen Gefühl, hier nach Gebühr geschätzt zu werden, und mit liebenswürdigem Lächeln brachte Ghamin seinen Gast bis an die Tür. Sowie er sie hinter ihm wieder verschlossen hatte, überquerte er rasch den Hof und betrat das Zimmer, in dem seine Schwägerin mit ihren Kindern saß. Als sie Ghamins Gesichtsausdruck sah, schickte sie die Kleinen sofort weg in die Küche.

Er fuhr sie an: „Was war das vorhin für ein Lärm? Habe ich dir nicht gesagt, von der Alten soll nichts zu sehen oder zu hören sein?!"

„Die ‚Alte' ist meine Mutter", sagte Yehudit leise. Wann hatte das ein Ende, dass sie unter diesem Manne zu leiden hatte? Nie … nie … Es gab nur eins: sie musste ihn ertragen.

„Du musst das doch verstehen", sagte sie weiter. „Die Mutter will wieder zurück. Sie kann Marûn nicht einfach im Stich lassen."

„Er verhungert nicht", antwortete Ghamin. „Dieser Marseiller Esel wird ausgezeichnet für ihn kochen." Er ging in dem Zimmer erregt auf und ab und blieb dann vor der jungen Frau stehen. „Ich tue doch für dich und deine Kinder weiß Gott genug", sagte er heftig. „Könnt ihr da nicht auch einmal etwas für mich tun? Und was verlange ich denn von deiner Mutter? Nur dass sie hier bleibt und sich nicht sehen lässt. Geht ihr denn hier irgend etwas ab?"

Er wartete einige Augenblicke, aber Yehudit antwortete ihm nichts. „Übrigens", sagte er dann, „heute Nacht ist es soweit. Alles fertig?"

„Ja", antwortete sie.

## Kein Zutritt für GG

Welch ein Leben! Die Nächte verliefen ungestört, die Tage gingen ruhig hin, über der Burg wölbte sich ein strahlend blauer Himmel, Tag für Tag, ohne eine Wolke. Von den Bergen her wehte eine belebende, prickelnde Luft. „Eine Luft wie Champagner", sagte der Graf. Alle drei Tage kam Yakub morgens mit seinem hochbeladenen Esel und ritt dann des Abends auf seinem Mustafa wieder davon, Neunauge schloss das Tor hinter ihm ab und schob die beiden Riegel vor. Denn es hatte sich in der Diensteinteilung etwas geändert, Neunauge hatte ein für allemal die Tageswache am Tor übernommen, Plumpudding besorgte die Küche nach seinen Anweisungen, kochte für sie und Marûn, und Tschandru-Singh half ihm dabei. Die Herren hielten sich viel im Garten auf, und schon kam es vor, dass auch Marûn Effendi erschien und bei ihnen blieb, jedoch nie lange, denn immer wieder zog er sich bald in seine Wohnräume zurück wie in eine Höhle. Es sah so aus, als wären die Fremden zu ihrer Erholung hier, zu ihrem Vergnügen, als lebten sie sorglos in den Tag hinein – aber das täuschte. Es lag etwas in der Luft. Es war wieder so wie vor dem Überfall durch die *Meta wile*: mit jedem Tag, an dem nichts geschah, mussten sie dem Tag näher kommen, an dem etwas geschehen würde. Nur scheinbar war alles so heiter, so unbeschwert. Sie waren wie Leute, die es im Gebälk ihres Hauses knistern hören, die sicher sind, eines Tages wird es zusammenbrechen, aber sie wissen nicht, wann dieser Tag sein wird, und in dieser Spannung vor dem, was da im Ungewissen droht, rechnete GG in Gedanken noch einmal nach, ob in ihren Berechnungen nicht vielleicht doch irgendwo ein Fehler steckte.

War es zum Beispiel richtig, dass sie die Wache am Tor tagsüber Neunauge ganz überließen? Aber das hatte ja seinen guten Grund, denn Ghamin Effendi hatte sich angewöhnt, ihn jeden Tag zu besuchen, und von ihnen allen konnte Neunauge mit dem Mann am besten umgehen. Dieser muntere und bewegliche Syrer war nicht ganz nach ihrem Geschmack. Zweifellos, er war ein sehr tüchtiger Mann, denn er hatte es zu etwas gebracht. Aber war er nicht vielleicht etwas zu tüchtig? Ja, das war es: sie hatten von ihm den Eindruck, er wäre etwas zu sehr das, was er war – eine Spur zu munter, zu beweglich, zu höflich, als sei alles an ihm Absicht auf einen bestimmten Zweck. Aber vielleicht war das auch nur eine besessene Geschäftigkeit, von welcher der Mann nicht loskam. Jedenfalls war es überaus angenehm, dass Neunauge ihre Bedenken nicht teilte. Der Freund Marûns gehörte mit in dieses unheimliche Haus, und gerade weil der schwierige Mann sich ihnen auf einmal entzog, war es gut, dass er sich Neunauge anschloss, denn er war ja der einzige, von dem hier noch etwas zu erfahren war.

‚Nein, nein', dachte GG, ‚dagegen ist nichts einzuwenden' und ging nun selbst zum Tor, denn es war die Stunde, zu der sie dort alle beisammen saßen, und es dauerte nicht lange, da waren sie bei dem Thema, das ihn so beschäftigt hatte – bei Neunauges Freundschaft mit diesem Herrn Ghamin.

„Ich weiß genau, weshalb Sie ihn nicht mögen", sagte Neunauge. „Es ist nur die Narbe in seinem Gesicht, die Sie abstößt. Ich gebe zu, der Anblick ist schauderhaft, und man erschrickt immer wieder, wenn man sie sieht. Aber glauben Sie mir, wenn Sie sich wie ich mit ihm länger unterhalten, wenn Sie hören, was der Mann für ausgezeichnete Ideen hat, was das für ein Kopf ist – dann vergessen Sie, dass er so schrecklich aussieht!"

„Richtig, Neunauge, sicher ganz richtig", meinte der Graf.

„Am Ende kommt, was uns bei Ghamin Effendi ein bisschen auf die Nerven fällt, tatsächlich von dieser Narbe her. Aber man muss sich das nur einmal vorstellen: Er weiß, wie er aussieht. Vielleicht kann er es über Nacht vergessen. Aber jeden Morgen, wenn er sich rasiert, sieht er sich wieder, und seit seiner Kindheit ist er dazu verurteilt, so herumzulaufen. Deswegen ist er vielleicht in allem so übertrieben. Er gibt, möchte ich sagen, immer etwas zuviel Gas, er fährt zu schnell und zu laut, um von dieser unglücklichen Narbe abzulenken, die ja wirklich aussieht, als habe ihn der Gottseibeiuns damit gezeichnet."

GG überlegte. Er kam davon nicht mehr los, was der alten Frau damals entfahren und was immer noch nicht geklärt war: weshalb hatte Batijah so angstvoll von sich und ihrer Tochter gesprochen? Was konnte denn nur diese Yehudit bedrohen? Mit Marûn hatte sie nichts zu tun. Hing da etwas mit Ghamin zusammen? Aber das war doch zu unsicher. Wie konnte er das annehmen! Er wusste doch überhaupt nichts von ihr, kannte ihr Leben gar nicht. Aber gerade darum: was konnte da alles gewesen sein …

„Ich finde", sagte Neunauge, „weil er damit so geschlagen ist, muss man ihm einen Vorsprung geben. Ich wüsste nicht, was aus mir geworden wäre, wenn ich so aussähe wie er."

„Ich meine", sagte Plumpudding bedächtig, „das mit der Narbe fällt nur uns auf. Hier sind die Leute das gewohnt. Jeder weiß, woher sie kommt. Bei mir zu Hause gibt es Gegenden, da haben die Leute einen Kropf. Es soll vom Wasser kommen. Aber das sieht überhaupt keiner mehr. Einmal in der Nacht musste die Freiwillige Feuerwehr losfahren, weil es irgendwo brannte. Sie kamen an eine Höhe, und der Brandmeister sagte: „Wer keinen Kropf hat, der geht über den Berg, da schneidet er ab und kommt eher hin. Die andern fahren mit mir um den Berg herum!" Es stieg aber keiner ab. Sie hatten nämlich alle einen Kropf. Das wusste der Brandmeister nicht mehr, weil er das jeden Tag sah, sein Leben lang."

GG blieb bei seinen Gedanken. Irgendein Zusammenhang war da, bestimmt. Sonst hätte die Mutter den Namen ihrer Tochter nicht genannt. Warum hatte er noch nicht versucht, einmal mit der jungen Frau zu sprechen?

„Narbe ist mir gleichgültig", bemerkte der Chef. „Kann der Mann was dafür? Nein. Also erledigt. Aber Sache mit dem Kamel. Kann er da was dafür? Ja. Muss er das machen? Nein. Widerwärtig. Verzichte."

Neunauge hatte von seinem Abenteuer mit Iskander nie etwas erzählt. Er fand, bei diesem Scherz Ghamins schnitt der Syrer doch ein bisschen zu schlecht ab. Das harte Urteil des Chefs traf ihn, denn eigentlich drückte es das aus, was er selbst empfand. Um so heftiger lehnte er sich dagegen auf. „Erlauben Sie, Chef", sagte er, „kann man das einem hiesigen Landesbewohner vorwerfen? Jedes Land hat seine Eigenheiten."

„Eigenheiten", erwiderte der Chef unwillig. „Kamelkämpfe hier gar nicht üblich. In Kleinasien, jawohl. West-Anatolien, wenn ganz genau erwünscht. Kenne mich aus im Sport, Jagd und dergleichen. Hat der Mann wahrscheinlich von dort importiert. Wird immer widerwärtiger."

Vielen Menschen ist es unangenehm, wenn sie merken, dass bei einer Auseinandersetzung der Widersacher mehr und mehr im Recht zu sein scheint. Neunauge ging es nicht anders. „Und wie stehen Sie da zu den in England üblichen Fuchsjagden, zu diesen elenden Hetzjagden auf lebende Tiere?", fragte er heftig.

„Habe noch keine mitgeritten", lautete die ruhige Antwort des Chefs, und dann fragte er, nachdem er die Pfeife aus den Zähnen genommen hatte: „Sind Sie für die Torheiten Ihrer Landsleute verantwortlich, Neunauge?"

Neunauge antwortete nicht gleich. Er holte gewissermaßen erst einmal aus, um damit in den richtigen Schwung zu kommen. Aber als vorzüglicher Boxer ließ ihm der Chef keine Zeit, sondern kam sofort mit einem trockenen Haken zuvor: „Oder machen Ihre Landsleute keine Dummheiten?"

Jetzt schien es dem Grafen höchste Zeit, für die Segel der Unterhaltung einen anderen Wind zu beschaffen. „Neunauge", sagte er, „wir beurteilen die Menschen eigentlich immer nach denen, die wir vor ihnen kennen gelernt haben – ‚ach', sagt man sich, ‚der ist genau wie damals der Blonde' oder ‚wie der kleine Dicke aus Nancy'. Du weißt sicher jemand, an den dich Ghamin Effendi erinnert, der dir einmal Eindruck gemacht hat, und deshalb kommst du so gut mit ihm aus."

„Ja", sagte Neunauge, und sie hörten dem ingrimmigen Ton seiner Stimme an, wie es in ihm aussah, „das war Narbengesicht."

„Das klingt nach einer Geschichte aus Marseille, wie?" „Und ob das eine Geschichte ist", gab Neunauge zurück. „Wir sind ganz Ohr, Neunauge", sagte der Graf, und der Chef bemerkte versöhnlich: „Ihre Marseiller Freunde – interessante Leute."

„Soviel wie du hat selten jemand erlebt", setzte Plumpudding anerkennend hinzu.

„Man hört so viel über Marseille", sagte GG. „Aber was Sie berichten, hat den großen Vorzug, wahr zu sein."

Sie hatten ihn da, wo sie ihn haben wollten, und Neunauge erzählte: „Narbengesicht war ein Junge aus unserer Nachbarschaft, und wenn einer seinen Beinamen mit Recht trug, dann war er's. Er muss seiner Mutter einmal durchs geschlossene Fenster gerutscht sein oder so etwas, genau weiß ich das nicht mehr, jedenfalls sah er aus, als ob er mit seinem Gesicht unter ein Hackmesser gekommen wäre. Aber wir merkten das überhaupt nicht mehr, doch als er nun in die Lehre kommen sollte, da wurde es schlimm.

Er hatte sich nämlich in den Kopf gesetzt, Kellner zu werden, aber niemand wollte Narbengesicht als Pikkolo nehmen; sein Anblick nehme den Leuten den Appetit, sagten die Wirte. Schließlich kam er als Küchenjunge unter, wurde Koch – und ein prima Koch, sage ich Ihnen – und als Koch machte er auch sein Glück. Da war nämlich eine junge Kochmamsell, die hatte keine Angst vor seinem Gesicht, sie sah genau, was das für ein achtzehnkarätiger Bursche war, und die beiden heirateten. Drei Tage nach der Hochzeit gewinnt er im Lotto 125.000 Francs, geht hin und macht mit der jungen Frau eine eigene Wirtschaft auf."

„Das soll uns freuen", sagte der Graf. „Aber so etwas ganz Besonderes seh' ich darin nicht."

„Das kommt jetzt, Herr Graf. Narbengesicht hatte nämlich nicht vergessen, dass er sich bis jetzt immer in der Küche hatte verstecken müssen, und er wollte zeigen, dass den Leuten nicht der Appetit verging, wenn er hinter der Theke stand oder sie am Tisch bediente, und so etwas wie seine Wirtschaft hat es dann überhaupt noch nicht gegeben. Auf den Tischen lag eine Speisekarte mit dreißig wunderbaren Gerichten. Aber was die Gäste daraus auch bestellten – es wurde ihnen immer nur ein einziges Gericht gebracht, heute Kalbsgekröse, morgen Schweinemagen, übermorgen Fettdarm mit einer Füllung von Hammelfüßen: dieses eine Gericht gab's, und nichts anderes! Suppe wurde nicht gebracht. Dafür stand da eine große Terrine, und jeder, der Suppe haben wollte, musste hingehen und sich seinen Teller selbst füllen. Über der Terrine aber war ein Schild angebracht, auf dem war zu lesen, die Suppe wäre so schlecht, dass sie gratis abgegeben würde. Es war aber eine ganz hervorragende Suppe! Wünschte jemand Brot zur Suppe, dann brachte Narbengesicht aus der Küche einen ofenwarmen Laib Brot und einen riesigen Klumpen Butter dazu, und der Gast musste sehen, wie er damit fertig wurde, und wenn er das Lokal verließ, dann konnte es ihm passieren, dass ihm ein Grammophon nachquäkte: ‚Am besten gehen Sie sofort in die Apotheke und holen sich ein Magenpulver!' Und dann Narbengesichts Raritäten! Er zeigte ein Stück Käse vor, das wäre beim Frühstück des Riesen Goliath übrig geblieben, und wenn ein Gast davon eine Scheibe haben wollte, gab der Wirt ihm den Rat, morgen wiederzukommen, heute wäre das Beil in Reparatur. Dafür empfahl er seine Hausmarke, einen flüssigen Käse, aber den könnte er nur servieren, wenn der Gast bereit wäre, eine Gasmaske aufzusetzen – und so brachte er jede Woche irgend etwas Neues vor. Was soll ich Ihnen noch lange erzählen: seine Kneipe wurde nie leer, an dem Wirt hatte jeder seinen Spaß. Kein Mensch nahm an seinem Gesicht Anstoß, ja man fand sogar, dass es zu ihm passte, und was die Gerichte angeht, die er an die Tische brachte, so konnte man sie in ganz Marseille nirgends besser bekommen als bei ihm!"

„Bewundernswert", sagte der Graf. „Er verstand es, Kraft aus seiner Schwäche zu ziehen – wer macht ihm das nach?"

„Graf", knurrte der Chef, „Kraft aus der Schwäche –" Er kam nicht weiter. Wieder ging der Türklopfer. Wieder war es Ghamin. Während Neunauge öffnete, machten sich der Chef mit Plumpudding und dem Grafen davon. „Noch nicht zuschließen", rief GG Neunauge zu, als er Ghamin begrüßte. „Ich gehe noch ein bisschen spazieren!"

„Tun Sie das, tun Sie das", riet ihm Ghamin. „Immer hier zwischen den Mauern sitzen, das hält man nicht aus." Das Tor fiel zu, Neunauge war noch damit beschäftigt, die Riegel vorzuschieben, als Ghamin bereits oben in der Turmstube war. Er huschte ans Fenster, um noch zu sehen, wohin GG denn gegangen wäre. Aber von seinem unbestimmten Verdacht gelenkt, ging GG an dem Adlerturm vorüber, als wolle er weiter die Höhe hinaus. Als er wusste, dass er nicht mehr gesehen werden konnte, bog er nach links ab, umschritt die ganze Burg von Turm zu Turm und schlug dann erst die Richtung von Ghamins Haus ein.

Er sah das weiße Gehöft schon vor sich, ging jedoch nicht darauf zu, sondern suchte im Gegenteil eine höher gelegene Stelle am Hang, von der aus er in den Hof hineinsehen konnte. An einem

Nussbaum fand er sie. Er holte das Fernglas hervor und beobachtete Ghamins Besitz. In dem Pferch sah er den schwarzen Kamelhengst liegen. Mahlend bewegten sich die Kiefer des Wiederkäuers.

GG hielt das Glas nun auf den Hof gerichtet, dessen Marmorplatten in dem hellen Sonnenlicht weiß leuchteten. Er sah zwei Mägde von einem Teil der Gebäude in einen anderen gehen. Zusammen trugen sie einen großen und anscheinend schweren Krug. Dann lief Amal über den Hof, und gleich darauf trat Yehudit aus dem Haus und rief das Kind offenbar, denn das Mädchen kehrte um und ging mit der Mutter in das Haus zurück. Wenig später überquerte sie mit Batijah zusammen den Hof. Damit hatte GG sich über das unterrichtet, was er hatte wissen wollen, und stieg nun den Hang hinab auf das Haus zu.

Das Tor war verschlossen. Er klopfte, und nach einer Weile öffnete sich ein kleines Guckloch, durch das er nur ein schwarzes Auge erblickte. Er sagte, er möchte die Frau des Hauses und die Kinder besuchen, und darauf verschwand das Auge und schloss sich das Guckloch wieder. Es vergingen einige Minuten, bis sich das Tor öffnete, aber nur so weit, wie eine innen angebrachte Kette es zuließ, und die Magd, die er nun sah, erklärte ihm, es sei niemand zu Haus. Ghamin Effendi sei fortgegangen und die Frau mit den Kindern in Tripoli.

Er dankte für die Auskunft und verlangte nunmehr, die Mutter der jungen Frau zu sprechen. Die Magd zögerte einen Augenblick, antwortete dann, Frau Batijah wohne nicht mehr bei ihnen, und machte die Tür rasch zu, wie um nicht noch länger Rede und Antwort stehen zu müssen.

GG war sehr betroffen. Warum ließ sich Yehudit vor ihm verleugnen? Vielleicht war ihr nicht wohl. Aber warum dann die Lüge? Und warum verbarg sich auch Batijah vor ihm?

Nachdenklich ging er zurück. Plötzlich blieb er stehen. Ein Gedanke kam ihm wie ein Blitz: nicht von sich aus verbargen sich die Frauen vor ihm! Hatten sie denn irgendeinen Grund, ihm zu misstrauen? Nein – jemand anders zwang sie zu ihrer unverständlichen Haltung. Jemand hatte ein Interesse daran, zu verhindern, dass sie mit dem Team zusammenkamen. Jetzt entsann sich GG auch wieder jenes Augenblicks damals in der Nacht, als das Kind gerettet war und die junge Frau mit sich kämpfte, ob sie mit dem Grafen nicht noch sprechen sollte: Auch da hatte sie etwas gehemmt …

Wer aber hatte solche Gewalt über Tochter und Mutter, denn auch Batijah verhielt sich ja nicht anders? Wer lebte denn hier mit ihnen? Es gab nur eine Antwort: Ghamin. Er musste den Frauen verboten haben, mit ihnen zu sprechen – fürchtete er vielleicht, dass Batijah und Yehudit etwas ausplaudern würden, was Marûns Beschützer nicht wissen sollten? Hatte Ghamin etwa die Hand mit in dem bösen Spiel, das sich gegen den verängstigten alten Mann richtete?

GG schritt rasch weiter. Mit einem Male sah er den ‚Freund Marûns' in einem neuen Licht. Nie war ihm Ghamin sympathisch gewesen, doch nun wurde er ihm verdächtig. Gewiss, ein Verdacht war noch kein Beweis – aber er wies auf eine neue Spur hin. GGs Plan, mit den Frauen zu reden, war ihm missglückt – aber sein Gang war nicht vergeblich gewesen.

Als er auf dem Wege zum Prinzenturm am Donjon vorüberkam, sah er, dass Yakub el Muquatta dabei war, die Burg zu verlassen. Er hatte seinen Esel, der tagsüber im Speicherturm untergebracht war, schon wieder herausgeholt und an dem Ring angebunden, der in die Mauer des Hauptturms eingelassen war.

## Große Pläne

„Mein lieber Bombardon", so setzte Yuhanna es Ghamin sein Gespräch mit Neunauge fort, „ich werde diese Gedanken nicht mehr los, und Sie als ein Mann, der die Welt gesehen hat und der außerdem noch vom Fach ist, Sie müssen mir zugeben: was man in Libanon den Fremden und Vergnügungsreisenden bieten kann, das ist einzigartig, ja phänomenal. Sie haben hier die Sonne des Südens und zugleich schneebedeckte Berge. Die Herrschaften können vormittags Ski laufen und nachmittags in den warmen Wellen des Meeres baden. Sie haben Zedern und Palmengestade. Sie haben kultivierte Weinberge, die bunte Pracht gepflegter Gärten – aber auch unberührte wilde Landschaften. Großartige Baudenkmäler aus allen Jahrhunderten, Heidentempel und Sarazenenschlösser. ‚Besuchen Sie die älteste Stadt der Erde!' – ist das etwas, Herr Bombardon, oder nicht?!"

Neunauge stimmte zu. Hier war ‚etwas zu machen', wie man so gern sagt.

„Ich habe gelesen, Herr Bombardon, dass man hier das Alphabet erfunden hat! Herr Bombardon, als die Welt noch in moralische und soziale Finsternis gehüllt war, erstrahlte vom Libanon aus bereits die Fackel des Lichts und der Hoffnung! Das ist alles nur viel zuwenig bekannt. Wir stehen hier auf Erdboden, Herr Bombardon, der am frühesten von Menschen bewohnt wurde. Das muss man doch ausnutzen! ‚Kommen Sie in das Land, in dem Adam und Eva wohnten!' Ein solches Plakat muss die Menschen ja hinreißen!"

Auch Neunauge konnte sich der Wirkung dieser Formulierung nicht entziehen.

„Und das Klima, Herr Bombardon!", fuhr Ghamin begeistert fort. „Hier kann man das ganze Jahr aufs angenehmste leben. Hier ist das Land, wo Milch und Honig fließen, wie die Bibel sagt. Und wem die Küste im Sommer zu heiß ist, der geht eben hinauf ins Gebirge!"

„Sie haben recht, völlig recht", erwiderte Neunauge.

„Aber wissen Sie", sprach Ghamin weiter, „mit meiner Idee, aus dieser Burg ein modernes Hotel zu machen, kommen wir nicht weiter. Altes Gerümpel bleibt eben immer Gerümpel. Nein, man müsste ein funkelnagelneues, fabelhaftes Hotel oben unmittelbar an dem Wald der Ewigkeit errichten, bei den Zedern, und von da einen Sessellift für die Skifahrer, der sie noch tausend Meter höher bringt. Bedenken Sie, Herr Bombardon – das ganze Jahr geöffnet! Kein bloßer Saisonbetrieb! Aber wozu sage ich Ihnen das alles! Herr Bombardon, Sie sind der Mann, der einer solchen Aufgabe gewachsen ist. Sie sind es, der diesem Hotel den Weltruhm gibt. Das Hotel *Am Wald der Ewigkeit*! Ich bitte Sie!"

Es gibt sicher nur wenige Menschen, denen es nicht wohltut, wenn man sie in ihrer Art für bedeutend erklärt, und Neunauge gehörte nicht zu ihnen. „Meinen Sie wirklich?", fragte er beglückt.

Ghamin wechselte den Ton. „Ich habe die Idee", sagte er, „aber ich kann das nicht machen. Sehen Sie mich an: kann ich mit dieser Narbe im Gesicht Gäste empfangen? Ich weiß, die Männer sehen sich so etwas interessiert an, aber die Damen schaudern davor zurück … Und dann gehört Kapital dazu. Gern würde ich mich beteiligen, denn ich könnte natürlich einiges zuschießen. Aber Sie verfügen über viel Geld. Sie wollen in Paris, wie Sie mir darstellten, ein Millionenunternehmen starten. Aber ist der Libanon nicht noch mehr als Paris?"

„Paris und Libanon!", rief Neunauge aus und sprang vor Erregung auf. „In meinem Pariser Haus gewinne ich die Gäste für das Hotel im Libanon und hier für mein Haus in Paris!"

„Mach das Tor auf!", schrie draußen eine Stimme auf arabisch. „Mach das Tor auf!"

„Yakub el Muquatta", sagte Ghamin. „Er will wieder nach Tripoli."

Neunauge nahm den Schlüssel und wollte hinunter. Ghamin aber nahm ihm den Schlüssel aus der Hand. „Geben Sie her", sagte er rasch. „Das ist doch keine Tätigkeit für einen Mann wie Sie!"

Damit war er auch schon aus dem Turmzimmer. Neunauge hörte, wie die Riegel aufkrachten. ‚Das ist wirklich noch ein Mann', dachte er sehr erfreut. ‚Liebenswürdig, zuvorkommend – und er weiß, mit wem er zu tun hat. Und Ideen hat er, Ideen! Dieses Hotel am Wald der Ewigkeit – ist das nicht ein großartiger Einfall? Dafür hat ein Mann wie der Chef eben kein Verständnis, dieser Elefantenjäger.' Dabei fiel dem entzückten Neunauge allerdings der schwarze Iskander ein. Unangenehm. Aber hat nicht jeder eine Schwäche?

Es war schon dunkel geworden, und die beiden saßen immer noch im Turmzimmer beisammen und besprachen das große Projekt. Es brauchte ja auch gründliche Überlegungen, und mit ihnen waren sie Tag für Tag beschäftigt. Gespräche allein reichten nicht mehr aus. Sie brachten die Sache zu Papier, sie notierten Zahlen über Zahlen, und dabei erwies sich Ghamin als ein Mann von größter Sachkenntnis. Neunauge begriff, dass das Unternehmen ohne Ghamin gar nicht auszuführen war. Es musste ein unbedingt zuverlässiger Helfer dabei sein, der mit den Verhältnissen und den Leuten des Landes ganz vertraut war. Er musste Verwaltungsdirektor werden – ließ sich sein Büro nicht vielleicht außerhalb des Hotels einrichten? Ghamin ging sofort darauf ein. Sie legten die Verwaltung des Ganzen einfach nach Tripoli – es musste ja sowieso alles von der Stadt aus hinaufgeschafft werden. Wirklich, die beiden kamen ausgezeichnet miteinander aus, und nie ließ es Ghamin sich nehmen, für Neunauge die Treppe hinabzuspringen, wenn das Tor geöffnet werden musste. ‚Er erkennt meine Überlegenheit eben an', dachte Neunauge, und wieder tat ihm das sehr wohl. Ja, aus diesem überaus angenehmen Gefühl heraus versuchte er schließlich, auch noch den Punkt zu bereinigen, der immer wieder störend wirkte, wie ein Splitter, den man sich in den Finger gerissen hat.

„Herr Ghamin", begann er etwas zögernd, „ich glaube, die Sache mit den Kamelwettkämpfen müssen wir fallenlassen."

„Aber das ist doch eine große Attraktion", entgegnete der Syrer erstaunt.

„Zweifellos – wenigstens in gewissem Sinne", setzte Neunauge einschränkend hinzu.

„Sie haben noch kein solches Duell mitangesehen, Herr Bombardon."

„Allerdings nicht, aber ich habe doch mitangesehen, wie Sie mit dem Kamel trainierten."

„Das muss sein, Herr Bombardon. Kommen Sie wieder einmal mit, und Sie werden sehen: er wird jetzt von Tag zu Tag bissiger!"

„Das glaube ich Ihnen gern, aber wir haben da etwas andere Begriffe."

„Was haben Sie denn nur dagegen?"

„Offen gestanden – uns stößt das ab."

„Aber warum denn nur? Ein Tier hat doch keine Seele."

„Sprechen Sie einmal mit dem Grafen darüber, Herr Ghamin. Er sagt: ‚Auch ein Tier ist eine Kreatur Gottes.' Und so denken dann auch unsere Gäste."

„Wenn Sie meinen", murmelte Ghamin. „Danach muss man sich natürlich richten."

„Es ist besser, die Leute sehen so etwas gar nicht. Das ist wie mit Ihrer Narbe, Ghamin. Mir macht sie nichts aus. Aber die Leute müssen sich erst daran gewöhnen."

Der Syrer funkelte ihn an. Über seine Narbe wusste er Bescheid. Er täuschte sich über ihre grässliche Wirkung nicht. Aber seine tiefste Wunde brach auf, wenn ein anderer sie ihm vorhielt. Doch im Augenblick hatte er sich wieder gefasst. ‚Abrechnung später!' dachte er und erwiderte nachgiebig: „Selbstverständlich füge ich mich Ihrer besseren Einsicht. Ich kenne das Land hier, und Sie kennen die Leute draußen. Einen so durchtrainierten Favoriten wie den Iskander kann ich jeden Tag vorteilhaft abstoßen."

Neunauge hatte nichts bemerkt. „Ich sehe", sagte er beglückt, „wir verstehen uns wirklich. Wir werden vorzüglich miteinander auskommen."

„Ich habe keinen anderen Wunsch, Herr Bombardon", erwiderte Ghamin, nahm wieder den Türschlüssel und ging die Treppe hinab, denn von unten hatte Yakub gerufen: „Mach das Tor auf!"

War das ein Mann? Das war ein Mann! Neunauge war hochbefriedigt. Was hatten der Chef und der Graf und GG nun noch gegen Ghamin einzuwenden, wo der Syrer bereit war, ihm zuliebe auf diese düstere Liebhaberei zu verzichten?

„Ich habe die Riegel nicht erst wieder zugeschoben", sagte Ghamin. „Ich gehe ja doch gleich."

## Einbildung oder Wirklichkeit?

Tschandru-Singh kam mit sich nicht mehr zurecht. Neun Tage quälte er sich nun schon im Geheimen ab, aber je mehr er darüber nachgrübelte, desto verwirrter wurde ihm zumute. Hatte er denn das, was ihn so beunruhigte, wirklich gesehen? War das nicht nur Einbildung gewesen? Doch kann Einbildung sein, was man ein zweites Mal genauso erblickt?

Nein, er wurde damit nicht fertig. Er hatte nicht gewagt, über seine beängstigenden Erlebnisse mit GG zu sprechen. Er hatte sich gescheut, dem Sahib mit solchem Unsinn zu kommen. Was sollte der Sahib von ihm denken? Sah das nicht aus, als wolle er sich mit Dummheiten wichtig machen? Aber an diesem neunten Tage, an dem sich abends wieder ereignen konnte, was ihm zweimal widerfahren war, hielt er die quälende dumpfe Erwartung nicht länger aus. Als er GG allein im Garten sah, ging er auf ihn zu.

Sein verehrter Herr und Freund war auch mit sich nicht im Reinen. Er war jetzt fast sicher: von der Tochter Batijahs oder ihrer Mutter musste etwas zu erfahren sein, das die Rätsel dieses unheimlichen Hauses lösen oder das sie wenigstens der Lösung näher bringen konnte. Doch wie war das zu erreichen, wenn Ghamin es verhinderte und die Frauen nicht wagten, sich gegen ihn aufzulehnen?

„Sahib", sagte Tschandru-Singh, „verzeih mir, wenn ich dich in deinen Gedanken störe. Aber mein Herz ist so unruhig, dass ich dich bitte, mit dir darüber sprechen zu dürfen."

GG war überrascht. Wie lange kannte er nun den jungen Inder schon – aber so hatte er ihn noch nie reden hören. „Was ist denn?", fragte er.

„Sahib, kann es sein, dass ich etwas sehe, das nicht ist?"

„Ja", antwortete GG. „Das gibt es." Er dachte dabei an die merkwürdige Erscheinung, die der Arzt Halluzination nennt und die gewissermaßen als eine Art Traum anzusehen ist, den aber nicht ein Schlafender träumt, sondern bei dem ein Mensch im wachen Zustand sich täuscht: er meint, etwas wirklich zu sehen, das in Wirklichkeit gar nicht vor ihm steht. Doch das kam nur unter ganz besonderen Umständen vor, die für Tschandru-Singh gar nicht zutrafen! Aber irgend etwas musste sich da ereignet haben, denn sonst wäre doch der zuverlässige Tschandru nicht so beunruhigt worden. Immerhin war es nicht gut, davon viel Wesens zu machen, und so fragte GG in einem Ton, als ob er der Sache kein großes Gewicht beilege: „Was hast du denn gesehen?"

„Sahib, ich sah den Eseltreiber mit seinem Esel fortgehen. Und dann ging das Tor wieder auf."

„Es wird doch hinter ihm zugeschlossen – wie kann es da wieder aufgehen?"

„Es ging wieder auf, Sahib!"

GG sah den jungen Inder an. Dessen gequältes Gesicht tat ihm leid. Der Chef hätte das Gespräch jetzt abgebrochen, aber er sagte freundlich: „Yakub kam also zurück, weil er etwas vergessen hatte?"

„Es war nicht Yakub, Sahib."

„Hm, hm." Was war denn nur mit Tschandru? Das war doch ein klarer Kopf! „Es war aber noch hell?", sagte GG in fragendem Ton.

„Es war schon dunkel, Sahib."

„Und was geschah nun eigentlich?"

„Ein Turbanmann huschte herein –"

„Yakub trägt einen Turban, Tschandru."

„Es war nicht Yakub, Sahib."

„Na gut. Da kam also ein Mann mit einem Turban herein – und dann?"

„Dann war er verschwunden."

Das war zuviel. GG schüttelte den Kopf. „Du musst dich getäuscht haben, Tschandru. Wie soll da jemand hereingekommen sein? Da hätte ihm Neunauge doch aufschließen müssen! Hast du denn gehört, dass die Riegel aufgeschoben wurden?"

„Nein, Sahib. Das war ja so unheimlich. Das Tor ging lautlos auf. Die Riegel müssen lautlos zurückgewichen sein."

„Wann war das, Tschandru?"

„An dem Tag, wo du, Sahib, den Spaziergang machtest, als Ghamin Effendi kam."

GG rechnete nach. „Also vor sechs Tagen. Drei Tage später ist er mit seinem Esel wiedergekommen. Hast du ihn da gefragt, ob er an dem letzten Abend noch einmal umgekehrt wäre?"

„Ich kann nicht mit ihm reden, Sahib."

Natürlich. Daran hatte GG nicht gedacht. Aber hatte es denn überhaupt Sinn, mit Yakub darüber zu sprechen? „Du musst dich getäuscht haben", sagte GG.

„Ja, Sahib. Das habe ich auch gedacht. Aber ich kam nicht davon los. Und nach drei Tagen war es genau wieder so."

„Was?", sagte GG überrascht.

„Ich habe mich versteckt, Sahib. Ich habe mich hinter die großen Steine auf den Boden gekauert, die an der Mauer zwischen dem Turm der stolzen Kaiserin und dem Turm der Stummen liegen. Yakub hatte seinen Esel am Donjon angebunden. Er kam aus dem Donjon. Er machte seinen Esel los, setzte sich auf ihn und ritt los. Als er vor dem Tor stand, rief er etwas zu Neunauge hinauf. Dann wurde ihm aufgemacht –"

„Neunauge kam herunter und machte ihm auf?"

„Nein, Ghamin Effendi."

„Ghamin?"

„Ja", antwortete Tschandru-Singh.

GG wurde schwül zumute. Immer wieder stieß er auf Ghamin!

„Ghamin Effendi ist doch mit Neunauge andauernd zusammen", fuhr Tschandru fort. „Sie machen zusammen einen großen Plan. ‚Der Effendi ist sehr aufmerksam', sagt Neunauge. Er schließt oft das Tor auf und zu, dann braucht Neunauge nicht erst die Treppe hinunter und wieder hinauf."

„Und dann?"

„Dann ging Ghamin Effendi wieder zu Neunauge. Und dann –", Tschandru-Singh stockte.

„Was war dann?"

„Das Tor ging wieder auf –"

„Und dann?"

„Es kam jemand herein. Wie ein Schatten. Und war weg wie fortgeblasen."

Das war überaus merkwürdig. Aber sah das nicht doch nach Halluzinationen aus?!

„Als Ghamin Effendi hinter Yakub das Tor verschloss – hast du da gehört, dass er die Riegel vorschob?"

„Nein, Sahib, das habe ich nicht gehört."

„Aber dass er das Tor verschloss, das hast du gehört?" „Sahib, das kann man nicht hören. Die Riegel gehen laut, aber das Schloss geht leise. Plumpudding hat es gut geölt."

„Der Sache gehen wir auf den Grund", sagte GG entschlossen. „Heute gegen Abend zieht er wieder hinunter in die Stadt. Dann legen wir uns auf die Lauer."

Tschandru-Singh atmete sichtlich erleichtert auf. Wenn sein Sahib die Sache in die Hand nahm, war alles gut. Und doch bedrückte ihn noch etwas. „Sahib", brachte er schüchtern vor, „musst du dem Chef das alles sagen? Wenn ich mich getäuscht habe, dann habe ich vor ihm kein Gesicht mehr."

„Nein, Tschandru. Warten wir erst einmal ab, was das eigentlich ist. Aber es ist sehr gut, dass du damit zu mir kamst", antwortete GG und verabredete genau mit ihm, wie sie heute Abend vorgehen wollten, und dann stellte sich ihnen auch nichts in den Weg. Als Yakub seinen Esel bestieg, lag der Inder schon gut versteckt hinter den Steinen, von denen aus er ungesehen das Tor im Auge behalten konnte, und GG hatte einen Posten hinter der Verbindungsmauer bezogen, die den Garten nach dem Tor zu abschloss. Er war auf den Stumpf einer Säule gestiegen und konnte so über die Mauer hinwegsehen, wobei ihn ein hoher und dichter Libanon-Wacholder gut verbarg.

Was er beobachtete, entsprach genau dem, was Tschandru-Singh berichtet hatte. Es war dämmrig, als der Eseltreiber losritt. Auf seinen Ruf am Tor kam Ghamin herunter. GG hörte die Riegel krachen, er sah, wie Ghamin das Tor aufschloss. Yakub ritt hinaus. Nun zog Ghamin den Torflügel wieder an, und jetzt nahm GG sein Glas hoch: schloss Ghamin das Tor wieder ab oder nicht? Deutlich sah GG, wie der Syrer den Schlüssel fasste – aber hatte er ihn nicht schon wieder herausgezogen, ehe er ihn umgedreht hatte?! GG hätte es nicht beschwören können; aber er war davon überzeugt. Und die Riegel ließ Ghamin unberührt. Auf seinem kurzen Rückweg zum Eingang in den Turm der Kaiserin blieb er wie zufällig stehen. Aber GG sah deutlich, dass der Syrer sorgfältig umherblickte, als wenn er sich vergewissern wollte, ob ihn jemand beobachtet hätte. Dann verschwand er im Turm.

Das große Tor, das zu hüten von Anfang an ihre Aufgabe gewesen war, lag jetzt unverschlossen da! Wenn jemand, der das wusste, eindringen wollte, dann musste es geschehen, ehe Ghamin die Burg verlassen und Neunauge hinter ihm zugeschlossen hatte. Die Dämmerung verschwand rasch. Das Dunkel war da.

Angespannt sah GG auf das Tor. Da – es bewegte sich! Lautlos öffnete es sich ein wenig, lautlos schloss es sich wieder. Lautlos schlich eine Gestalt vom Tor weg – und schon war sie verschwunden. Aber nicht etwa in die Erde gesunken, sondern vom Adlerturm verschluckt.

GG hielt den Atem an. Auch er hatte nicht gesehen, wer da gekommen war. Nur dass es ein Mann mit Turban war, hatte er erkennen können.

Jetzt hörte er Neunauge und Ghamin sprechen. Sie kamen aus dem Turm und gingen zum Tor. Was hätte GG darum gegeben, hätte er sehen können, was sich da nun abspielte! Denn wenn Neunauge jetzt aufschließen wollte, um Ghamin hinauszulassen, dann musste er doch merken, dass das Tor gar nicht verschlossen war! Also musste Ghamin wieder den Schlüssel an sich genommen, ihn in das Schlüsselloch gesteckt und so getan haben, als ob er ihn herumdrehte ...

Das war jetzt nicht zu entscheiden. Das Tor fiel wieder zu. Jetzt würde Neunauge abschließen, aber tatsächlich: das war nicht zu hören. Der erste Riegel krachte, dann der zweite. Darauf war alles wieder still.

GG rührte sich nicht. Dies war ernst. Innerhalb der Burg befand sich ein fremder Mann. Wahrscheinlich sogar waren es drei Männer, die sich im Adlerturm verbargen, denn Tschandru-Singh beobachtete ja den geheimnisvollen Vorgang heute zum dritten Male. Durch Ghamin waren sie hereingekommen. Waren sie wie die *Meta wile* bestimmt, das Team zu überwältigen? Oder galt der Anschlag jetzt Marûn? Waren das etwa die Männer, die er so fürchtete?

Im selben Augenblick kam ihm ein neuer Einfall. Seit er vor dem Hause Ghamins hatte umkehren müssen, war er den Gedanken nicht losgeworden, Ghamin könnte mit Marûns Neffen unter einer Decke stecken. Jetzt aber fragte er sich voller Erregung: War es etwa Ghamin allein, der hier alles lenkte?!

Er stieß den Eulenruf aus, den Tschandru-Singh so genau kannte, den der Inder selbst gebraucht hatte, damals in Sardinien, als er GG heimlich nachts gefolgt war. Dreimal rief er „Bubu-lululu-wuip". Nicht lange danach kam Tschandru-Singh durch den Garten zu ihm. Er hatte den Umweg um den Donjon gemacht.

„Tschandru", sagte GG leise, „du hast richtig gesehen. Es ist ein Mann in die Burg gekommen. Wer es ist, weiß ich nicht. Er ist im Adlerturm. Stell dich hier auf die Säule und beobachte den Eingang. Ich muss die andern alarmieren!"

## Abwehr

„Vermutlich also nur drei", sagte der Chef. „Nicht wieder siebzehn."

GG saß mit ihm und dem Grafen auf der Marmorbank im Garten. Tschandru-Singh stand auf seinem Posten an der Mauer, Neunauge war, ahnungslos über das, was sich da zusammenbraute, in der Turmstube und wartete auf den Grafen, Plumpudding war noch in der Küche.

„Nur drei", wiederholte der Graf. „Sieht aus, als ob es diesmal nicht gegen uns sechs, sondern nur gegen einen ginge."

„Also gegen Marûn", sagte der Chef.

„Sie hocken im Adlerturm", überlegte GG. „Aber wann kommen sie heraus?"

„Einer ist seit einer Stunde da, der zweite seit drei Tagen, der dritte seit sechs", meinte der Graf. „Je länger sie da in ihrem Versteck bleiben, desto größer wird die Gefahr für sie, entdeckt zu werden. Deshalb werden sie sofort losgehen, sobald sie vollzählig sind."

„Also heute Nacht", sagte der Chef.

„Wenn ihnen drei Mann genügen", wandte der Graf ein. „Das letzte Mal", sagte GG, „vermuteten wir nur, dass jemand kommen würde. Diesmal wissen wir, dass wahrscheinlich drei Männer da sind. Aber was sie wollen, das wissen wir wieder nicht."

„Schlage vor", sagte der Chef, „machen es genau wie bei den anderen Turbanmännern. Alles bleibt auf seinem Posten: Graf und Neunauge am Torturm. Plumpudding und ich oben bei Marûn. GG und Tschandru-Singh überwachen den Adlerturm. Alles weitere hängt davon ab, ob die Männer aus ihrem Versteck herauskommen und was sie dann unternehmen."

„Und was geschieht", fragte der Graf, „wenn die Herren sich in den Donjon begeben, um sich mit Marûn Effendi zu beschäftigen?"

„Sind geliefert", erwiderte der Chef. „Dringen gar nicht bis zu

Marûn vor. Sie werden sofort benachrichtigt, Graf. Kommen mit GG und Tschandru-Singh nach. Plumpudding und ich nehmen die Kerle oben in Empfang. Rücken sie aus, laufen sie Ihnen in die Finger."

„Aber dann wissen wir nicht, was sie von Marûn gewollt haben", wandte GG ein. „Ich meine, Chef, Sie müssen die Leute zu Marûn lassen. Wir müssen hören, was sie von ihm verlangen. Denn höchstwahrscheinlich sind das doch nun die Männer, vor denen Marûn sich so fürchtet. Wir müssen endlich klar sehen, worum es hier eigentlich geht. Denn dass alles so liegt, wie Marûn es uns dargestellt hat, das glaube ich nicht mehr."

„Geht nicht, GG", antwortete der Chef sehr bestimmt. „Können die Kerle nicht mit Marûn allein lassen. Bringen ihn um."

„Wenn es Mörder wären", entgegnete GG. „Aber sie wollen Geld von ihm. Das bekommen sie nur von ihm, wenn sie ihn am Leben lassen. Sie werden ihm zusetzen. Sie werden ihm mit dem Tode drohen – aber sie müssen ihn schonen. Solche Erpresser wollen eines Tages auch wiederkommen, um das Spiel fortzusetzen."

„Sie wissen doch, Chef", so ergänzte der Graf GGs Worte, „niemand schlachtet die Henne, die goldene Eier legt."

„Seh' ich ein. Müssen sie also zu ihm lassen. Aber Sie, GG, müssen sofort kommen. Kann ja nicht verstehen, was sie mit Marûn reden."

„Wir dürfen erst eingreifen", sagte GG, „wenn wir merken, dass es für Marûn gefährlich wird."

„Schwierig", sagte der Chef wieder. „Macht in seiner Angst vielleicht irgendwelche Dummheiten. Springt aus dem Fenster, bricht sich den Hals –"

„Was halten Sie davon, wenn wir ihn vorher ins Bild setzen?", fragte GG.

„Müssen Sie tun", erwiderte der Chef, ohne sich zu besinnen. „Bin nicht der Mann dazu."

„Das wird sich wohl empfehlen", ließ sich der Graf vernehmen, und dann brachte er vor, was ihn die ganze Zeit schon beschäftigt hatte: „Ich meine, ich darf meinem wackeren Neunauge überhaupt nicht sagen, was los ist. Wenigstens darf er noch nicht wissen, dass Ghamin ihn höchst raffiniert hintergangen hat. Wenn er das erfährt, springt er dem Syrer an den Hals. Aber Neunauge ist und bleibt unser Verbindungsmann zu Ghamin. Der Draht darf nicht abreißen."

„Lassen Sie ihn im guten Glauben", schlug GG vor. „Vielleicht ist es überhaupt besser, Sie bleiben bei mir. Legen Sie ihm doch irgendwie nahe, er müsse heute Nacht allein wachen."

„Darauf geht er sofort ein", antwortete der Graf. Sie vergewisserten sich bei Tschandru-Singh, dass sich in der Lage nichts verändert hatte, und dann machten sich der Chef und GG auf den Weg zu Marûn, während der Graf in den Turm der stolzen Kaiserin ging.

„Neunauge", sagte er dort, „macht es dir etwas aus, wenn du heute Nacht die Stellung allein hieltest? Ich habe so das Gefühl, GG braucht mich. Ich möchte mich diese Nacht, wo er frei hat, einmal gründlich um ihn kümmern."

„Tun Sie das, Herr Graf", erwiderte Neunauge. „Ich werde auch so fertig."

„Das ist es ja", sagte der Graf. „Tüchtige Leute werden immer ausgenutzt." Dann verließ er den Turm und wartete im Garten auf GG, der noch oben im Zimmer Marûns war und ein nicht leichtes Gespräch mit ihm hatte.

„Effendi", sagte er, nachdem ihn der überraschte Mann bei sich eingelassen hatte, „es hat den Anschein, als kämen wir nun endlich dahin, dass Sie die Last loswerden, die Sie so bedrückt."

„Wie meinen Sie das?", fragte Marûn, trotz den ermutigenden Worten GGs mehr erschreckt als erfreut.

„Wir vermuten, dass man versuchen wird, sich mit Ihnen in Verbindung zu setzen –"

„Wer will das?", fragte Marûn hastig.

„Das kann ich Ihnen leider noch nicht sagen –"

„Ich erlaube das nicht!" Marûn erregte sich. „Ich will mit niemand sprechen. Ich verbiete, dass das Tor für irgend jemand geöffnet wird, der mich sprechen will."

„Sie sind schon in der Burg, Effendi", sagte GG ruhig. Die Wirkung seiner Worte war erschreckend. Marûn sprang auf, als wolle er sofort aus dem Haus, und dann überstürzten sich seine Sätze. „Wie ist das möglich?! Wer hat sie hereingelassen? Warum haben Sie das nicht verhindert? Wozu sind Sie überhaupt da?!"

„Effendi", entgegnete GG, immer gleichmäßig gelassen, „ich muss zugeben, dass es den mir noch unbekannten Männern gelungen ist, unsere Wachsamkeit zu täuschen. Aber ich versichere Ihnen, zum zweiten Mal wird das nicht gelingen. Sie können da ganz ruhig sein."

„Ruhig?!", schrie Marûn auf. „Sie wissen ja nicht, was das für mich bedeutet!"

‚Wenn ich das doch nur wüsste', dachte GG.

Marûn nahm sich zusammen. „Wo sind sie?", fragte er.

„Sie haben sich im Adlerturm versteckt."

„Gut", presste Marûn heraus. „Sehr gut. Sie lassen die Kerle dort nicht wieder an die Luft. Sie sollen verhungern, sie sollen verdursten. Wenn sie mit Gewalt ausbrechen wollen, dann schießen Sie die Lumpen nieder. Das ist erlaubt. Das ist Notwehr."

„Das könnte man ohne Zweifel tun, Effendi. Und man könnte das dann auch sicher so darstellen, dass jedes Gericht uns freispräche. Aber so vorzugehen – wäre das denn auch richtig, Effendi?"

„Ich will die Kerle nicht sprechen", stöhnte Marûn auf.

„Warum wollen Sie denn nicht hören, was die Männer zu sagen haben, Effendi?"

Marûn sah GG entsetzt an. Sein Mund öffnete sich, aber über seine Lippen kam kein Laut. GG war überzeugt, jetzt hatte er Marûn da getroffen, wo er am empfindlichsten zu treffen war. Hier musste die eigentliche Lösung dieses unbegreiflichen Wirrsals liegen. Er stieß noch einmal nach. „Was diese Männer im Adlerturm wissen, das wissen vielleicht andere auch? Und wenn wir sie umbringen, dann kommen diese andern? Oder vielleicht wissen diese Männer gar nichts, aber der Mann, der sie schickt, der weiß etwas?"

Marûn tastete nach einem Halt, und dann sank er auf einen Stuhl. Unentrinnbar war das, unentrinnbar …

GG hatte Mitleid mit ihm. „Effendi", sagte er eindringlich, „jetzt müssen wir die Eiterbeule ausdrücken. Wir müssen erfahren, wer es ist, der Sie bedroht. Sie sagen, es sei Ihr Neffe. Gut – dann soll er sich endlich zeigen, und wenn er das nicht will, dann müssen wir ihn dazu zwingen. Anders werden Sie die Qual nie los."

Marûn hatte keine Kraft zum Widerstand mehr. „Was soll ich denn nur tun?", murmelte er.

„Sie müssen uns helfen", erwiderte GG. „Wir werden die Männer zu Ihnen lassen –"

„Zu mir?!" Es war, als bäume er sich noch einmal gegen eine entsetzliche Zumutung auf.

„Da müssen Sie jetzt durch", sagte GG fest.

Nein, Marûn musste aufgeben. Jetzt brach es über ihn herein. Er konnte es nicht länger aufhalten. „Und dann?", murmelte er.

„Sie müssen mit den Männern verhandeln, Marûn."

„Sie werden mich umbringen."

„Nein. Wir halten uns bereit. Sie können sich darauf verlassen, Effendi: Im Augenblick, wo Sie in Gefahr sind, greifen wir ein."

Marûn sah ihn an, abgekämpft, müde, sehr müde. ‚Bis dahin', dachte er, ‚haben sie alles mit angehört …'

„Einverstanden?", fragte GG.

Marûn nickte. Was sollte er anders tun?

„Wir können nicht bestimmt sagen, dass sie heute Nacht kommen. Wir vermuten es nur. Es kann auch morgen sein oder übermorgen oder noch später."

Marûn antwortete darauf nichts. Welchen Nächten ging er jetzt entgegen …

„Das Beste wird sein", setzte GG hinzu, „Sie schließen von jetzt an die Tür zwischen Ihrer Wohnung und dem Vorraum nicht mehr ab" – und als Marûn dagegen nicht widersprach, ging GG zu seinen Freunden.

## Sie kommen

Der Raum, in dem der Chef und Plumpudding den Zugang zu Marûns Wohnung bewachten, war kein eigentliches Zimmer, sondern mehr ein großer Vorplatz, der von der Wendeltreppe her Tageslicht bekam und nachts völlig im Dunkeln lag, weshalb die Wächter immer eine Kerze brennen hatten. Es waren für sie zwei Lager aufgeschlagen worden, die mit einem Abstand von etwa einem Meter so aufgestellt waren, dass dieser Zwischenraum wie ein Engpass auf die Tür zu Marûns Zimmer führte. Als GG die Treppe hinuntergegangen war, legte sich Plumpudding auf das eine Lager. Der Chef aber folgte seinem Beispiel nicht, sondern setzte sich zu ihm, um bei dem, was er jetzt zu sagen hatte, nicht laut sprechen zu müssen.

„Dürfen heute nicht schlafen, Plumpudding", flüsterte er. Diese Bemerkung verwunderte den getreuen Mann nicht.

Erst hatte GG nach dem Chef gefragt, dann waren beide lange ausgeblieben, darauf war GG noch zum Effendi hineingehuscht – also war etwas im Gange.

„Merke schon: dicke Luft", erwiderte er, unwillkürlich ganz in der abgehackten Sprechweise des Chefs.

„Tun aber so, als ob wir schliefen", fuhr der Engländer fort. „Tun so, als ob wir nichts sehen oder hören."

„Bekommen Besuch?", fragte Plumpudding.

„Marûn bekommt Besuch. Gehe darauf jede Wette ein."

„Einwandfreie Leute?"

„Hundesöhne, nehm' ich an."

„Und die halten wir nicht auf?!", fragte Plumpudding bekümmert.

„Nein. Lassen sie durch. Kerle müssen unbedingt zu Marûn. Wir schnarchen vergnügt. Aber sind sie erst drin, kommen sie nicht wieder 'raus!"

„Wir zwei allein?", fragte Plumpudding.

„GG und Graf und Tschandru schleichen hinter ihnen her. Sichere Sache."

„Ja, Chef", antwortete Plumpudding, worauf der Chef aufstand, die Kerze auspustete und sich auf das andere Lager legte. So warteten beide hier oben auf den nächtlichen Besuch wie ihre Kameraden unten zwischen den Türmen.

Tschandru-Singh lag wieder an seiner gewohnten Stelle hinter den Steinen, GG und der Graf wechselten sich an der Säule ab. Wer diesen Beobachtungsposten verließ, pendelte zwischen ihm und Tschandru-Singh hin und her, wobei er aber den Umweg durch den Garten und ganz um den Donjon herum machte, um nicht etwa das Wild, auf das sie lauerten, durch das Geräusch ihrer Schritte zu vergrämen.

Stunden vergingen, ohne dass sich jemand zeigte. Der Graf hatte GG abgelöst und wollte eben zu Tschandru-Singh hinüberwandern. Da stieß ihn der oben stehende GG mit seinem Fuß an die Schulter. Sofort war der Graf wieder oben und stand nun neben GG. Jetzt hörte auch der Graf, was GG elektrisiert hatte – ein leises Scharren, ein Schleifen von Schritten im Adlerturm ! Voller Spannung blickten sie zu dessen Eingang hinüber.

Vorsichtig trat dort ein Mann heraus. Sie konnten in dem Dämmer der Nacht sein Gesicht nicht erkennen, nur dass er einen Turban trug, schien ihnen sicher. Er blieb stehen, als vergewissere er sich, ob auch keine Gefahr für ihn bestünde. Er schien beruhigt, denn er gab einen leisen Laut von sich, der an das Pfeifen eines Nachtvogels erinnerte. Gleich darauf erschienen, ohne dass irgendein Geräusch zu hören war, noch zwei Gestalten, und dann bewegten sich alle drei auf den Donjon zu. Sie mussten die Schnabelschuhe mit den weichen Sohlen tragen, welche die Eingeborenen bevorzugten, denn keiner ihrer Tritte war zu vernehmen.

Schon waren die drei im Hauptturm verschwunden.

Einige Atemzüge lang warteten GG und der Graf noch, um ja nicht vor der Zeit gehört zu werden. Dann hasteten auch sie zum Donjon.

Tschandru-Singh kam ihnen entgegen. Auch er hatte die drei Schatten gesehen. „Sahib", flüsterte er aufgeregt, „Sahib –!" Er fand keine Worte.

Der Graf packte ihn am Arm. „Lauf schnell zu Neunauge", flüsterte er ihm zu. „Sag ihm, es seien Mörder in der Burg! Er darf das Tor nicht verlassen! Auf keinen Fall! Aber halt dich ja nicht auf! Komm uns sofort nach!"

GG und er betraten den Donjon. Sie blieben stehen. Von oben hörten sie merkwürdige Geräusche, aber keinen Ruf, überhaupt kein Wort. Dann war es still. Eine Tür ging.

‚Die Tür zu Marûns Wohnung', dachte GG.

Der Graf wollte hinauf. GG hielt ihn zurück. „Nicht zu früh kommen", flüsterte GG, „nicht zu früh!"

## Sie sind da

„Jetzt!", flüsterte der Chef. Es wäre nicht nötig gewesen. Auch Plumpudding hatte das leise Geräusch auf der Treppe gehört. Sofort begann er zu schnarchen. Wie alles, was er zu erledigen hatte, besorgte er es umsichtig und liebevoll. Er fing mit leisen, sozusagen zarten Tönen an, als probiere jemand die Schneide seiner Säge erst einmal behutsam aus, ob sie für sein Vorhaben auch scharf genug sei. Sie erwies sich dabei offenbar als brauchbar, denn nun ging der Säger zu zügigen Strichen über. Sie schwollen in einem schönen Crescendo an und steigerten sich dann noch weiter zu heftigen Stößen, als müsse in dem unsichtbaren Brett nunmehr widerspenstiges Astholz bezwungen werden. Danach sanken sie aber wieder zu jenem gleichmäßigen Rasseln ab, das einen tiefen Schlaf anzeigt.

„Leiser!", flüsterte der Chef scharf. „Kann ja nichts hören!"

Als ob ein Kapellmeister von seinem Orchester mit einer beschwörenden Bewegung ein nur noch gehauchtes Piano gefordert hätte, so sank Plumpuddings kunstvolles Schnarchen zu einem schwachen Untermalen ab, das hin und wieder sogar ganz aussetzte, aber nur in regelmäßigen Zwischenräumen, so dass jeder, der es vernahm, von dem ruhigen Schlaf des Schnarchers überzeugt sein musste.

Sie waren da. Weder der Chef noch Plumpudding konnten sehen, wer da heraufgeschlichen war oder wie viele Gäste gekommen waren. Aber beide spürten, dass sie in dem Vorraum nicht mehr allein waren.

Die schattenhaften Gestalten bewegten sich anscheinend nicht weiter. Der Chef, der auf dem Rücken lag, öffnete die Lider ein wenig und sah undeutlich in dem Durchgang zwischen den beiden Betten drei Männer stehen. Auch Plumpudding, der kaltblütig weiterschnarchte, hatte vorsichtig nach den Besuchern geäugt und ihre Anzahl ermittelt. Dabei schnarchte er weiter, überlegte etwas besorgt, wieweit er sich an die Weisung des Chefs halten müsste: durfte er sich auch nicht rühren, wenn sie etwa dazu übergingen, ihm ein Messer zwischen die Rippen zu stoßen?

Jetzt wandten sich die drei Männer dem Lager des Chefs zu.

Einer beugte sich über den Chef, und der musste sich aufs äußerste beherrschen, ihn nicht mit einem Kniestoß außer Gefecht zu setzen und den nächsten zu packen. Da fuhren ihm zwei Hände mit eisernem Griff an die Kehle, zugleich presste ihm jemand die Arme zusammen, während der dritte seine Füße festhielt, damit er nicht treten konnte. Er fühlte, wie seine Beine gefesselt wurden. Die Zange an seiner Kehle lockerte sich. Er holte rasch Atem – und schon schloss sich der Würgegriff wieder. Worauf kam es an? Keinen Laut von sich zu geben, die Kerle ganz sicher zu machen, dass nichts sie in ihrem Vorhaben hindere …

Wie ein zusammengeschnürtes Bündel lag er da, und jetzt umwickelte ihm einer den Kopf mit einem Tuch, das den Mund bedeckte. Er zog es fest an, so dass der Chef keinen Laut mehr von sich geben konnte, selbst wenn er das gewollt hätte.

Durch die Nase bekam er noch Luft. Aber er atmete mühsam. Von dem Tuch ging ein beklemmender Geruch aus. ‚Hätten die Kerle', dachte er, ‚hätten die Kerle – nicht wenigstens – einen sauberen Lappen – mitbringen können?!' Und dann, der nächste Gedanke: ‚Hoffentlich – bald – GG –'

Nunmehr wandten sich die drei dem andern Lager zu. Da sie durch die Beschäftigung mit dem Chef ganz in Anspruch genommen waren, hatte Plumpudding unbehindert zu ihnen hinübersehen können, aber da es noch stockdunkel war, konnte er nichts erkennen. Aber trotzdem war ihm natürlich völlig klar, was mit dem Chef da vor sich ging, und in welche qualvolle Lage versetzte ihn dessen bestimmte Weisung, es wäre ihre Aufgabe nur, den Eingedrungenen nichts in den Weg zu legen. Alles in ihm drängte danach, dem Chef beizuspringen – aber er durfte nur eins tun, er durfte nur friedlich schnarchen. Doch tröstete ihn dabei die Überlegung, dass es dem Chef offenbar nicht ans Leben ging, denn sonst hätten sich die unfreundlichen Männer doch nicht so viel Umstände gemacht. Was der Chef verlangt hatte, das hatte er selbst vorbildlich befolgt, und jetzt war es an ihm, keinen Widerstand zu leisten. Im Nu vollzog sich an ihm genau dasselbe, und er tat das einzige, was ihm möglich war: in dem Augenblick, als sich der Zangengriff zweier sehr kräftiger Hände um seine Kehle legte, brach er sein Schnarchen wirkungsvoll ab. Nun war auch er nur noch ein geknebeltes Bündel Mensch. Sie drehten ihn um, so dass er auf dem Bauch liegen musste, und als sie nachträglich auch mit dem Chef so verfahren waren, warfen sie über jeden noch die Schlafdecke, die zu dem Lager gehörte. Dann drangen sie in Marûns Wohnung. Das war der Augenblick, in dem GG die Tür hatte gehen hören.

So schnell es ihnen nur möglich war, aber ohne ein Geräusch zu verursachen, hasteten GG, der Graf und Tschandru-Singh die Stufen hinauf. Sie tasteten sich an die beiden Lager. Sie spürten die Decken und darunter die Menschengestalten. Weg die Decken – und jetzt fühlten ihre Hände die Knebel und die Fesseln ab. Die Messer her! Rasch und behutsam gingen die Helfer ans Werk, und im Nu waren die Gefesselten wieder befreit. „Gut gemacht!", flüsterte der Graf. Den zwei Worten war nicht anzuhören, ob der Sprecher damit das Verhalten des Chefs und Plumpuddings meinte oder ob seine Anerkennung der sachgemäßen Fesselung galt. Da sie ihn genau kannten, nahmen sie das zweite an. Jedoch war zu einer gesalzenen Erwiderung jetzt keine Zeit. Der Chef gab flüsternd seine Anweisungen: er und Plumpudding würden sich wieder hinlegen, und GG sollte, wenn es nötig wurde, sie beide zudecken, dass auf den ersten Blick keine Veränderung zu merken wäre. Der Graf und Tschandru-Singh sollten die Treppe so weit wieder hinuntergehen, dass sie von oben aus nicht zu sehen waren, aber sofort da sein konnten, wenn es nötig wurde. Wo GG sich aufzuhalten hatte, war klar. Er musste an der Tür erhorchen, was sich drinnen abspielte, und was er da vernahm, war mehr als aufregend.

Ein Schrei – ein Hilfeschrei Marûns war das erste. Dann erstickte der Schrei. Ein Stuhl fiel um. Aber das alles vollzog sich, der Lautstärke nach zu urteilen, nicht im Wohnzimmer, sondern im letzten Raum. Mit aller Vorsicht öffnete GG die Tür um einen Spalt, als wäre sie von allein aufgesprungen. Jetzt konnte er hören, was geredet wurde. Das Gespräch, das mehr einem Verhör glich, wurde arabisch geführt. Auf eine herrische Stimme antwortete Marûn gequält, aber in zähem Widerstand.

„Wenn du noch einmal schreist", klang es drohend, „dann war das der letzte Laut, den du von dir gibst!" Damit war wohl die Lage genügend geklärt, und dann hieß es: „Wo hast du das Geld?"

„Was für Geld?"

„Die 50.000 Pfund!"

„Ich weiß von keinen 50.000 Pfund!"

„Lüge nicht! Du hast unsere Nachricht bekommen. Wir wissen es. Her mit dem Geld!"

„Wo soll ich so viel Geld hernehmen?"

„Du weißt, wo man Geld hernimmt!", war die höhnische Antwort.

„So viel Geld habe ich nicht!"

„Du hast es – und wenn du es nicht bereit hast, wie es dir befohlen wurde, dann steht es schlecht um dich, du Schakal zwischen den Beinen der Reichen!"

„Fünftausend will ich euch geben", sagte Marûn verzweifelt.

Die Männer lachten. „Mit uns kannst du nicht handeln. Den Preis haben wir nicht festgesetzt. Aber wir sagen dir: wenn du ihn uns nicht sofort bezahlst, dann kommt der, der weiß, was du wert bist – und dann ist dein Leben kein einziges Pfund mehr wert!"

GG spannte seine Aufmerksamkeit aufs Höchste an. Die drei Kerle waren also doch nur die Handlanger? Hinter ihnen stand ein Vierter – und konnte das jemand anders sein als Ghamin, der ihnen das Tor zur Burg geöffnet hatte?

„Gib das Geld her", hieß es wieder, „oder –"

Sie mussten ihr Opfer so bedrohen, dass Marûn in seiner Angst laut schrie: „Hilfe ! Hilfe!" Diesmal aber wurde sein Aufschrei nicht gewaltsam unterdrückt, sondern er wurde mit einem höhnischen Lachen beantwortet. „Wer soll dir denn helfen, du lahmer Hund? Deine Leibgarde etwa, die du dir bestellt hast? Glaubst du denn, wir hätten dich hier fassen können, wenn sie uns nicht hier hereingelassen hätten? Siehst du noch immer nicht, dass sie längst auf unserer Seite sind?!"

Marûn stöhnte auf, und kaum konnte GG sich jetzt noch halten. Verraten und verkauft – so musste der Unglückliche sich vorkommen, und war denn eine solche Verzweiflung einem Menschen zuzumuten? Aber der erbarmungslose Sprecher wusste ja, dass er jetzt gelogen hatte, und war sich nun doch nicht sicher, ob Marûns Hilferuf nicht gehört worden war. Er wies die beiden Männer an, es solle einer draußen nachsehen, ob noch alles in Ordnung sei, und die beiden stritten darum, wer gehen müsse. Offenbar wollte keiner fehlen, wenn der Überfallene das erpresste Geld auspackte.

Rasch schloss GG die Tür wieder. „Es kommt gleich einer heraus", flüsterte er dem Chef zu.

„Zudecken!", befahl der Chef. „Verschwinden!" GG besorgte das Verlangte und huschte die Treppe hinunter zu dem Grafen und Tschandru-Singh.

„Wie steht es?", fragte der Graf.

„Erpresser", antwortete GG. „Einer verlässt den Turm wieder!"

„Also weg, in die Küche!" Dort blieben sie hinter der offengehaltenen Küchentür.

Der Chef hörte, wie jemand aus Marûns Wohnung heraustrat. Die Tür schloss sich sofort wieder. Der Mann war also da. Vielleicht war es der, der ihm die Kehle zugedrückt hatte … Oder der, der ihn mit dem stinkigen Tuch versehen hatte. ‚Mein Junge!' dachte der Chef, ‚na, mein Junge!'

Der Mann griff im Dunkeln nach dem Lager zu seiner Linken, um zu fühlen, ob sich da etwas verändert hätte. Der Chef gurgelte, als ob er am Ersticken wäre. Da trat der Ahnungslose dicht an die Bettstatt des Chefs heran und zog die Decke an seinem Kopf zurück. Im selben Augenblick nahm ihm ein heftiger Kniestoß die Luft weg, von hinten packte ihn Plumpudding, von vorn warf ihm der Chef die Decke über den Kopf, und so war er überwältigt, ohne dass seine Kumpane etwas von dem Überfall hatten hören können.

Sie banden ihn mit den Stricken, die den Chef gefesselt hatten, und als Plumpudding hinunterlief, um den gespannt Wartenden Bescheid zu geben, hielt der Chef dem immer noch entsetzten Mann die Pistole vor die Stirn. Der Mann verstand. Er stieß keinen Laut aus.

Was nun zu tun war, ergab sich von selbst. Es war damit zu rechnen, dass die Szene sich wiederholte. Denn wenn der Mann nicht wiederkam, der Ausschau halten sollte, so musste einer der anderen beiden nachsehen, wo er geblieben war, da ja ein Mann bei Marûn bleiben musste. Um aber damit fertig zu werden, blieb ihnen so sehr viel Zeit nicht. Sie hatten zwar klug den Tag ausgewählt, an dem der Eseltreiber nicht in aller Frühe erwartet wurde und der übliche Tagesablauf erst später begann, aber die kostbaren Stunden liefen doch schneller ab, als es ihnen erwünscht sein konnte. So mussten auch die Männer des Teams sich dranhalten. Der Chef und Plumpudding legten sich wieder auf ihre Lager, bereit, sich in jedem Augenblick die Decke über den Kopf zu ziehen, und der Gefangene wurde in die kleine Kammer gebracht, die hinter der Küche lag und Batijahs Schlafstätte gewesen war. Hier ließ ihn Tschandru-Singh nicht aus den Augen, während der Graf und GG wieder an der Tür Wache hielten, die von der Küche zur Treppe führte.

Es dauerte auch nicht lange, da kam jemand herunter. Der Mann hatte sich in seiner Ungeduld nicht erst die Mühe gemacht, nach den beiden zu sehen, die blitzschnell sich wieder das Aussehen gegeben hatten, als lägen sie da noch geknebelt und gebunden. So rasch, wie er die Stufen hinabschritt, wollte er auch aus dem Turm und hatte schon den Türgriff in der Hand, als GG ihm ein kurzes, scharfes „Halt!" zurief. Er fuhr herum und sah GG und den Grafen vor sich, die ihn mit ihren Pistolen bedrohten. Das Vorhaben der drei Eindringlinge war bis dahin ihrer Meinung nach so reibungslos abgelaufen, dass diese unerwartete Wendung den Mann wie ein Keulenschlag traf. Stumm hob er seine bei den Hände, und ebenso widerstandslos ließ er sie sich dann auf dem Rükken zusammenbinden. Auch er kam in die mit einer Kerze erhellte Kammer, und nun hatte Tschandru-Singh zwei Gefangene zu bewachen, denen GG erklärte, sie hätten kein Wort miteinander zu wechseln, wobei er, um ganz deutlich zu sein, auf die Pistole hinwies, die Tschandru-Singh in der Hand hatte.

Nun aber rannten die bei den in den ersten Stock, und der Chef und Plumpudding sprangen endgültig von ihren Lagern auf. Jetzt konnte hier oben klar Schiff gemacht werden. Sie stießen die Tür weit auf und drangen in die Wohnräume ein. Der dritte Mann war der Meinung, seine bei den Leute kämen zurück, und rief ihnen etwas zu. Niemand antwortete, und als er den Eingetretenen entgegenging, war er von dem, was er nun plötzlich erblickte, ebenso überrascht wie seine Kameraden. Indessen war er von anderem Kaliber als sie. Er riss sein Messer heraus und stürzte auf Marûn zu. Doch ehe er ihn erreicht hatte, fiel der Schuss aus der Pistole des Chefs. Der Mann schrie auf und ließ das Messer fallen. Plumpudding packte ihn und hielt ihn fest; er leistete keinen Widerstand mehr.

Im Schein der zwei Kerzen, die in Marûns Schlafzimmer brannten, sahen sie, dass der Syrer auf einem Stuhl festgebunden saß. Sein Blick war völlig verstört. Was er eben mit angesehen hatte, musste ihn zwar von dem schauerlichen Gedanken befreien, dass die Männer des Teams zu seinen Feinden übergegangen oder gar von ihnen geschickt worden wären. Aber das allein konnte ihm nicht helfen; ihm war zu quälend bewusst, dass er das Ende der Schrecken noch lange nicht erreicht hatte.

GG und der Graf machten ihn los. „Ich muss Sie bitten", sagte GG ernst und sehr betont, „Ihr Zimmer nicht zu verlassen!" – und dann war er wieder allein, denn die vier hatten ihren Gefangenen hinausgebracht und waren mit ihm verschwunden.

## Turban und Pluderhose

Sie standen um ihn in der Küche. „Wer hat euch geschickt?", fragte GG.

Der Mann antwortete nicht. „Rechne nicht mit den andern beiden", sagte GG und stieß die Tür zur Kammer auf, wo er seine Kumpane gefesselt auf dem Boden liegen sah.

„Also", sagte GG, „ich frage noch einmal: Wer hat euch geschickt?"

Der Mann wandte seine Augen von den Gefangenen ab und sah stumm auf GG, voll höhnischem Trotz.

„Es gibt Mittel, auch einen Schweigsamen wie dich zum Reden zu bringen", sagte GG drohend. Jetzt bewegte jener die Lippen. „Versuche es", erwiderte er stolz, voller Verachtung.

„Hartholz", sagte GG zu seinen Gefährten. „Das dauert Tage, bis wir ihn mürbe machen."

„Tüchtiger Kerl", bemerkte der Chef anerkennend. „Nur dem falschen Verein beigetreten."

„Meine Herren", begann der Graf, „wenn ich die Lage mit meinem, allerdings nur bescheiden ausgestatteten Verstand betrachte, dann komme ich auf folgendes. Nach dem, was GG gehört hat, steht hinter diesen Dreien noch ein Vierter."

‚Steht Ghamin', dachte GG.

„Das ist vermutlich überhaupt ihr eigentlicher Kopf, wobei ich mit Rücksicht auf Sie, Chef, den Ausdruck ‚Chef' sorglich umgehe. Können wir – ja müssen wir nicht damit rechnen, dass er hier auch noch erscheint? Allerdings ergibt sich da sofort die Frage: Wie soll er durch das Tor kommen, das Neunauge bewacht?"

‚Keine Schwierigkeit für Ghamin', dachte GG, ‚Neunauge macht ihm natürlich auf –'

„Kerl hockt vielleicht auch schon in der Burg", meinte der Chef.

„Sehr möglich, geradezu wahrscheinlich. Wir haben uns da schön überspielen lassen … Vielleicht haben die Herren untereinander ausgemacht, dass er benachrichtigt wird, wenn die Zeit für seinen Auftritt da ist. Er wartet also darauf, dass jemand zu ihm kommt. Aber es kommt niemand. Was liegt da näher, dass er sich jetzt von allein aufmacht?"

„Oder schöpft Verdacht, Sache sei schiefgegangen, verduftet."

„Auch möglich, Chef, gewiss. Nehmen wir aber zur Sicherheit an, er hat nur einen ungefähren Verdacht, und er nähert sich nun argwöhnisch wie ein alter Elefant, bereit, bei dem geringsten Anzeichen, das ihn warnt, kehrtzumachen. Er kommt an den Turm: wo sind seine Leute? Er sieht sie nicht. Nun, er ist ein Kerl, der Courage hat – also geht er in den Turm. Aber auch da sieht er niemand. Jetzt kommt er die Treppe herauf, steht im Vorraum – und auch da hält keiner von seinen Mannen Wache. Was macht er? Wenn er jetzt umdreht, dann verfügt er über einen Mangel an Intelligenz, wie er, fürchte ich, in seinen Kreisen ungewöhnlich ist. Welch ein bemerkenswerter Kopf, meine Herren! Welch eine Idee, in die immer verschlossene Burg drei Kerle einzuschleusen!"

„Sagen: dreht um!", erwiderte der Chef. „Kommt aber nicht weit. Halten ihn auf. Ist erledigt."

Die Sicherheit des Chefs konnte GG nicht beruhigen. Unterschätzten seine Freunde jetzt nicht Ghamin, wie sie alle anfangs Marûn unterschätzt hatten? Aber er scheute sich, den Namen ‚Ghamin' zu nennen. Zweifellos machte der Syrer bei dem üblen Anschlag mit, doch vielleicht war der Hauptschuldige nicht er, sondern Marûns Neffe, dem Ghamin nun auch noch den Weg in die Burg bahnte. Zugleich wurde ihm wieder bewusst, dass es nicht nur darum ging, Marûn zu schützen; er musste von seiner inneren Bedrohung gelöst werden, und dazu musste Marûn sich mit seinem Gegenspieler auseinandersetzen, er musste es bekennen, was er zu bekennen hatte, denn diese erpresserische Forderung von 50.000 Pfund musste ja auf irgendeinem Vorwurf beruhen – sonst war sie doch unbegreiflich.

„Ich stimme dem Grafen zu", sagte er rasch. „Der Mann darf nicht kopfscheu gemacht werden."

„Deshalb mein Vorschlag", antwortete der Graf. „Wir fangen ihn mit seinen eigenen Leuten. Sie, GG, Tschandru und ich – Ihnen, Chef, mute ich so etwas nicht zu – nehmen den Turbanmännern ihre weiten Hosen weg, ihre Turbane und was sonst noch zu ihrem eindrucksvollen Kostüm gehört. Wir lassen uns darin sehen, wenn er kommt. Es ist hoffentlich noch dunkel genug, dass ihm unsere Umrisse genügen. Sie, GG, können ihm noch etwas Arabisches zurufen – und so sucht er ahnungslos seinen Partner auf, dem er seinerzeit den Drohbrief hat übermitteln lassen."

„Maskerade!", knurrte der Chef.

„Richtig", erwiderte der Graf, „aber man kann auch sagen: List! Er hat uns überlistet – jetzt überlisten wir ihn wieder."

Er wandte sich ihrem Gefangenen zu, dem Plumpudding die Hände fesseln wollte, wozu er sich wegen der Verwundung der rechten Hand doch nicht entschließen konnte. Der Graf nahm sie hoch und untersuchte sie. „Gut, Chef, sehr gut", sagte er. „Kein Knochen verletzt. Eleganter Streifschuss. Wir werden ihm das sauber verbinden. Und wenn er dann bei sich zu Haus keinen Kamelmist darauf packt oder keine getrockneten und im Mörser zerstampften Heuschrecken hineinstreut, dann wird das glatt verheilen. Allerdings, mit seinem Messer wird er nicht mehr zustoßen können, zwei Finger bleiben steif, denn zwei Sehnen hat der Streifschuss lädiert."

## Ghamin

In dieser Nacht beging Yuhanna es Ghamin den Fehler, der ihn das Leben kosten sollte.

Bis dahin war alles nach seinen Plänen gegangen, oder wenn sich etwas ihnen nicht gleich fügte, so hatte es sich meistern lassen. Er selbst hatte den Drohbrief in Marûns Garten schmuggeln können. Das Schreiben hatte genau die Wirkung gehabt, die er beabsichtigt hatte: In seiner Angst entließ Marûn seine Dienerschaft und machte damit einen Überfall auf ihn selbst erst möglich. Mit dem kalt ausgeklügelten Hinweis auf das siebenmalige Klopfen, das ihn jedes Mal zusammenzucken ließ, wenn der Klopfer erklang, zersetzte sich Marûns Nervenkraft von Tag zu Tag mehr – schon war der Zeitpunkt abzusehen, an dem er keines inneren Widerstands mehr fähig war. Da schuf sein Hilferuf nach London ein schweres Hindernis für Ghamins lautloses Vordringen – ja machte die Anwesenheit der fremden Männer einen Angriff auf Marûn nicht überhaupt unmöglich? Geschickt verstärkte Ghamin Marûns Misstrauen gegen seine Helfer, nachdem es einmal erwacht war. Freilich gelang es auch dadurch nicht, die Störenfriede zu entfernen. Aber Ghamin war zu vorsichtig, als dass er selbst die immer zu einer kühnen Unternehmung bereiten *Meta wile* in Gang setzte. Zum Mindesten versuchte er erst einmal, ob sich dabei nicht Marûn vorschieben ließ, denn wenn der Versuch der Gewalt missglückte, dann konnte es für seinen eigentlichen Urheber sehr schwierig werden. Was dann geschah, gab ihm recht: das Ziel wurde nicht erreicht, er aber blieb ganz aus dem Spiel, das auf ihn zurückging. Ja er machte dabei sogar eine wertvolle Erfahrung. Die Kette der sechs Männer hatte sich als zu stark erwiesen, als dass sie zu durchbrechen war; sie musste umgangen werden. Nur zu einem von ihnen hatte er einen Zugang, aber die kunstvoll gepflegte Freundschaft mit Herrn Bombardon aus Marseille gab ihm dann auch alles her, was er brauchte. Sie ermöglichte es ihm, die drei verwegenen Kerle, die er aus dem Hafenviertel Beiruts heimlich in sein Haus gebracht hatte, in die Burg zu schleusen. Er hatte ihnen eingeschärft, sich an keinem der Sechs zu vergreifen, denn er wusste zu genau, was die Ermordung eines Fremden für eine lebhafte Tätigkeit der Polizei zur Folge haben musste. Die Bedenken seiner Helfershelfer, wie sie mit einer doppelt starken Übermacht fertig werden sollten, hatte er mühelos zerstreuen können. Nachdem er sie in die Burg gebracht hatte, brauchten sie schon mit den zwei Männern der Torwache nicht mehr zu rechnen. Die zwei, die im Prinzenturm schliefen, merkten von den Vorgängen im Donjon überhaupt nichts, wenn sie nur geschickt vorgingen. Batijah hätte Lärm schlagen können – aber sein strenges Verbot, zu Marûn zurückzukehren, räumte auch diese Schwierigkeit aus dem Wege. Es kam allein noch darauf an, dass sie die beiden Wachen im Vorraum matt setzten, ohne dass es dabei störenden Lärm gab – und das schien den erfahrenen Gesellen nicht weiter von Belang, denn da war der Überfall auf das Bankgeschäft von Marius Saradar am helllichten Tage ein ganz anderes Ding gewesen.

Ghamin wusste, Marûn hatte das verlangte Geld im Hause, denn das hatte er ja von ihm selbst gehört, wenn er auch nicht so vertraut mit ihm war, dass er gewusst hätte, wie es in Marûns Besitz gekommen war. Aber was fragte er danach? In dieser Nacht nahmen sie es ihm ab, darauf kam es ihm jetzt nur noch an, denn Ghamin brauchte das Geld bitter nötig. Immer wieder hatte er an den Spieltischen im *El Ruedo* Pech gehabt. Immer wieder hatte er versucht, mit verzweifelt hohen Einsätzen das Glück zu zwingen, und jedes Mal hatte er verloren. Unter den Gästen des Spielklubs waren fragwürdige Menschenfreunde genug, die bereit waren, gegen Wucherzinsen Spielern unter die Arme zu greifen, wenn sie von einer Unglückssträhne verfolgt waren. Aber auch sie verlangten eines Tages die Rückzahlung der mit falscher Hilfsbereitschaft ausgeliehenen Summen. Ghamin war an sie über und über verschuldet. Kein Stein seines Hauses gehörte ihm mehr, der Jaguar, den er fuhr, war nicht mehr sein Eigen, aber er dachte nicht daran, seinen Gläubigern einen einzigen Piaster in den Rachen zu werfen. Sie hatten ihm geschworen, eine Woche lang würden sie noch warten, dann aber riefen sie die Gerichte an. Sollten sie warten, bis sie schwarz wurden! Mit dem Gelde Marûns ging er auf und davon, fort nach Macao – das war noch ein Platz, wo ein Mann mit Verstand im Kopf und Dollars in der Tasche Geschäfte machen konnte.

Das Geld, das Geld, das Geld – das war es, was er haben musste. Dass der Anschlag auf Marûn gelingen würde, das war ihm so sicher, wie er jedes Mal sicher gewesen war, mit seinem hohen Einsatz zu gewinnen: ein Mensch, der an sein Glück nicht glaubt, wird nicht zum Spieler.

Klug hatte er wieder aus der ganzen Sache herausbleiben wollen. Seine Spießgesellen hatten um ihre Leiber gewickelte Seile mit in die Burg gebracht. An ihnen würden sie sich von der Mauer herunterlassen, aber nicht wieder in sein Haus zurückkehren. Keine Spur durfte zu ihm führen. Einzeln sollten sie die Straße am Meer aufsuchen, dabei aber die Stadt Tripoli umgehen. Zwischen Bou Halka und Enfe würden sie da und dort an der Autostraße auf ihn warten, und wenn er in seinem Wagen an gebraust kam, mit erhobenen Händen bitten, mitgenommen zu werden. Waren sie im Wagen dann alle beisammen, würde er das Geld und jeder von ihnen den Anteil bekommen, den sie genau vereinbart hatten, und noch ehe sie Beirut erreicht hatten, würden die Kerle aus seinem Wagen wieder verschwinden.

Aber war er damit nicht zu schlau gewesen? Hatte er denn irgendeine Sicherheit dafür, dass sich die Gauner an die Abmachung hielten, wenn sie das Geld in Händen hatten? Das Geld, das Geld, das Geld! Gut, sie ließen sich an den Seilen über die Mauer herunter – doch dann fort in die Nacht! Wie er seine Gläubiger um die Summen bringen wollte, die ihnen zustanden, so hatten sie vielleicht vor, ihn um das Geld zu prellen, das ihm zustand. Jawohl, es stand ihm zu. Denn wenn er dank der Überlegenheit seines Verstandes Marûn zwang, es herauszurücken, wenn dieser Schwächling vor dem Stärkeren kapitulierte, dann war das eben nach seiner Auffassung der Tribut, den auf dieser Erde der Schwache dem Starken schuldet.

Er brachte es nicht fertig, noch länger untätig zu warten. Ihn umnebelte jene Verwirrung, die den Gewissenlosen so leicht befällt, wenn er sich dicht am Ziel glaubt, während er in Wahrheit nur noch einen Fußbreit vor dem Abgrund steht, an den ihn seine Gewissenlosigkeit getrieben hat. Retten könnte ihn nur noch Umkehr, er aber glaubt, mit einem verzweifelten Schritt vorwärts aus aller Not gerettet zu sein. Er musste zur Burg. Er musste die Kerle abfassen, damit sie sich nicht davonmachen konnten!

Leise verließ er sein Haus. Er hatte die Tür nicht wieder verschlossen, als er sie für den letzten der drei geöffnet hatte. Er schloss sie auch jetzt nicht zu. Es war ihm angenehm, jederzeit sofort in die Geborgenheit dieser Mauern zurückhuschen zu können.

Die Nacht war dunkel. Die Zeiger seiner Leuchtuhr wiesen halb drei. Im Turmzimmer links vom Tor sah er Licht. Da wachte Herr Bombardon, dieser Tropf. Oder er schlief, träumte von seinen Hotels in Paris und im Libanon, und der Graf wachte, dieser gescheite Bursche, der doch nicht gescheit genug gewesen war, als dass er ihn nicht durch seinen ahnungslosen Diener hätte übertölpeln können …

Nun stand Ghamin am Speicherturm. Wieder ein Blick auf die Uhr: drei. Dies war die Stelle, von der aus sie über die Mauer kommen sollten, und es war Zeit, dass sie erschienen. Vor dem Hellwerden musste das ja geschehen, und wenn die Sache gut gelaufen war, dann mussten sie mit Marûn bereits fertig sein.

Nichts – nur Dunkel, Stille, Eulenrufe. Drei Uhr fünfzehn.

Das Geld – fünfzigtausend Pfund. Waren sie etwa damit schon fort?! Er verlor den Kopf. ‚Den Stier bei den Hörnern packen', dachte er. ‚Zufassen! Selbst zufassen!'

Er ging rasch an den Turm der stolzen Kaiserin. Das Licht brannte noch. Er klatschte in die Hände. Sofort öffnete sich die Luke. Die Stimme Bombardons, nicht die des Grafen! Er triumphierte. Glück. „Ich mache Ihnen auf!" Die Riegel. Der Schlüssel im Schloss. Das Tor – auf! „Wie gut, dass Sie kommen", flüsterte Neunauge erregt. „Stellen Sie sich vor: es sind fremde Männer in der Burg! Unbegreiflich, wie sie hier eindringen konnten!"

Verraten … missglückt … das Geld …

Neunauge redete rasch weiter. „Sie sind im Donjon. Ich habe aber nichts wieder gehört. Ich darf hier nicht weg. Rasch, gehen Sie hin! Da wird ein Mann wie Sie gebraucht –"

Also doch noch nicht aus! Nur zufassen … Es juckte ihn, diesen gutgläubigen Simpel niederzuschlagen. Aber er wird ihn noch brauchen. Er musste sich den Ausweg offenhalten.

„Bleiben Sie hier", sagte er rasch. „Schließen Sie nicht zu! Vielleicht müssen wir sofort zu meinem Wagen und Hilfe holen!"

„Ausgezeichnet!", rief Neunauge, und Ghamin lief zum Donjon.

## Wer ist Sieger?

Die drei Männer, von denen Ghamin befürchtete, betrogen zu werden, und die doch keine Möglichkeit mehr hatten, ihn zu betrügen, hockten in Batijahs Kammer, bloßköpfig und barfüßig mit gefesselten Händen und in Decken gehüllt, um ihres Leibes Blöße zu bedecken, von Plumpudding bewacht, der Tschandru-Singh darin abgelöst hatte. Womit sie bis dahin nach der Sitte des

Landes bekleidet gewesen waren, hatten sie ihren Besiegern überlassen müssen – ihre Turbane, ihre blauen Pluderhosen, die gelblichen oder grünlichen Westen mit den vielen kleinen Knöpfen wie die weiten, lose sitzenden Überwürfe und, nicht zu vergessen, die knallroten breiten Leibbinden. Sorgfältig hatte der Graf sich die besten Kleidungsstücke ausgesucht und jedes, ehe er es anzog, mit der Bemerkung „Vor Gebrauch kräftig schütteln!", heftig bewegt, um etwaige Mitbewohner zu veranlassen, sich ein anderes Quartier zu suchen. „Ich muss gestehen", sagte er, als er mit seiner Kostümierung fertig war, „dass ich mich noch nie in so malerischer Verfassung bewegt habe; dafür war ich aber immer wesentlich sauberer ausstaffiert!"

Sie sahen einander prüfend an und konnten sicher sein, dass sie im Dunkel der Nacht von echten Muslimen nicht zu unterscheiden waren. Allerdings gab es eine Schwierigkeit: sie wurden mit den Schuhen nicht recht fertig, denn die leichtsohligen, pantoffelartigen Dinger schlappten ihnen an den Füßen. Sie mussten sehen, sich damit so gut wie möglich abzufinden, und die nächste Frage war, wo sie sich nun aufbauten, um den Erwarteten, der freilich vielleicht gar nicht kam, am leichtesten zu täuschen.

Die Küche war der gegebene Aufenthaltsort für den Chef. Von hier aus war er dem Eingang zum Donjon am nächsten, und damit war er der eigentliche Herr des Hauses, denn er bestimmte, wer hinein durfte und wer es verlassen konnte. Am Eingang selbst aber musste unbedingt GG zu finden sein. Kam der vierte Mann und traf auf einen der Seinen, so würde er zweifellos fragen, wie die Sache stünde, und dann war GG der einzige, der ihm auf arabisch antworten konnte. So gingen der Graf und Tschandru-Singh hinauf, wo sie aber, um Marûn nicht unnötig zu erschrecken, im Vorraum bleiben sollten. „Ich beschwöre Sie", sagte der Graf zu GG, „kommen Sie sofort zu uns hinauf, nachdem Sie hier unten als Portier gewirkt haben! Denn wenn der Effendi X mich da oben anspricht, so bin ich verloren. Ich habe zwar in der erstklassigen Leibbinde, die mir Tschandru umgewickelt hat, meine Pistole stecken. Es widerstrebt mir aber, einen Satz, den ich nicht verstehe, mit dem stählernen Vorrat ihres Magazins zu beantworten."

Sie hatten sich umgezogen, so rasch es nur gehen wollte. Dann wurde die Kerze in der Küche gelöscht, und alle warteten im Dunkel auf das, was da kommen sollte, Plumpudding in der Kammer bei den Gefangenen, der Chef hinter der nur angelehnten Tür im Treppenhaus, der Graf und Tschandru-Singh nebeneinander auf einem der Lager im Vorraum sitzend und GG draußen auf den Steinstufen, die zum Eingang des Donjons hinaufführten.

Nacht, Stille, Eulenrufe. Wie lange noch, und es wurde hell?

Um nach der Armbanduhr sehen zu können, musste GG den engen Ärmel seiner jackenähnlichen Weste aufknöpfen. Drei Uhr achtzehn. Was war das? Händeklatschen. Stimmen. Neunauge kam aus dem Turm. Das Tor ging auf. War sie nun da, die Entscheidung? Aber wenn er jetzt kam, der gefährliche Mann, den es zu überlisten galt – war es nicht doch besser, dass GG ihn unmittelbar im Gang erwartete, wo er dem Chef um einige Schritte näher war? Er stand rasch auf, ging in seinen schlappenden Schuhen über die Stufen in den Turm zurück und rief halblaut in die Küche: „Achtung!" Schon vernahm er, dass jemand durch das Dunkel auf den Donjon zulief.

GG trat in den Rahmen der geöffneten Tür, die aus dem Turm ins Freie führte. Jetzt kam der andere die Stufen herauf. Er sah die unbestimmten Umrisse einer Gestalt, die einen Turban trug. „Wer ist da?", fragte er keuchend. GG erkannte die Stimme Ghamins. Es gab keinen Zweifel mehr.

„Ich, Effendi", antwortete er auf arabisch und bemühte sich, die etwas heisere Stimme des Mannes nachzuahmen, den der Chef an der Hand verwundet hatte.

„Was ist los? Warum kommt ihr nicht? Wo sind die Feringhi?"

„Gefesselt", antwortete GG.

„Wo sind deine Leute?"

„Warten im Vorraum."

„Habt ihr das Geld?"

„Er gibt es nicht her!"

„Was?!", fauchte Ghamin. Welch ein Glück, dass er die kostbare Zeit nicht nutzlos verwartet hatte! Alles war genau nach Wunsch gegangen – die großmäuligen Beschützer hier im Haus waren erledigt, die anderen schliefen – und diese Bankräuber wurden mit Marûn nicht fertig?! Wenn er jetzt nicht selbst gekommen wäre! Das Geld! Das Geld! Das Geld! Und dann fort, fort!

Er hastete die Treppe hinauf. Noch immer war es dunkel, aber es ging jetzt um Minuten. Unzählige Male war er diese Treppe gegangen. Er fand sich auf ihr zurecht, auch wenn er nichts sah. Der Vorraum. Zwei Gestalten. „Ihr elenden Stümper!", rief er ihnen zu und stieß auch schon die Tür zu Marûns Wohnung auf. Der Kerzenschein aus dem letzten Zimmer zeigte ihm, wo er den fand, den er suchte.

Unmittelbar hinter ihm war GG gekommen. „Los!", flüsterte er den beiden zu, und nun betraten sie zu dritt das vorderste Zimmer, in das der Schein der Kerzen nur noch schwach fiel. Schon aber begann es draußen vor den Fenstern zu dämmern. Sie blieben in dem Raum und hielten sich so, dass ihre Gesichter von Marûns Schlafzimmer her nicht gesehen werden konnten, und GG nahm nun jede Wendung des schrecklichen Wortwechsels auf, der sich dort vollzog.

„Ghamin!", rief Marûn, als der nächtliche Besucher auf ihn zukam, „sie waren da! Haben dich die Herren geholt?"

„Wo ist das Geld?"

Marûn verstand die höllische Frage falsch. „Ich habe es den Räubern nicht gegeben", antwortete er. „Es liegt unberührt in seinem Versteck!"

„Wo?"

War es der schneidende Ton dieses einzigen Wortes, der Marûn plötzlich stutzig machte, oder war ihm die Sorge um seinen kostbaren Besitz so zur Natur geworden, dass er ganz unbewusst auf der Hut war? „Es ist gut versteckt", antwortete er nur.

„Gib das Geld her!", befahl Ghamin.

Jetzt war Marûn gelähmt, als hätte ihn der Blitz getroffen. „Ghamin ...“ stammelte er. „Ghamin ...“

„Ich sage dir, gib das Geld gutwillig her. Oder es wird dir leid tun!“

„Du ... du ...!“ Marûn war es, als drehten sich die Wände um ihn. Ghamin war der Erpresser. Ghamin, der einzige, dem er vertraut hatte ... Darum hatte Ghamin ihm abgeraten, sich um Hilfe zu bemühen ... Darum hatte Ghamin ihn gegen seine Beschützer aufgehetzt ... Darum hatte er sie durch die *Meta wile* fortschaffen lassen wollen ... Und jetzt war er selbst mit drei Verbrechern da ...

„Und dich habe ich für meinen Freund gehalten!“, stöhnte Marûn auf.

„Vertue die Zeit nicht“, antwortete Ghamin. „Ich brauche dein Geld!“

„Nein, nein!“, keuchte Marûn, und dann schrie er mit letzter Kraft: „Hilfe! Hilfe!“

„Du schreist umsonst!“, sagte Ghamin voller Hohn. „Deine Beschützer konnten sich selbst nicht beschützen. Sie liegen gefesselt draußen vor der Tür.“

Marûn wurde vor Entsetzen stumm. Er starrte auf Ghamin. Dieser Teufel ... Wie hatte er das fertiggebracht? Marûn hatte doch selbst gesehen, wie sie den Turbanmann überwältigt hatten! Sein Hilfe suchender Blick irrte durch die offenstehende Tür in die anderen Räume. Wahr und wahrhaftig – da vorn standen die drei Turbanmänner wieder ...

Es war aus mit ihm. „Ghamin“, sagte er mühsam, „wenn ich dir das Geld gebe – versprichst du mir, nie wieder etwas von mir zu fordern?“

GG horchte auf. Was war das? Wenn Marûn das Geld dem falschen Freunde gab, dann hatte er selbst doch diesen Ghamin in der Hand, konnte ihn jeden Tag vor Gericht bringen – und nun sah es so aus, als müsse sich Marûn mit dem Geld das Schweigen des andern erkaufen?

„Was ich mache, ist meine Sache", antwortete Ghamin. „Dass du keine Quittung bekommst, ist dir wohl klar!"

Marûn war zumute, als müsse er erbrechen. Was hatte es denn für einen Sinn, diesem Mann ohne Herz und Gewissen eine Zusage abzunehmen? Nichts in der Welt brachte ihn dazu, sie auch zu halten.

„Ghamin", sagte er, und da sprach ein zerbrochener Mensch, „du machst mich arm. Ich bin in Armut und Elend aufgewachsen, du weißt es. Ich habe gehungert, Ghamin, dass ich einmal in Kairo auf der Straße umgefallen bin, als von einem Backofen der Geruch des frischen Brots in mich drang."

„Was geht das mich an!"

‚In Kairo?' dachte GG. ‚Mir hat er gesagt, er sei nie in Ägypten gewesen!'

„Ghamin, ich habe nur noch einen Wunsch: nicht als alter Mann wieder zurück in Armut und Elend. Ghamin, ich habe keinen Menschen auf dieser Erde – und ich dachte, du wärest mein Freund!"

Schon war die Helle stärker geworden als der Schein der Kerzen. „Winsele nicht", sagte Ghamin. „Gib das Geld her!"

Unwillkürlich wandte sich Marûn seinem Bett zu. Aber was der Unerbittliche von ihm verlangte, schien ihm im letzten Augenblick doch wieder unerfüllbar. „Nein", flüsterte er, „nein … nein …"

„Was du uns nicht gibst, werden wir uns selbst nehmen", sagte Ghamin. „Wir haben keine Zeit mehr. Wo hast du das Geld? Sag's – oder meine Leute bringen dir das Singen bei!" Ohne sich umzuwenden, rief er den Turbanmännern zu: „Kommt mit euren Messern her!"

„Nein …", flüsterte Marûn wieder, „nein …" Aber das war kein Widerstand mehr. Es waren Laute der Angst vor dem, was ihm da angedroht wurde.

Langsam näherten sich die drei Turbanmänner dem Schlafzimmer. Sie blieben in der offenen Tür stehen. Ghamin wandte ihnen den Rücken zu, denn ihn beschäftigte nur, was Marûn machte. Der stand an seinem Bett, zog mit zitternden Händen die Bettstücke fort, warf sie auf den Boden, hob die Matratze mit einer Hand an der Schmalseite hoch, griff mit der anderen in die Sprungfedern und holte ein dickes Bündel Banknoten heraus. Er ließ die Matratze fallen.

„Her damit!", sagte Ghamin und trat rasch auf Marûn zu.

„Halt!", sagte GG scharf. Er sagte es auf englisch.

Ghamin fuhr herum. Das klare Morgenlicht fiel auf die drei Männer und schien hell auf ihre Gesichter. Ghamin schwankte, als hätte er einen Schlag erhalten. Marûn stand mit aufgerissenen Augen da, das Geld in der Hand.

„Ihre Darstellung", sagte GG, „entspricht nicht den Tatsachen, Herr Ghamin. Ihre drei Verbrecher sind gefesselt und wehrlos. Nicht wir!"

Marûn konnte sich nicht mehr auf den Füßen halten. Er sank auf das Bett und saß regungslos da, die Scheine in der krampfhaft geschlossenen Faust.

„Geben Sie jetzt zu", fuhr GG fort, „den Drohbrief an Marûn Effendi geschrieben zu haben?"

Ghamin antwortete nicht. Seine Lippen pressten sich zusammen. Sein Atem ging in heftigen Stößen. Himmel und Hölle, was jetzt?! Das Geld … das Geld … Marûn hatte es in der Hand, und er bekam es nicht … Ohne Geld konnte er nicht aus dem Lande, und hier im Lande lauerten seine Gläubiger auf ihn, nahmen ihm sein Haus, sein Auto, nahmen ihm alles.

„Es ist mir gleich", sagte GG, „ob Sie meine Frage beantworten oder nicht. Vor Gericht werden Sie antworten müssen!"

Vor Gericht … Ghamin wusste, was das hieß. Das war nicht nur der Ruin, das hieß Gefängnis. Nur eins blieb: Flucht … Flucht … Flucht … Mit dem Auto über die Grenze … Es verkaufen. Es gehörte ihm nicht mehr, aber wo ihn keiner kannte, konnte er es zu Geld machen … Seine Ringe, seine goldene Uhr – alles verkaufen. Mit dem, was er dafür bekam, von vorn anfangen … Ein

Mann wie er kam doch wieder hoch, auch ohne Marûns Geld. Nur fort musste er, fort … fort … Am Tor der Marseiller – wenn er Glück hatte, war das Tor noch offen … Und er musste Glück haben … Aber die drei hier, die verkleideten Turbanmänner – ließen sie ihn aus dem Turm?

Da geschah das Unerwartete. Auch Marûn hatte über GGs scharfe Antwort gebrütet, und jetzt war es, als ob er plötzlich lebendig wurde, freilich war er sofort wieder aufgescheucht, gehetzt von beängstigenden Vorstellungen. Seine Augen flackerten. „Nein, nein", stieß er hervor, „mit dem Gericht will ich nichts zu tun haben. Er war mein Freund, und seine Freunde bringt man nicht vor den Richter. Ghamin", fuhr er fort, „warum hast du mir nicht gesagt, dass du Geld brauchst?!"

„Weil ich dich kenne", antwortete Ghamin höhnisch. Mit seiner feinen Spürnase bekam er sofort davon Wind, dass sich ihm ein Loch zum Durchschlüpfen öffnete. „Weil du mir nichts gegeben hättest, weil du nichts riskierst, weil du keinen Mut hast, weil du nur davor zitterst, als Bettler verrecken zu müssen!"

„Ja", sagte Marûn, „ich kann mich nicht anders machen, als ich bin. Ich bringe es nicht fertig, mein Geld unbesehen fortzuwerfen. Aber für etwas, das sich lohnt, bin ich bereit, den Preis zu zahlen. Ghamin, es steht jetzt anders mit dir als vorhin. Trotzdem biete ich dir dasselbe noch einmal! Wie viel willst du, wenn du hier vor Zeugen versprichst, kein zweites Mal etwas von mir zu fordern?"

Da war es wieder, dass Ghamin etwas zu fordern hatte! Jetzt griff GG ein. Der Knoten musste endlich durchhauen werden. „Was wissen Sie von Marûn", fragte er rücksichtslos, „das Sie zu Geld machen können?"

„Schweigen Sie!", schrie Marûn ihn an.

Mit einem Gefühl des Triumphes sah Ghamin, wie sich zwischen Marûn und seinen Befreiern wieder eine Kluft auftat, und zugleich packte ihn tiefe Enttäuschung. Nichts wusste er von Marûn, gar nichts. Aber da er selbst mit allem Bösen vertraut war und von daher die Witterung dafür hatte, wo der Boden hohl war, hatte er gespürt, dass Marûn aus seiner Vergangenheit irgend etwas verbarg, dass er irgend etwas zu fürchten hatte. Jetzt erwies es sich, dass er ganz recht gesehen hatte. Was hätte er damit für sich herausholen können! Aber nun, wo sich diese unausstehlichen Männer, die hier überhaupt nichts zu suchen hatten, in die Sache mischten, vermochte er diese kostbare Möglichkeit nur noch dazu auszunutzen, als eingekreister Fuchs aus dem letzten offengebliebenen Schlupfloch zu entwischen. Aber konnte er denn nicht wiederkommen? Die Bande blieb nicht ewig hier – und hatte er Marûn jetzt nicht endgültig in seinen Fängen?

„Wie viel du mir schuldest", sagte er in kalter Überlegenheit, „darüber ließe sich vielleicht reden. Aber nicht jetzt und nicht hier. Ich weiß, was ich weiß, und du hast ganz recht: es hat seinen Preis!"

Er wandte sich um und ging auf die drei zu, die ihm den Weg versperrten. „Lassen Sie mich durch", sagte er. „Wenn Sie mich meiner Freiheit berauben sollten, so würde das hier jemand bitter bezahlen müssen!"

„Lassen Sie ihn gehen!", stöhnte Marûn, der nun endgültig vernichtet schien.

Das Gespräch war in arabisch geführt worden, und jetzt sagte GG auf englisch zu dem Grafen und Tschandru-Singh: „Es bleibt uns nichts anderes übrig, als ihn fortzulassen."

„Diesen Schuft!", flüsterte der Graf empört. „Einen schmutzigen Erpresser!"

„Wir dürfen Marûn nicht ins Unglück bringen, indem wir verhindern, dass er das Schweigen des Gauners erkauft!"

„Dann wollen wir nur hoffen", sagte der Graf, „dass auch ihn wie jeden Gauner eines Tages sein Schicksal ereilt!"

Sie gaben die Tür frei, und stolz wie ein Sieger, ohne irgendwelche Eile, schritt Ghamin dem Ausgang der Wohnung zu. Auch die Treppe ging er noch langsam, als gäbe es nichts in der Welt, was ihn zu raschester Flucht nötigen könnte. Dabei aber war ihm fieberheiß zumute. Nur innerhalb dieser verwünschten Mauern musste er noch den selbstsicheren Mann spielen, der nichts zu fürchten hatte, weil es für ihn nichts zu fürchten gab. Sowie er draußen war, blieb nur noch eins: die rasende Flucht über die Grenze.

Welch ein Glück, dass er sich gezwungen hatte, die Steinstufen der Treppe gemächlich hinabzugehen, denn jetzt sah er unten im Gang vor der Tür den Engländer stehen. Dieser Berserker hatte sogar die Pistole in der Hand. Wenn Ghamin gerannt wäre, hätte ihn dieser höchst unwillkommene Wächter natürlich sofort aufgehalten. So aber sagte er nur zu dem Chef: „Bitte, gehen Sie rasch zu Ihren Leuten! Ich glaube, Marûn ist verrückt. Wenn er nicht sofort entwaffnet wird, schießt er alles über den Haufen!" Der Chef stürzte zur Treppe, und Ghamin spazierte zum Turm hinaus.

Aber jetzt zum Tor, zum Tor! Und da stand auch der Marseiller noch, genau wie er es ihm gesagt hatte! „Wie ist es?", rief Neunauge ihm aufgeregt zu, und Ghamin antwortete mit dem Gegenruf: „Gut, alles gut, alles in Ordnung!"

„Warum setzt mich davon niemand in Kenntnis?" äußerte Neunauge empört und fasste nach dem Schlüssel, um das Tor nun wieder abzuschließen. Dabei wendete er Ghamin den Rücken zu. Schon umklammerte der mit beiden Händen seinen Hals, drückte ihm die Kehle zu, stieß ihm das Knie ins Kreuz und schleuderte ihn auf die Erde. Mit der Stirn schlug Neunauge auf die Sandsteinplatten des Eingangs und blieb regungslos liegen. Der war ihm also nicht hinderlich – aber zur Vorsorge sah sich Ghamin noch einmal um.

Hölle und Himmel – aus dem Turm stürzte der Engländer und ihm nach und der Kerl, den sie Plumpudding nennen!

## Das Ende

Der Chef war die Treppe hinaufgestürmt und erwartete, als er in die Wohnung Marûns wie ein wildes Wetter brach, hier ein wüstes Handgemenge vorzufinden, in dem es galt, einen Irren zu überwältigen. Statt dessen sah er die drei falschen Turbanmänner betroffen, aber friedlich um Marûn stehen, der vor sich hin starrte und offenbar nicht daran dachte, gewalttätig zu werden. Nun kam dem Chef die Ahnung, dass ihn der Kamelquäler hinters Licht geführt hatte. „Was ist mit dem –" fragte er rasch und wies in die Richtung zur Tür.

„Wir haben es dem Hauptschuldigen dieser Angelegenheit ermöglicht", erwiderte der Graf, „sich wirkungsvoll durch die Mitte zu entfernen."

Sofort machte der Chef kehrt. „Seht nach den Gefangenen!", rief er und rannte davon. Jetzt hatte er genug. Das also war der Lump, der hier zu fassen war, und ihn ließ GG in seiner nachsichtigen Menschlichkeit einfach davonlaufen! Nein, das war nicht zu dulden. Da dachte er anders und war entschlossen, seine Meinung durchzusetzen. Vor Gericht mit dem Schurken! Recht musste Recht bleiben. Allerdings – das sei offen gesagt – riss ihn nicht nur das Verlangen nach Gerechtigkeit in seinen Tatendrang; vielerlei ist im Innern des Menschen rege, und ihn trieb zweifellos auch der geheime Ärger, von diesem unverschämten Syrer so gerissen übers Ohr gehauen worden zu sein.

Schon auf der Treppe schrie er: „Plumpudding! Plumpudding!" Der kam aus der Küche gestürzt. Der Chef rief ihm im Vorbeirennen zu: „Dem Kerl nach! Müssen ihn fassen!" Und gleich darauf liefen beide, so schnell sie nur konnten, dem Tor zu.

Im Augenblick, in dem Ghamin sie erspähte, rannte er aus dem offenen Tor, schlug es zu und rannte weiter. Das war wieder ein Fehler. Zuschließen musste er es, zuschließen – aber dann hätte er es jetzt wieder öffnen müssen, den Schlüssel herausziehen, der von innen steckte, und ihn dann von außen herumdrehen. Dazu hatte er die Nerven nicht. Er rannte und rannte. Er wusste, ein guter Läufer war er nicht mehr. Zu oft und zu ausgedehnt hatte er sich den leckeren Gerichten „Chez Henri” und auch bei sich zu Hause hingegeben und sich fast nur noch im Auto bewegt. Aber er musste sein Haus vor seinen beiden Verfolgern erreichen. Er musste sie in das Gehöft hineinlocken – und wie er die beiden dann dahin brachte, dass er Zeit gewann und mit seinem Jaguar davonfahren konnte, das glaubte er zu wissen. Bis Homs waren es keine hundert Kilometer, da war er über die Grenze, da war er in Syrien, da war er gerettet! Er brauchte nicht einmal erst zu tanken, nichts hielt ihn auf – nur die beiden hatte er zu fürchten, die imstande waren, ihm die Reifen zu zerschießen. Aber für sie sollte gesorgt werden … Zum Haus, zum Haus, zum Haus! Welch ein Glück, dass er die Tür nicht abgeschlossen hatte!

Er keuchte – in seiner Lunge stach es – aber er hatte die Tür erreicht. Doch im Augenblick, wo er sie zuschlug, war auch der Chef schon da und zehn Schritte hinter ihm Plumpudding. „Ihm nach!”, rief der Chef und stürzte in den Hof. Eben sah er noch, wie Ghamin die kleine Pforte öffnete, die in den Gang zum Kamelzwinger führte. „Da läuft er!”, rief der Chef und rannte hinter ihm her. Er dachte nicht anders, als dass Ghamin aus diesem Gehöft durch einen Ausgang entwischen wollte, der nur ihm bekannt war. Und das war nicht einmal ganz falsch. Es gab aus dem Stall, in dem der schwarze Iskander sich aufhielt, ein Türchen ins Freie, durch das Ghamin sein Auto erreichen konnte – es stand nur wenige Schritte vom Haus unter einigen Pinien, deren Schatten den Wagen gegen die Sonne schützten. Den würde er erreichen, aber seine Verfolger würden sich mit dem wütenden Kamelhengst auseinanderzusetzen haben …

Ghamin war im halb dunklen Stall. Er trieb das gefährliche Tier hinaus in den umzäunten Raum, und gerade betraten auch der Chef und Plumpudding dieses Geviert. Sie blieben stehen, als sie das Tier erblickten. Es rührte sich nicht vom Fleck, aber es legte die Ohren zurück und entblößte seine gelben Zähne. Ghamin stand zwischen Hengst und Stall. „Vorwärts, Iskander!", schrie Ghamin. „Zeig den Herren mit den zarten Nerven, was ein Kamelhengst leistet!"

Der Chef zog seine Pistole. Aber der Hengst bewegte sich nicht vom Fleck. „Gehst du los?!", schrie Ghamin, wandte sich zur Stalltür, an der sein Stachelstock stand, ergriff ihn und stieß damit gegen das so empfindliche Ohr.

Das gepeinigte Tier stieß ein wildes Zischen aus. „Los, auf sie! Auf sie!", schrie Ghamin, und das Kamel reagierte blitzschnell. Aber nicht die beiden Fremden fiel es an, die es angreifen sollte. Das scheinbar unendlich geduldige Tier hatte nun doch das Ende seiner Geduld erreicht. Es fuhr herum, um seinen Peiniger mit den Zähnen zu packen, auf den Boden zu schmettern und ihn dann zu zertrampeln. Ghamin sprang, wie er gewohnt war, sofort zur Seite, aber er begriff, dass er das Tier jetzt nicht mehr bändigen konnte. Zu seinem Unglück hatte er neben dem Kamel nicht an der Seite zur Stalltür hin gestanden, sondern nach der Mauer zu, und um jetzt die rettende Tür zu erreichen, hätte er an dem wütenden Tier vorbeirennen müssen. Er flüchtete in die Ecke, wo einige Stufen auf die Mauer hinaufführten. Aber das Tier verfolgte ihn, wobei es immer noch zischte – ein Zeichen seiner tiefsten Wut.

„Schießen Sie! Schießen Sie!", schrie Ghamin und rettete sich auf die Mauer.

Er hatte den Kopf nicht verloren. Von hier oben konnte er sich nach dem Berg zu durch einen Sprung retten. Dann war es zu seinem Auto nur wenige Meter weiter als von dem Stalltürchen, durch das er hatte zu ihm gelangen wollen. Doch die Mauer war nicht hoch genug, als dass er auf ihr vor dem langen Hals des hohen Tieres sicher gewesen wäre. Er hatte sie wohl erreicht, aber da schnappte der erboste Hengst gierig nach seinen Beinen. Ghamin tat einen hastigen Schritt und verlor das Gleichgewicht. Er taumelte, suchte sich wieder zu halten – aber es war zu spät. Mit einem Aufschrei stürzte er in die Tiefe des Steinbruchs.

Ein tiefes Gurgeln entrang sich der Kehle des Tieres. Es wurde zu einem Knurren, zu einem Stöhnen, und dann schwoll es zu einem schauerlichen Brüllen an. Es war, als bräche Iskander in ein Siegesgeheul aus.

Die bei den Männer hatten den Pferch verlassen. In dem schmalen Gang kletterten sie auf die Mauer und sahen hinab. „Zerschmettert", sagte Plumpudding.

„Nicht unverdient", setzte der Chef hinzu, und fuhr dann fort: „Hat wahrscheinlich mit dem Neffen fifty-fifty gemacht. Und der Neffe lebt noch. Sache hat überhaupt kein Ende."

Sie gingen quer über den Hof, in dem sich nichts rührte, und verließen das Gehöft. Dass die alte Batijah und Yehudit sie angstvoll beobachteten, bemerkten sie nicht.

## Ein Anfang

Als sie die Burg wieder betraten, fanden sie das Tor offen – ein Anzeichen dafür, wie viel sich hier verändert hatte, und von dem Grafen, der gerade aus dem Turm der stolzen Kaiserin trat, erfuhren sie, dass Neunauge oben in der Wachstube läge, aber außer einer Beule auf der Stirn keinen Schaden davongetragen hätte.

„Also nicht schlimm", sagte der Chef.

„Immer noch schlimm genug", antwortete der Graf.

„Eine Beule!", bemerkte der Chef wegwerfend.

„Nicht die Beule", erwiderte der Graf. „Dass er in Ghamin sich so getäuscht hat, dass Ghamin ihn so täuschen konnte – das ist für ihn schlimmer als schlimm. Wo ist Ghamin?"

Der Chef gab einen unbestimmten Laut von sich, und der Graf sah Plumpudding darauf fragend an. Aber auch der wollte mit der Sprache nicht heraus. Der Graf glaubte ihre Verlegenheit zu verstehen. Sie hatten sich offenbar vergebens bemüht. „Entwischt?", fragte er.

„Uns!", war die knappe Antwort des Chefs, der dann jedoch erklärend fortfuhr: „Abgestürzt. Von der Mauer. Genick gebrochen."

Der Graf sagte darauf nichts. Es ziemte sich zu schweigen. Stumm gingen sie zum Hauptturm, wo sie unten in der Küche GG und Tschandru-Singh trafen, die wie der Graf sich wieder umgezogen hatten.

„Was nun?", fragte der Chef, nachdem er berichtet hatte, auf welch schauerliche Weise Ghamin zugrunde gegangen war. „Warten, wen der Neffe jetzt schickt, wie? Oder Jagd auf den Neffen, wie?"

„Wir müssen mit Marûn sprechen", sagte GG, worauf der Chef energisch erklärte: „Bitte, Sie!"

„Ich für meine Person", sagte der Graf, „hätte vor allem das Verlangen nach einem soliden Frühstück!"

„In einer Viertelstunde!", antwortete Plumpudding und machte sich sogleich in der Küche zu schaffen. Aber so lange mochte GG nicht warten. Während Tschandru-Singh wieder die Wache bei den Gefangenen übernahm und der Chef und der Graf vor dem Donjon auf und ab gingen, schritt er langsam die Treppe zum ersten Stock hinauf. Er war entschlossen, den Unklarheiten, mit denen Marûn sich umgab, jetzt auf den Grund zu gehen. GG wusste ja mehr als seine Gefährten. Er allein kannte die Widersprüche, in die Marûn sich verwickelt hatte. Es war für GG unzweifelhaft, dass der Syrer irgend etwas zu verbergen hatte, und es war ihm wahrscheinlich, dass das, was einmal geschehen war, sich in Kairo oder irgendwo anders in Ägypten zugetragen haben musste. Daher die ängstlichen Fragen bei seiner ersten Unterredung mit ihm, ob sich etwa einer von ihnen dort auskenne, daher die Versicherung, er selbst sei in dem Lande nie gewesen. Nun sah auch die Sache mit dem Neffen ganz anders aus. Wahrscheinlich verlangte der Mann keineswegs sein Erbteil schon bei Lebzeiten Marûns, wie der es darstellte, sondern seine Forderung hing eben auch mit den dunklen Vorgängen zusammen. Aber indem GG dies überlegte, schoss ihm ein neuer Gedanke durch den Kopf. War es nicht merkwürdig, dass Ghamin in seiner heftigen Auseinandersetzung mit Marûn kein Wort über das gesagt hatte, was er von Marûn wusste? Wenn es sich um eine Untreue handelte, eine Unterschlagung, einen Diebstahl, ein Verbrechen oder gar um einen Mord – hätte dann Ghamin das nicht mit einer hämischen Anspielung als stärksten Trumpf ausgespielt? Wie Marûn hatte auch Ghamin sich immer nur undeutlich ausgedrückt. Hing Ghamin vielleicht doch nicht mit dem erpresserischen Neffen zusammen? Hatte er von ihm nur dadurch erfahren, dass Marûn in seiner Angst ihm von dessen Drohung erzählt hatte, und Ghamin daraus gefolgert, hier wäre etwas zu holen, ohne die tieferen Zusammenhänge zu kennen? Nun, das musste sich jetzt zeigen.

GG klopfte an, trat aber sofort ein, ohne eine Antwort abzuwarten, und er fand Marûn noch immer in dem Schlafzimmer, in dem sich die aufregenden Vorgänge der letzten Nacht ereignet hatten. Der Syrer saß wie zerschlagen auf der Bettkante. Langsam richtete er sich auf, als GG sich ihm näherte. Er sah verfallen aus. Die Augen lagen in tiefen Höhlen, und ihr Blick hatte etwas unendlich Müdes. Zugleich aber, so schien es GG, wirkte er wie abwesend. Waren es nicht die Erschütterungen der letzten zwölf Stunden, die ihn so mitgenommen hatten? War er einer furchtbaren Begegnung mit Gespenstern der Vergangenheit erlegen, in deren Gewalt er sich immer noch befand, weil sie ihn nicht in die Gegenwart zurückließen?

„Effendi", sagte GG, „Sie haben von Ghamin nichts mehr zu fürchten. Er ist tot."

Marûn rührte sich nicht. ‚Er muss es ganz genau erfahren', dachte GG, und er berichtete ausführlich, was er vom Chef über Ghamins Ende erfahren hatte.

Aber auch dabei veränderte sich in den Zügen Marûns nichts. Er atmete nicht auf. Wie konnte das sein – ihm war doch durch diese Wendung eine ganze Last abgenommen worden! Kam er nicht darüber hinweg, dass er sich in einem Menschen völlig geirrt, dass ihn ein falscher Freund erbarmungslos betrogen hatte? Oder brachte der Tod Ghamins ihm keine Erleichterung, weil noch genug andere lebten, die für Marûn ebenso gefährlich waren wie jener oder gar noch gefährlicher?

„Effendi", begann GG wieder, „ich glaube, Sie haben erfahren, dass Sie sich auf uns verlassen können. Und deshalb komme ich auf einen Vorschlag zurück, den Sie zurückwiesen, als Sie uns noch nicht lang genug kannten. Herr Slanton meinte damals, das Einfachste wäre doch, wenn wir in Ihrem Auftrag mit Ihrem Neffen verhandelten, um die Angelegenheit ein für allemal zu bereinigen. Scheint es Ihnen nun nicht auch das beste, wenn Sie uns dazu ermächtigten?"

Marûn schloss die Augen. Seine Brust hob und senkte sich. GG sah, wie seine tätowierten Hände sich aneinanderpressten. Sie suchten wie in einem Krampf nach einem Halt. Schneller ging sein Atem, als ränge der Syrer mit sich selbst. Jetzt atmete er aus, seine Hände lösten sich, und er sah GG an. Sein Blick blieb fest. „Ich habe keinen Neffen", sagte er. „Ich habe auch keine Schwester. Ich bin ganz allein."

Welches Geständnis! Also war alles erfunden, was Marûn ihm so voller Angst berichtet hatte! Aber GG blieb ruhig. Er zeigte keine Empfindlichkeit, nicht einmal Erstaunen. „Wen haben Sie dann zu fürchten?", fragte er sachlich.

„Seitdem Ghamin tot ist", antwortete Marûn, „niemand mehr." Aber damit war er noch nicht zu Ende. Er kämpfte mit sich. Dann setzte er leise hinzu: „Nur mich selbst."

Die drei Worte ergriffen GG. Ein Mensch hatte sich verirrt. Ein Mensch war im Begriff, sich wieder zurechtzufinden. Was gab es da anderes, als ihm zu helfen? „Unsre ärgsten Feinde sind wir selbst", sagte GG. „Immer wieder steht man sich im Wege."

„Sie nicht", sagte Marûn, „Sie nicht. Mit Ihnen hätte ich gleich gehen sollen. Aber ich hatte den Mut nicht."

„Wir hätten Ihnen Mut machen müssen", wandte GG ein.

„Sie haben es getan."

„Wann denn?"

„Sie haben es getan, indem Sie waren, wie Sie sind – und jetzt sage ich Ihnen, was alles mit mir war."

## Marûns Geheimnis

„Ich war ein armer Junge", so begann er, „das wissen Sie schon – doch wie arm, das wissen Sie nicht. Vater und Mutter habe ich nicht gekannt. Bei einem Erdbeben kamen sie um. Ein Onkel nahm mich mit nach Kairo, und da ließ er mich allein. Ich sollte mir mein Geld selbst verdienen. Neun Jahre war ich alt. Als zerlumpter Betteljunge, einer von Hunderten, rannte ich den Fremden nach und schrie: ‚*bachschisch*! *bachschisch*!' Wie ein herrenloser Hund schlief ich in irgendeiner Ecke, und immer war ich hungrig … Einmal sah ich, wie einem Araber, der auf dem Markt Datteln verkaufte, ein Piaster aus der Hand fiel und wegrollte. Ich fand ihn und brachte ihn dem Mann. ‚Iß so viel, wie du willst', sagte er, und ich aß und aß. Danach hatte ich ein Gefühl im Leib, wie ich es nie gekannt hatte, ein schönes Gefühl, als gäbe es keine Not mehr auf dieser Erde, und ich fragte den Mann, warum ich so glücklich wäre. ‚Du bist satt', sagte er. Da wusste ich zum ersten Mal, wie es ist, wenn man satt ist …"

Er hatte bis dahin englisch gesprochen, aber nun redete er arabisch weiter, in der Sprache jener Jahre, in die er sich verlor. „Was meine Kinderaugen mit angesehen haben, o Sidi, frage mich nicht danach … Nichts davon habe ich vergessen, aber nichts davon soll über meine Lippen kommen. Du warst dabei, als Amal in meinem Garten war, eine Menschenblume in meinem Garten, und immer, wenn sie kam, sagte ich mir: ‚Sei zu ihr so gut, wie keiner zu dir gut war, als du ein Kind warst wie sie …' Vierzehn war ich, als ich Zettel in allen Sprachen verteilte, Zettel für die Fremden, sie sollten ihre Andenken bei Nuwar Salim kaufen, die Skarabäen aus den Gräbern der Könige, die Schmuckstücke aus den Kammern der Totenstadt. Sechzehn war ich, als ich Nuwar Salims Laden ausfegen durfte, und er sagte: ‚Wenn du lesen und schreiben lernst und mit den Fremden reden, dann mache ich dich zu meinem Gehilfen.' Ich lernte lesen. Ich lernte schreiben. Ich lernte mit den Fremden reden. Ich hatte einen Anzug an, den vor mir noch niemand getragen hatte, und einen roten Tarbusch auf dem Kopf, obwohl ich ein Christ war, aber der Tarbusch war gut für das Geschäft, und ich war ein guter Gehilfe für Nuwar Salim. Zu ihm kamen die Beduinen aus der Wüste und brachten ihm heimlich, was sie gefunden hatten, wie sie sagten, Skarabäen und Amulette und auch ganze Mumien. Wir wussten, sie hatten gar nicht gefunden, was sie ihm brachten. Gefälschtes Zeug war alles, von Fälschern nachgemacht, von Betrügern eingehandelt, und in Betrug wurde es an die Fremden verkauft, denn sie konnten falsch und echt nicht unterscheiden.

Aber es war der Traum Nuwar Salims, einmal ein Grab der Könige zu finden, das noch kein Dieb betreten hatte und auch kein Fälscher. Denn die waren so schlau geworden, dass sie in ein Grab, das längst ausgeplündert war, ihre falschen Stücke legten und frische Weizenkörner, und dann führten sie die Fremden heimlich in die Gräber und ließen sie die Fälschungen finden und den frischen Weizen, von dem sie sagten, er wäre viele Tausend Jahre alt. Immer wieder machte Nuwar Salim sich auf, ein unbekanntes Königsgrab zu entdecken, aber fand keins. In aller Heimlichkeit zog er los, denn es war schon damals verboten, ein Grab aufzubrechen. Wer eins fand, musste es anzeigen, und dann kamen die fremden Gelehrten, die einen Vertrag mit der Regierung hatten, und kein Händler kriegte ein Stück in die Finger, wenn er es den Gelehrten nicht von den Beduinen wieder stehlen lassen konnte. Immer sagte Nuwar Salim, er reise nach Madinat al-Fayyum zu seinen Verwandten, doch alle wussten, er reiste in die Wüste, lachten über ihn und nannten ihn den ‚Vater der Toten, die er nie findet'.

Er war schon alt und konnte es doch nicht lassen, zu suchen und wieder zu suchen. Bis dahin war er stets allein gereist. Bei den Beduinen kaufte er sich ein Kamel und alles, was er brauchte, ritt davon in die Wüste und war erfahren wie ein Karawanenführer. Nun aber hatte er doch jemand nötig, der ihm dabei zur Hand ging, und er machte seinen Laden zu und nahm mich mit.

Dreimal ritt ich mit ihm in die Wüste, und jedes Mal umsonst. Auch auf der dritten Reise kehrten wir um, ohne etwas gefunden zu haben. Wie wir noch unterwegs waren, merkte Nuwar Salim, dass ein Sandsturm kommen würde, und wir ritten, so schnell wir konnten, einem Gebiet hoher Felsen zu. Aber wir brauchten die Kamele nicht anzutreiben, denn sie wussten selbst, dass sie zwischen den Felsen vor dem Sandsturm sicher waren.

Da also warteten wir ihn ab, und als er vorüber war und wir die Kamele aus der Senkung herausführten, sahen wir etwas, das vorher nicht da gewesen war. Wir sahen gemauerte Steine, die der Sturm vom Sande freigeblasen hatte. Wir hielten an. Es waren vier Stufen, die nach unten führten."

‚Wie er sich im Erzählen verändert hat', dachte GG. ‚Wie lebendig ist er geworden …'

„Wir hatten zwei Schaufeln mit", fuhr Marûn fort, „wir hatten eine Brechstange mit. Siebzehn Jahre lang hatte Nuwar Salim Schaufel und Brechstange umsonst mitgeschleppt … Wir schaufelten den Sand fort. Stufen, immer neue Stufen. Eine Treppe, eine schmale Treppe zwischen zwei Wänden von gewachsenem Stein! O Sidi, wir schaufelten wie zwei zur Höllenstrafe verdammte Vatermörder. Wir schaufelten, als gelte es einen Menschen zu retten, der unten vom Sand verschüttet lag und dessen Hilferufe immer schwächer wurden. Als es Abend wurde, hatten wir vierzehn Stufen frei. Vor uns lag Fels – und in dem Felsenstein ein viereckiger Durchbruch für eine Tür, aber die Öffnung war zugemauert, von Menschen mit Mörtel zugemauert."

Marûn sprach so erregt, als habe sich das, was er erzählte, nicht vor einem Menschenalter zugetragen, sondern erst gestern, und die Spannung sprang auf GG über.

„Nuwar Salim zitterte. Er ging von dem verschlossenen Eingang nicht fort. Ich musste seine Laterne und Kerzen holen. Auf seinen siebzehn Reisen hatte er immer Laterne und Kerzen mitgehabt, aber nie sie angezündet. Jetzt brannte sie, und er suchte die Mörtelwand ab. Er fand, was er suchte – da war es, das Siegel, das vor ein paar tausend Jahren eine Menschenhand in den frischen Kalkmörtel eingedrückt hatte. Das war der Beweis, dass seitdem kein Mensch die Räume betreten hatte, die hinter der vermauerten Öffnung lagen. Nuwar Salim stöhnte auf, als er es ableuchtete. Es zeigte nicht, womit er gerechnet hatte, einen Schakal über neun Gefangenen, das Siegel des Verwalters der Totenstadt. Nein, er entdeckte Geißel und Krummstab – die Zeichen des Pharaos. Nuwar Salim hatte ein Königsgrab entdeckt, ein unberührtes Königsgrab."

‚Welch ein Augenblick!' dachte GG begeistert. ‚Welch ein unerhörter Fund!' Aber zugleich befiel ihn eine beängstigende Überlegung: wer ist imstande, mit einer solchen Entdeckung fertig zu werden?

„O Sidi, in dieser Nacht schliefen wir nicht. Mit unserer Eisenstange brachen wir ein Loch durch die Mauer, dass wir hindurchkriechen konnten. Wir standen in einem Gang. Wir gingen zweimal sieben Schritte weiter und kamen wieder an eine Mörtelwand. Ich musste zurück und die Stange holen. Wir brachen die zweite Wand auf. Nuwar Salim hielt die Laterne durch das Loch und schaute in den Raum, der hinter dieser zweiten Mauer lag. Er zitterte nicht mehr. Er stöhnte nicht mehr. Er sagte: „Gelobt sei Allah, der die Wunder des Himmels und der Erde schuf!" Dann ließ er mich hineinschauen. O Sidi! Ich sah Bahren, die glänzten, denn sie waren vergoldet. Ich sah Statuen, so groß wie Menschen. Ich sah Truhen und Schreine, Betten und Sessel und Vasen. Ich sah Geräte, wie ich sie noch nie gesehen hatte."

GG wusste, was diese Ansammlung unzähliger Dinge zu bedeuten hatte. Dem toten Pharao war alles mitgegeben worden, was er im Leben benutzt hatte, damit er auch im Reich der Toten wie ein König leben konnte.

„Wir machten das Loch größer, so dass wir durch die Mauer kriechen konnten. Nuwar Salim öffnete eine der Truhen. Darin lagen Gewänder, mit Perlen und goldenen Rosetten besetzt. Nuwar Salim griff nach ihnen – da zerfiel der Stoff zu

Staub, und die Perlen und die goldenen Rosetten rollten auf den Boden.

Ich wusste nicht, wo ich zuerst hinsehen sollte, so viel Herrlichkeiten lagen vor uns. Einen Thronsessel sah ich, von oben bis unten mit Gold belegt. Eine vergoldete Harfe sah ich, an der noch alle Saiten gespannt waren. Ich fuhr mit der Hand darüber, und die Saiten erklangen … Einen mächtigen Widder sah ich aus Stein. Zwischen seinen beiden Hörnern stand eine große goldene Scheibe."

‚Ein Sinnbild des Sonnengottes', dachte GG.

„Nuwar Salim aber war mit dem, was er sah, noch nicht zufrieden. ‚Das ist nur die Vorkammer!' flüsterte er – und dann ging er zu der schmalen Wand, welche die Kammer abschloss.

Hier standen die beiden Statuen, die so groß wie Menschen waren. Aus schwarzem Holz waren sie geschnitzt. Sie trugen vergoldete Sandalen, einen vergoldeten Schurz, vergoldete Armbänder, und auf dem Haupt hatten sie eine Haube mit einem Geierkopf und eine züngelnde Schlange, auch alles vergoldet. Wie zwei Wächter standen sie da, und in der Wand zwischen ihnen waren Zeichen eingegraben, die Nuwar Salim nicht deuten konnte."

GG wusste, was diese Hieroglyphen besagten. Sie waren eine Mahnung, eine Drohung, eine Verwünschung: ‚*Der Tod wird jeden mit seinen Schwingen schlagen, der den toten Pharao stört.*'

„Nuwar Salim klopfte gegen die Wand. Sie klang hohl. Da kam es über ihn wie ein Fieber. Er konnte sich nicht mehr auf den Beinen halten. Er setzte sich auf die Truhe, und ich musste mit der Stange auch noch diese Wand durchstoßen. Wir krochen hindurch. O Sidi, wir standen vor der Gestalt eines Mannes. Ausgestreckt lag er –"

‚Ein Mumiensarg', dachte GG. ‚Ein Mumiensarg in Menschengestalt.'

„In der einen Hand hatte er einen Krummstab, in der andern eine Geißel."

‚Der Sarg des Pharao', dachte GG.

„Sein Gesicht und seine Hände waren aus getriebenem Gold, die Augen waren aus Obsidian, die Brauen und Lider aus Lapislazuli – auf seiner Brust aber lag ein kleiner Kranz von verwelkten Blumen, und ich konnte noch erkennen, dass es Kornblumen gewesen waren."

‚Welche Hand', dachte GG, ‚hatte diese Blumen für den toten König hingelegt? Kornblumen blühen dort im März und April – welche Hand hatte diese Blumen im Frühling vor viertausend Jahren gepflückt?'

„Der ganze Sarg war aus schwerem Gold – nicht nur vergoldet, wie die Bahren und die Thronsessel. Wir versuchten, ihn anzuheben, aber wir brachten ihn nicht von der Stelle. Doch gab es genug, was wir zusammenpackten und mitnahmen, und als wir das Grab verlassen hatten, schaufelten wir den Sand wieder über die Treppe. Niemand konnte sehen, wo wir gewesen waren. Und niemand erfuhr, was Nuwar Salim von seiner siebzehnten Reise in die Wüste mitgebracht hatte. O, er war schlau und tat, als ob er wieder vergebens fort gewesen wäre. Er ließ die Leute über ihn lachen und verkaufte auch nichts von seiner Beute. Jahr für Jahr wollte er aus dem Königsgrab holen, was nur unauffällig fortzuschaffen war, und erst, wenn er alles beisammen hatte, dann wollte er Stück um Stück zu Geld machen und schließlich sein Geheimnis an die fremden Gelehrten verkaufen, damit sie dann sich den goldenen Sarg holen konnten.

Aber anders kam es, ganz anders. Nie wieder reiste Nuwar Salim in die Wüste. Mit einem Mal verließ ihn seine Kraft; sie sagten, irgend etwas zehre an seinem Mark, und er sah selbst ein, dass es mit ihm zu Ende ging, und da ließ er mich zu sich kommen."

Marûn sprach nicht gleich weiter. Von dem Abenteuer aus der Zeit seiner Jugend wieder gepackt, hatte er flüssig und lebhaft erzählt. Nun aber wurde ihm das Sprechen schwer. „Nuwar Salim", sagte er langsam, „hatte noch spät eine junge Frau genommen, und sie hatte einen Sohn, der damals drei Jahre alt war. Er hatte aber unter seinen Verwandten niemand, dem er vertrauen konnte, auch seiner Frau nicht. Er wusste, wenn er tot war, würde sie sich ihrer älteren Brüder nicht erwehren können, und er war überzeugt, sie würden seinen Sohn um dessen Erbe bringen. Aber mich, wie ich schon sagte, mich ließ er rufen."

Wieder zögerte Marûn. Immer näher kam er an das, was auszusprechen so schwer war. Aber er hatte sich dazu entschlossen, und nun musste es über seine Lippen.

„Nuwar Salim lag in seinen Kissen, der Tod hatte ihn schon gezeichnet. Er redete mich an. ‚Marûn', sagte er, ‚neun Jahre bist du jetzt bei mir. Aus dem Staub der Straße habe ich dich in mein Geschäft genommen. Aus einem Betteljungen wurdest du mein Laufbursche. Aus dem Laufburschen habe ich dich zu meinem Gehilfen gemacht, denn du hattest ein ehrliches Gesicht. Und jetzt vertraue ich deinem ehrlichen Herzen meinen Sohn an."

Bitter, sehr bitter war die Beichte. Aber sie war begonnen und musste noch weitergehen.

„‚Was wir mitgebracht haben', sagte Nuwar Salim, ‚habe ich vergraben. Denn wenn sie es im Magazin fänden, würden sie dir keine Ruhe lassen, bis du ihnen verraten hättest, wo wir gewesen sind. Schwöre mir, Marûn, schwöre mir, damit ich ruhig sterben kann, schwöre mir, dass du unser Geheimnis nie ausplauderst und dass du nicht eher wieder in das Königsgrab gehst, bis mein Sohn ein Mann ist. Schwöre mir, dass du ihm dann erst die vergrabene Beute gibst und ihn dort hinführst, wo wir sie uns genommen haben.'"

Marûn sah GG nicht an. Er blickte vor sich auf den Boden.

„Das habe ich ihm geschworen", sagte er. Nach einigen Atemzügen setzte er hinzu: „Und den Schwur habe ich nicht gehalten. Du, Sidi, bist der erste, zu dem ich von dem Geheimnis rede, und nie wieder bin ich in das Grab gegangen – aber trotzdem habe ich den Schwur gebrochen."

Jetzt blickte er auf und sah GG offen an. „O Sidi, verurteile mich, wie ich mich selbst verurteile, aber verachte mich nicht.

Sieh, Nuwar Salim starb. Sein Laden wurde geschlossen. Die Brüder der Witwe verkauften alles, was da war. Mich schickten sie fort. Ich war kein Kind mehr, aber ich war wieder auf der Straße. Ich war arm, denn Nuwar Salim hatte mir wenig bezahlt. Er hatte mich vertröstet – wenn wir das Grab geleert hätten, wenn er die Kostbarkeiten verkaufte, dann wollte er mich nicht vergessen, so hatte er es mir versprochen. Sein Sohn, ich sagte es dir, war damals drei Jahre alt. Siebzehn Jahre sollte ich warten? Siebzehn lange Jahre, wie Nuwar Salim siebzehn Jahre gewartet hatte, bis er das Königsgrab fand? Siebzehn Jahre lang leben, kümmerlich leben mit ein paar Piastern in der Tasche? Und ich wusste doch, wo der Reichtum in der Erde lag, den Nuwar Salim vergraben hatte! Und ich wusste, dass ich mit dem, was da in der Erde lag, ein reicher Mann wurde, ein Effendi, der ohne Sorgen lebt und jeden Tag satt wurde … O Sidi, Gold hat eine süße Stimme, und wo es spricht, schweigt jede Zunge."

„Ich weiß es, Effendi", sagte GG.

Marûn sprach weiter, als hätte er das Schlimmste hinter sich. „In einer Nacht ging ich hin, grub den Schatz aus, verkaufte da und dort ein kleines Stück, eine bestickte Sandale, einen Fächergriff aus Elfenbein, mit Gold ausgelegt, von dem die Straußenfedern abgefallen waren. Für eine Kopfstütze aus Elfenbein, nicht größer als so" – Marûn hielt seine Hände etwa dreißig Zentimeter auseinander – „gab mir ein Amerikaner so viel, wie eine Schiffskarte nach Amerika kostet, und da wusste ich: mit meinem Schatz musste ich in sein Land! Zugleich dachte ich: dort kennt dich niemand, dort ist alles anders, dort gilt nicht, was hier gilt.

O Sidi, ich sagte dir, vor dem Gold schweigt jede Zunge, aber das Gewissen schweigt auch vor Gold nicht. Als ich die Kopfstütze verkauft hatte, kam Abd ar Rahman zu mir. Er war ein Beduine, der jetzt in der Stadt herumlungerte und Nuwar Salim vieles gebracht hatte, gefälschtes Zeug, eins wie das andere. Er fragte mich: ‚Wo hast du die Kopfstütze aus Elfenbein her?' Dass er sie in der Hand des Amerikaners gesehen hatte, war nicht auffällig, denn die Fremden zeigten den Händlern ein solches Stück und sagten: ‚Verschaff uns so etwas.' Ich antwortete ihm: ‚Es gibt Händler, die verkaufen gefälschte Stücke, und dann gibt es Händler, die verkaufen auch echte Stücke.' Da antwortete er: ‚Und es gibt Händlergehilfen, die verkaufen Stücke aus dem Grabe ihres toten Herrn!'

Mir wurde heiß und kalt. Sagte er das aufs Geratewohl, um obenauf zu bleiben, oder wusste er etwas? Er trieb sich ja überall herum – hatte er mich heimlich beobachtet, wie ich ausgrub, was Nuwar Salim vergraben hatte? Ein schlechtes Gewissen, Sidi, macht Angst, und meine Angst schrie mir zu: ‚Er weiß es! Er hat dich gesehen!' Eine Stunde später fuhr ich mit der Bahn nach Port Said, ein armer Kerl mit einem elenden Sack neben sich, dem niemand ansah, was er enthielt. Und von Port Said fuhr ein armer Kerl mit seinem Sack nach Athen, und auf dem Schiff sagten ihm die Matrosen, wer nach Amerika wolle, ohne dass ihn die Polizisten nach einem Pass fragten und die Männer vom Zoll nach dem Inhalt seines Sackes, der müsse über Mexiko reisen, und er kam mit seinem Sack ungeschoren in das Land, in das er wollte.

Und dort, o Sidi, war es, wie er gedacht hatte. Niemand fragte, woher die Stücke kamen, die er anbrachte. Er ging nicht zu den Gelehrten, die in den Museen saßen. Er ging zu den großen Effendis, die so reich waren, dass sie nicht mehr wussten, wie reich sie waren. Sie kauften ihm den Dolch des Pharao ab, der in einer goldenen Scheide stak. Sie kauften ihm das Diadem ab, das mit Gold und Karneol ausgelegt war und dessen Stirnbänder mit Perlen besät waren. Sie kauften ihm den Leibgürtel aus getriebenem Gold ab. Sie kauften die stehende Göttin mit dem Löwenkopf, nicht höher als vier Männerfäuste, aber ganz aus Gold, und die Figur der Göttin, die den Pharao hochhebt, damit er die untergehende Sonne noch länger sehen kann. Sie kauften alles, alles. Sie hätten noch zehnmal mehr gekauft, wenn er es gehabt hätte, und als sein Sack leer war, da war er selbst ein reicher Mann. Und weil er nun reich war, konnte er sich alles kaufen – auch einen Pass, und er war überall angesehen. Er war ein Effendi."

‚Er hatte alles erreicht, was er wollte', dachte GG. ‚Und doch ist seine Geschichte noch nicht zu Ende.'

„Als er auf dem Schiff in die Neue Welt fuhr", sagte Marûn, „fuhr er immer wieder aus dem Schlaf auf, weil er von Abd ar Rahman geträumt hatte. Aber als er den Boden der anderen Welt unter seinen Füßen hatte, als er Stück um Stück verkaufte und reich wurde, da erschien ihm Abd ar Rahman nicht mehr. Abd ar Rahman war nicht mit an Land gegangen … Und der Effendi häutete sich und wurde ein anderer Mann. Aus seinem Geld wurden Papiere, aus den Papieren wurde wieder Geld, und keiner sah dem Gelde den Sack mehr an, aus dem es einmal gekommen war. Aber als er heimkehrte nach langen Jahren – Sidi, schon als er wieder auf dem Schiff war, da kam in seinen Träumen Abd ar Rahman wieder zu ihm, und als er den Boden seiner Heimat betreten hatte, da wurde er am helllichten Tag den Gedanken an Abd ar Rahman nicht mehr los. Was wurde, wenn Abd ar Rahman ihn wirklich belauscht hatte? Dann würde Abd ar Rahman nicht schweigen, dann würde er reden, dann würde er zu den Brüdern der Witwe Nuwar Salims gehen, dann würden sie ihn suchen, dann würden sie ihn finden, dann würden sie ihm abnehmen, was er mit den Schätzen erworben hatte, die dem Sohne Nuwar Salims gehört hatten. Gewiss, vor Gericht konnten sie ihn nicht verklagen, das brachte ihnen nichts ein, denn sie wussten wie er, dass das Plündern der alten Gräber verboten war und keiner nehmen durfte, was in der Erde lag. Nein, heimlich würden sie es ihm abzwingen und ihn ermorden, wenn er nicht alles hergab – und gab er es hin, dann war er als alter Mann wieder so arm, wie er als verlassenes Kind bettelarm war … Ängste, Ängste … Hundertmal abgeschüttelt! Und immer wieder da … Die unsichtbare Last der Schuld – sie ist die schwerste Last."

GG vermochte nicht, darauf etwas zu erwidern, aber Marûn erwartete wohl auch keine Antwort. Er schien ganz zu sich zurückgefunden zu haben. „Ich meine", sagte er, „davon zu keinem Menschen je etwas gesagt zu haben, auch zu Ghamin nicht.

Aber er muss es erraten haben, wo die alte Wunde sitzt, und er wollte sie aufreißen und mich verbluten lassen."

„Sie ist zu heilen, Effendi" sagte GG. „Fahren Sie nach Kairo. Suchen Sie Nuwar Salims Sohn. Einen Rechtsanspruch auf ein Erbe kann er nicht erheben, das sagten Sie selbst. Aber wenn er Hilfe braucht, so tun Sie freiwillig für ihn alles, was Sie können. Reisen Sie noch einmal nach dem Königsgrab – und wenn der goldene Sarg dort noch immer steht, gehen Sie zum Generaldirektor des Museums für ägyptische Altertümer und zeigen Sie ihm den Fund an. Dann sind Sie die ganze Sache los!"

Marûn sah GG voller Erstaunen an. Keine Verachtung für ihn, keine Vorwürfe, nicht einmal Verwundern – nur ein selbstverständlicher, helfender Griff ... Ihn durchflutete eine beglückende Wärme. Lebte er wieder? Lebte er endlich wieder? Und zugleich empfand er tiefe Dankbarkeit. War er nicht im Begriff, von einer schweren Krankheit zu genesen?

„Was machen wir mit den drei Kerlen?", fragte GG.

Marûn erschrak. Was geschehen war, sprang ihn noch einmal an. Was jetzt? Er wusste keine Antwort, und fragte selbst: „Was meinen Sie?"

„Ich denke", sagte GG, „wir übergeben sie der Polizei. Soll das Gericht entscheiden, was sie verdient haben, nach dem Gesetz."

„Ja", stimmte Marûn nach kurzem Besinnen zu, „das ist richtig." Reinen Tisch machen. Keine Ängste mehr. Dass alles seine Ordnung hat.

## Gesetz und Gewissen

Nur scheinbar war GG von einer so gelassenen Ruhe, als stünde er weit über allem, was sich ereignet hatte. In Wirklichkeit musste er sich zu dieser Haltung zwingen. Die Erregung über das verräterische Spiel Ghamins, sein schreckliches Ende, dann noch der erschütternde Einblick in ein Schicksal wie das Marûns, auf dem der Fluch einer Schuld gelastet hatte – das reichte wahrhaftig aus, einem Menschen, der die Dinge ernst nahm, schwer zuzusetzen. Aber GG konnte sich jetzt nicht die Zeit nehmen, dem allem nachzuhängen. Ihn bedrückte, dass ja noch etwas Dringendes getan werden musste. Denn wie sah es jetzt im Hause Ghamins aus? Dort mussten die Frauen doch seinen Tod erfahren haben, und wenn sie von seinem Ende schon wussten, dann musste man mit ihnen überlegen, was nun weiter zu geschehen hätte.

Rasch unterrichtete er die Freunde über das, was er von Marûn erfahren hatte und was nun erklärte, woran sie vergebens herumgeraten hatten. Aber er drängte, dass sie weiterkamen. Neunauge ließ sich immer noch nicht sehen, und so wurde Plumpudding allein nach Tripoli geschickt, um dort ein Telegramm nach London aufzugeben und die Polizei heraufzuholen, die nicht nur die Gefangenen übernehmen, sondern auch ein Protokoll über Ghamins Tod aufnehmen musste. Während der Chef und Tschandru-Singh sich weiter um die drei Gefesselten kümmerten, machten sich der Graf und GG auf den Weg zu Ghamins Haus.

Auch der Graf stand noch unter dem Eindruck von Marûns schweren Erlebnissen. „Ist es nicht schauerlich", sagte er, „dass er nun ein Leben lang sich vor etwas geängstigt hat, vor dem er sich gar nicht zu ängstigen brauchte?"

„Wieso?", fragte GG. „Ihn grauste davor, am Ende seines Lebens wieder so arm zu werden wie in seiner Jugend, und das war doch eine echte und berechtigte Furcht!"

„Einerseits ja, anderseits keineswegs! Denn er war zwar der Meinung, sein Geld weggeben zu müssen, damit die Erpresser die ursprüngliche Herkunft seines Reichtums nicht anzeigten – aber die Anzeige hätte ja überhaupt keine Wirkung gehabt. Was hat er denn als junger Mensch begangen? Juristisch gesprochen: er hat ein viertausend Jahre altes Grab mit ausgeplündert, was nach den ägyptischen Landesgesetzen verboten ist. Dass er die von dem Antiquitätenhändler vergrabenen Kostbarkeiten heimlich ausgegraben hat, ist, meine ich, keineswegs als Diebstahl anzusehen, denn die Funde haben ja auch dem Händler gar nicht gehört, sondern dem Staat. Es bleibt also dabei, dass Marûn nur eines getan hat: er verkaufte Funde, auf die er kein Recht hatte. Aber das geschah vor mehr als dreißig Jahren – und das schwerste Verbrechen, das die menschlichen Gesetze kennen, ein Mord, verjährt bereits nach zwanzig Jahren! Kein Gericht wird ihn also verurteilen. Nicht einmal eine Anklage kann gegen ihn erhoben werden!"

„Aber er hat den Eid gebrochen, den er dem Sterbenden geleistet hat!"

„Mein lieber GG, das war doch kein Eid vor Gericht! Niemand wird Sie belangen können, wenn Sie – entschuldigen Sie, wenn ich noch einmal anders anfange –, also: Niemand wird mich belangen können, wenn ich niederträchtigerweise einen Eid nicht halte, den ich als Privatmann einem Privatmann geleistet habe. Der Erbe des Händlers kann Marûn nicht einmal auf Schadenersatz verklagen, denn das, worum er gebracht worden ist, war unrechtes Gut. Selbst wenn es das nicht gewesen wäre, so wäre eine Klage aussichtslos, denn auch diese Unterschlagung, oder wie man es nennen will, wäre längst verjährt."

„Damit haben Sie natürlich recht", sagte GG. „Aber diese Verjährung kennt nur das Gesetz. Vor dem Gewissen gilt sie nicht."

„Womit Sie wieder recht haben. Ich muss Ihnen gestehen, dass ich als junger Mensch ein guter, kenntnisreicher Lateiner war. Ich habe damals sogar den Kommentar des alten Macrobius über Ciceros Schrift ‚Scipios Traum' gelesen, und daraus ist mir ein Satz immer noch in Erinnerung: ‚Vor dem eigenen Richterstuhl wird kein Schuldiger freigesprochen.'"

GG nickte. „Marûn wurde das Bewusstsein einer Schuld nicht los. Aber er wagte nicht, sie wiedergutzumachen, weil er fürchtete, dann bettelarm zu werden."

„Aber wie viele hätten sich über dieses Schuldbewusstsein kaltblütig hinweggesetzt! Dass er das nicht fertig brachte – spricht das nicht für ihn? Sie haben immer wieder recht, GG! Sie haben von Anfang an gesagt, Sie hätten für den Mann etwas übrig."

„Es waren seine Augen, die mich nicht losließen. Jetzt wissen wir, was in ihrem Blick lag. Er war wie wir noch auf der Erde, aber zugleich in der Hölle – denn das vom bösen Gewissen geängstigte Herz, das ist die Hölle."

„Und er hat eben ein schlagendes Herz in seiner Brust, keinen Stein oder nur einen fehlerfrei funktionierenden Motor!"

## Yehudit schreit auf

Nun waren sie vor dem weißen Haus angelangt, und wieder klopfte GG an die Tür, die jemand abgeschlossen haben musste, nachdem der Chef und Plumpudding das Gehöft verlassen hatten. Das Guckloch öffnete sich, und gleich erklang der freudige Ruf: „Effendi!" Es war Batijahs Stimme.

„O, was ist, was ist?", fragte die alte Frau aufgeregt, als sie ihnen geöffnet hatte. „Ghamin Effendi ist gekommen, und gleich darauf ist der Engländer mit dem guten Mann gekommen, darauf hat ein Mensch geschrien, und der Kamelhengst hat gebrüllt. Dann ist der Engländer mit dem guten Mann weggegangen. Wir sitzen in der Stube und warten und zittern. Ghamin Effendi hat uns verboten, das Haus zu verlassen. Nicht einmal auf dem Hof durften wir uns sehen lassen. Aber er ist nicht wiedergekommen."

„Ghamin Effendi kommt nicht wieder", antwortete GG.

„Er ist fort?!" Deutlich war aus den drei Worten eine gewisse Erleichterung zu vernehmen.

„Ja. Wo ist Yehudit?"

„Kommt mit. Ghamin Effendi hatte uns verboten, mit euch zu sprechen. Aber jetzt, wo er fort ist –"

Sie brachte die Herren in ein großes Gemach, in dem die junge Frau von einem Webstuhl aufgestanden war. Die beiden Kinder hockten auf einem dunkelblauen Teppich, mit dem der Raum weithin ausgelegt war.

„Seid willkommen in diesem Hause", sagte Yehudit.

„Danke", erwiderte GG. „Es ist viel geschehen, und deshalb kommen wir."

„Ghamin ist fort", sagte Batijah, offenbar um ihrer Tochter die Furcht vor ihm zu nehmen.

GG sah auf die Kinder, von denen der Kleine sich nicht um sie kümmerte, während Amal sie mit ihrem ernsten Gesicht ansah, das von zu frühem Ahnen zu sprechen schien. Ihre Mutter sagte zu ihr: „Geh mit dem Kleinen zu Katrîna!" Sofort erhob sie sich, nahm ihren Bruder bei der Hand und verließ das Zimmer. Auf dem dichten Teppich waren die Schritte der Kinderfüße nicht zu hören.

„Wir sagten schon", begann GG, als die Kinder fort waren, „dass Ghamin Effendi nicht mehr da ist. Aber Sie müssen wissen – er ist tot."

„Tot?!", schrie Batijah auf. Ihre Tochter gab keinen Laut von sich. Nicht einmal einer erschrockenen Bewegung war sie fähig. Sie stand wie erstarrt.

„Er wollte das schwarze Kamel auf unsere Freunde hetzen, aber es griff ihn selbst an. Er floh vor ihm und stürzte dabei von der Mauer."

„Der ewige Richter erbarme sich seiner Seele", murmelte Batijah, und jetzt bewegten sich auch Yehudits Lippen, wohl in einem Gebet für den Toten, das sie gelernt hatte. Aber offenbar gab es ihr keinen Trost, denn die Starre wich nicht von ihr.

„Und was war in der Burg?", fragte Batijah hastig. „Was war mit den drei Männern?"

„Sie müssen warten, bis sie die Polizei holt", antwortete GG. „Es sind drei Verbrecher."

„Und Marûn Effendi?"

„Ihm ist nichts geschehen!" Das konnte GG sagen, obwohl mit ihm sehr viel geschehen war.

Plötzlich kam Leben in die junge Frau. „Ich wusste es", stieß sie hervor, „dass Ghamin böse Wege ging. Ich wusste es, als er von mir verlangte, ich sollte die drei Männer im Hause verbergen, von denen niemand etwas wissen durfte. Ich wusste es, als er meiner Mutter verbot, zu Marûn Effendi zurückzukehren. Ich wusste nie, was er trieb, wenn er fort war – aber ich konnte nicht glauben, dass es gut war, was er trieb. Und immer, immer musste ich schweigen. Ich musste alles laufen lassen, wie es lief. Er gab mir und meinen Kindern ein Dach über dem Kopf. Was wurde aus mir und den Kleinen, wenn er mich aus seinem Hause wies? Wir waren an ihn wie verkauft."

„Sein Bruder", sagte Batijah seufzend zu GG, „war ein ganz anderer Mensch. Wie kann es sein, dass eine Mutter zwei Söhne hat, von denen der eine im Hellen lebt und der andre in der dunklen Tiefe? O Effendi, der Mensch kann die Menschen belügen, aber Gott betrügt er nicht. Die Tiefe da unten hat Ghamin geholt!"

„Ich verstehe natürlich nicht, was hier gesprochen wird", sagte der Graf zu GG, „aber da immer wieder Ghamins Name fällt, nehme ich an, es wird über den Toten geredet, und ich habe den Eindruck, diese Nachrufe auf ihn haben nur geringe Ähnlichkeit mit denen in unsern Zeitungen, die auf mich immer wirken, als sei die Erde ausschließlich von Mustermenschen bevölkert."

Noch während er sprach, hatten sie ein Auto kommen hören.

Jetzt hielt es, die Wagentür klappte, darauf klopfte es an der Eingangstür. „Katrîna geht hin", sagte Batijah, die aus dem Fenster in den Hof sah. Nach einigen Augenblicken kam die Magd ins Zimmer: es wären zwei Herren da, die Ghamin Effendi sprechen möchten.

Die Frauen blickten GG fragend an. Er meinte, man solle hören, was sie wollten, und gleich darauf traten die beiden Besucher ein. Als sie die beiden Europäer erblickten, überreichten sie ihre Visitenkarten, wonach der eine Léon Nourachkarian hieß, der andere Nagib Chibli. Sie trugen europäische Anzüge und ließen zweifellos bei einem ganz vorzüglichen Maßschneider arbeiten, der freilich nicht imstande war, ihre ganze Erscheinung mit seiner erstklassigen Bekleidung in Einklang zu bringen. Von Herrn Nourachkarian dachte der Graf, er gleiche mit seinem missvergnügten, verkniffenen Gesicht eigentlich einem ausgewachsenen Kater, der eine vergiftete Maus verschlungen hat und daher an inneren Beschwerden leidet, während von dem fett gewordenen Herrn Chibli der heftige Duft eines starken Parfüms ausging, als sollte es, wie es GG vorkam, den nicht so angenehmen Geruch überdecken, der von unsauberen Geschäften ausgehen könnte. „Ich sehe", sagte der duftende Herr Chiblis mit öliger Freundlichkeit, „Herr Ghamin hat Gäste, sicher sehr willkommene Gäste, und wir werden auch gar nicht lange stören. Wir möchten Herrn Ghamin nur einen Augenblick sprechen, in Geschäften, allerdings in sehr dringenden Geschäften – aber, wie gesagt, nur einen Augenblick."

„Das wird leider nicht möglich sein", antwortete der Graf.

„Wieso?", fragte Herr Chibli. „Ist er nicht zu Haus?"

„Nein", erwiderte der Graf.

„Aber sein Wagen steht doch draußen unter den Pinien!", entgegnete ihm Herr Chibli mit einem amüsierten Lächeln, als mache er darauf aufmerksam, dass er nicht der Mann sei, dem man mit Ausreden kommen könne.

„Wenn er fortgegangen sein sollte", fiel Herr Nourachkarian scharf ein, „dann werden wir so lange in diesem Hause bleiben, bis er zurück ist!"

„Das würde Ihnen leider nichts helfen", war die bedauernde Antwort des Grafen. „Herr Ghamin kommt nicht wieder."

Jetzt war es mit der Liebenswürdigkeit des Herrn Chibli vorbei. „Er ist auf und davon?!", schrie er. „Über die Grenze, was? Spurlos verschwunden?!" Er war dunkelrot vor Zorn.

„Die Polizei wird ihn fassen, den Gauner!", krächzte Herr Nourachkarian.

„Meine Herren", sagte der Graf, „auch das wird nicht möglich sein. Herr Ghamin ist tot."

Einige Atemzüge lang blieb den beiden die Sprache weg. Sie sahen einander verblüfft an, als überlegten sie, ob das nicht ein ganz neuer Trick ihres Schuldners sei, sich seinen Verpflichtungen ihnen gegenüber zu entziehen. Dann jedoch kamen beide gleichzeitig zu demselben Ergebnis. Von einem Toten war nichts mehr zu holen; wie er so unerwartet aus dem Leben geschieden war, das war für sie nicht interessant – entscheidend aber war, dass er seinen bisherigen Besitz nicht mit in den Tod hatte nehmen können, und darauf stürzten sie sich nun wie zwei Geier auf ein gefallenes Wild. Sie rissen ihre Brieftaschen heraus, sie zählten, nachdem sie ihre Fingerspitzen angeleckt hatten, Bündel von Schuldscheinen und Wechseln vor, die sie vermutlich aufgekauft hatten und deren Gesamtsumme erschrecken konnte. Einander überschreiend, versicherten sie, dass alles, was Ghamin hinterlassen habe, niemand anderem gehöre als ihnen. Ihre Blicke schossen in dem Raum, in dem sie sich befanden, gierig umher, um nur ja jeden Gegenstand von Wert sofort mit Beschlag zu legen, und dabei nahmen sie zum ersten mal von den bei den Frauen Notiz. Batijah war ihnen gleichgültig, denn was hatte eine alte Frau schon zu bedeuten. Aber die um so viele Jahre jüngere Yehudit konnte ihnen als etwaige Erbin lästig werden, da sie ihr nicht nehmen durften, was sie zum Leben brauchte. „Bist du Ghamins Frau?", fragte Herr Chibli sie auf arabisch.

„Ich bin seine Schwägerin", antwortete sie. „Ich lebe in seinem Haus mit meinen zwei Kindern."

„Eine Schwägerin!", rief Herr Nourachkarian erleichtert und verächtlich. „Die hat nichts zu beanspruchen!"

„Ich bin Witwe", sagte Yehudit, und ihre Stimme bebte. „Ich habe sonst niemand –"

„Das ist nicht mehr Ghamins Haus", erklärte ihr Herr Chibli sehr energisch. „Das ist jetzt unser Haus, und unsere Schwägerin bist du nicht!"

„Das Haus gehört uns", verkündete Herr Nourachkarian fanatisch, „das Auto gehört uns, alles gehört uns!"

„Und wohin soll ich mit meinen Kindern?!", rief Yehudit verzweifelt und brach in Tränen aus. Da ging die Tür auf, und Amal stand in der Öffnung. Das Kind lief auf Yehudit zu. „Mutter", rief es, „Mutter! Wir gehen zum Oheim Marûn in die Burg! Da sind Zimmer genug. Da brauchst du nicht mehr zu weinen!"

GG schlug sich mit der Hand an die Stirn. Natürlich, das war ein Ausweg, nein, mehr: das war ein neuer und verheißungsvoller Anfang. „Graf", sagte er rasch auf englisch, „bitte holen Sie Marûn. Sagen Sie ihm, Ghamins Gläubiger wären hier und wollten Yehudit und die Kinder auf die Straße werfen!"

„Lieber würfe ich jemand anders auf die Straße", antwortete der Graf und ging rasch fort.

„Meine Herren", sagte GG, „die Angelegenheit wird zu regeln sein", und bat die Frauen, sie allein zu lassen. Batijah und Yehudit verließen mit dem Kinde das Zimmer, wobei GG der jungen Frau noch zuflüstern konnte: „Ich bin überzeugt, du wirst von jetzt an ein besseres Leben haben, als du es bisher in diesem Hause hattest!"

Anscheinend war wenigstens einem der bei den Wucherer dieser Auftritt etwas peinlich, denn Herr Chibli bemerkte: „Geld macht den Markt. Das können Frauen nicht begreifen. Aber ich sehe, mit Ihnen kann man reden. 1ch bin ganz Ihrer Meinung – mit etwas Verstand wird man sich stets arrangieren!"

„Haben Sie auch Forderungen an den Verstorbenen?", fragte Herr Nourachkarian misstrauisch.

„Nein", antwortete GG. „Ich bin ganz zufällig hier."

Aber an einen solchen Zufall in seinen Geldgeschäften glaubte Herr Nourachkarian nicht, und so blieb er bei seinem Misstrauen.

„Was hätten Sie uns denn vorzuschlagen?", erkundigte sich Herr Chibli in einem ermunternden Ton.

„Ich erwarte noch jemand", sagte GG.

„Sie werden doch nicht etwa die Polizei benachrichtigen wollen?", meinte Herr Chibli, wobei er lachte, als ob er einen guten Witz gemacht hätte.

„Die ist schon benachrichtigt", antwortete GG kühl. Daraufhin sagte weder der eine noch der andere etwas.

Aber GG spürte, dass sie unruhig geworden waren. Sicher hätten sie etwas darum gegeben, wenn er ihnen durch eine aufklärende Bemerkung diese Unruhe genommen hätte, aber GG schwieg beharrlich, bis der Graf und Marûn eintraten.

„Meine Herren", sagte GG, „darf ich Sie mit Marûn el Maschumar Effendi bekannt machen. Herr Marûn ist der Besitzer des Hauses der sieben Türme, und Herr Ghamin war sein Freund. Ich bin sicher, er wird bereit sein, über Ihre Ansprüche an den Besitz des Toten zu reden."

„Gewiss", sagte Marûn. „Natürlich nur, soweit die Ansprüche berechtigt sind."

Er machte den Eindruck eines Mannes, der wieder zupacken kann und auch dazu entschlossen ist.

„Kommen Sie, Graf", sagte GG. „Die Herren brauchen uns nicht mehr."

## Neunauge klagt sich an

„So habe ich unsern Effendi noch nie gesehen", sagte der Graf, als sie beide wieder zur Burg gingen. „Wir kannten ihn in seinem geängstigten Zustand, wir kannten ihn, wie er sich verzweifelt gegen uns wehrte, wir kannten ihn auch als liebevollen Gärtner – aber als ich ihm ausrichtete, was im Hause Ghamins vorging, war er wie elektrisiert und konnte nicht schnell genug hinkommen."

„Die beste Lösung, die sich denken lässt", antwortete GG.

„Er wird für die beiden Frauen und die Kinder sorgen. Damit hat er eine richtige Aufgabe. Für die Kinder ist er der Großvater, wie er im Buche steht. Er kann Ghamins Haus verkaufen und alle mit in die Burg nehmen, oder er kann die Burg verkaufen und mit in das weiße Haus ziehen, und wenn das in Ordnung ist, dann macht er seine Reise nach Kairo und erledigt dort, was er noch bereinigen muss. Damit ist er die letzte Last los – dann hat er einen

Lebensabend vor sich, wie er sich ihn nicht besser wünschen kann, und für die Frauen und Kinder ist aufs Schönste gesorgt."

„Und Sie meinen, er ist diesen beiden Geschäftsleuten gewachsen?"

„Lieber Graf, seien Sie überzeugt: Syrer untereinander verständigen sich. Wir haben es ja erlebt – Marûn ist auch zäh. Die beiden Gläubiger werden von Glück sagen können, wenn er sie mit einem Drittel ihrer Forderungen abspeist!"

„Hoffentlich zwingt er die beiden unangenehmen Figuren auch noch, den schwarzen Iskander mit in Zahlung zu nehmen", sagte der Graf, und damit waren sie wieder in der Burg angelangt.

Plumpudding war noch nicht zurück, und sie setzten sich alle auf die Stufen, die in den Donjon führten. Auch Neunauge war wieder dabei, aber man sah ihm an, dass er noch immer recht niedergedrückt war.

„Somit alles klar", bemerkte der Chef, nachdem GG ihm über die letzten Vorgänge im weißen Haus berichtet hatte.

„Sache schien erst völlig verworren. Wollte den Knoten durchhauen. Ging nicht. Hat sich schließlich von selbst gelöst."

„Doch nicht ganz von selbst, Chef", wandte der Graf ein. „Wenn Plumpudding durch sein gütiges Wesen nicht den Schlüssel zum Tor bekommen hätte, dann wären wir nur schwer weitergekommen."

„Und dass Sie, Graf", sagte GG, „durch Ihre geniale Methode den Jungen gerettet haben, das hat uns hier erst das richtige Ansehen gegeben."

„War das nicht nur eine kleine Schönheitsreparatur?", fragte der Graf und fuhr rasch fort: „Aber die Überrumpelung der Herren mit den blauen Turbanen war ein Erfolg Ihrer Strategie, Chef!"

„Wäre auch nichts gewesen", brummte der, „wenn GG nicht dem Alten auf die Sprünge gekommen wäre!"

„Ich meine", sagte GG, „dass Tschandru-Singh die Kerle im Adlerturm entdeckte, das hat uns erst den eigentlichen Erfolg gebracht."

„Stellen wir also fest", sagte der Graf, „dass wir ohne Übertreibung behaupten können: das Team hat sich wieder bewährt."

„Nur ich habe versagt", äußerte Neunauge bitter. „Ich bin dem Betrüger auf den Leim gegangen!"

„Hat mich auch übers Ohr gehauen", so unterbrach ihn der Chef. „Schreit, Marûn bringe die andern um! Stürze hinauf: alles ruhig. Ganz gerissener Gauner. Hätte ihn niederschlagen sollen. Hat mich einfach eingeseift."

Aber Neunauge war in seiner Selbstanklage nicht zu erschüttern. „Ich hatte auf das Tor aufzupassen. Ich hätte den Schlüssel nicht aus der Hand lassen dürfen. Wachvergehen vor dem Feind. Jedes Kriegsgericht hätte mich verurteilt – und mit Recht!"

„Sind hier kein Kriegsgericht", sagte der Chef.

„Ein Versehen, das man einsieht, ist ein Sprungbrett", meinte GG.

„Und mit diesem Versehen ist es doch eigenartig, Neunauge!" Damit begann der Graf anscheinend längere Ausführungen. „So eigenartig, dass ich mich frage, ob es überhaupt ein Versehen war –"

„Es war eins!", rief Neunauge heftig.

„Aber sind wir durch dieses Versehen nicht überhaupt erst zum Ziel gekommen? Nehmen wir einmal an, die drei Spießgesellen des trefflichen Herrn Ghamin hätten immer ein fest verschlossenes Tor gefunden. Dann wären sie nie in die Burg gedrungen. Dann bewachten wir die sieben Türme heute noch und wüssten nach wie vor nicht, woran wir wären. Jetzt, nachträglich, scheint mir das Versehen geradezu bei uns zu liegen! Wir hätten das Tor gar nicht verschließen sollen! Wir wussten doch, irgendwer will da von draußen eindringen – warum in aller Welt haben wir denn dann nicht das Tor aufgelassen, damit jeder, der wollte, hereinspazieren konnte? Wir hätten uns dann nur auf die Lauer zu legen brauchen, um zu sehen, wer da hereinspaziert kam!"

„Richtig", sagte der Chef. „Wäre viel einfacher gewesen."

„Wir haben wohl den Fehler begangen", so überlegte GG laut, „dass wir alles zu sehr aus dem Blickwinkel Marûns ansahen!"

„Da hast du's, Neunauge", sagte der Graf lebhaft, „hier ist ein kleiner Fehler, und da ist ein kleines Versehen, aber minus mal minus gibt plus."

„Meine Herren", sagte Neunauge sichtlich erleichtert, „Ihre Worte weiß ich zu schätzen." Und düster entschlossen setzte er hinzu: „Ich gebe Ihnen mein Wort: so etwas kommt mir nicht wieder vor. Und wenn wir mit einem Manne zu tun haben, den jeder für einen Hundertprozentigen hält: ich traue ihm nicht!"

Vor dem Tor hielt ein Auto an, und Plumpudding führte einen Polizeioffizier in den Hof der Burg. „Wir sind vorausgefahren", erklärte er. „Ein besetzter Mannschaftswagen kommt bald nach."

Der Offizier stellte sich vor, und GG hielt es für das beste, wenn er das Nötige durch Marûn selbst erfuhr. Tschandru-Singh erhielt den Auftrag, den Beamten in das weiße Haus zu Marûn zu bringen, wobei GG auch daran dachte, dass das Erscheinen der Polizei von guter Wirkung auf die beiden Wucherer sein könnte.

„Chef", sagte Plumpudding, „ich bringe ein Telegramm mit."

„Kann nicht schon die Antwort auf das unsrige sein", antwortete der Chef, indem er es nahm.

„Nein", erwiderte Plumpudding, „schon drei Tage alt."

Voller Erwartung umstanden sie den Chef. Er riss es auf, überflog den Text und sagte: „Unverschlüsselt. Muss eine einfache Sache sein." Dann las er laut:

*„Sobald Angelegenheit sieben Türme erledigt, reisen Sie bitte schnellstens nach Marseille. Alles Nähere dort bei dem Suchdienst für vermisste Seeleute, Mademoiselle Céline Brodart, Rue de la Providence 23$^{bis}$ (Straße der Vorsehung 23).*

*Mit besten Wünschen für vollen Erfolg Miller."*

„Also nach Marseille!", sagte der Chef. Alle sahen überrascht auf Neunauge, und der Graf schlug ihn gleich auf die Schulter, so erfreut war er. Denn nach dem Kummer, den Neunauge hier durchgemacht hatte, musste ihn dieses neue Ziel doch wieder aufleben lassen. „Menschenskind, Neunauge!", rief der Graf. „Nach Marseille! In die Stadt, in der du zu Haus bist! Nach Marseille, wovon du uns so viel erzählt hast! Wo du so viele nette Menschen kennst und wo sie dich alle kennen! Ist das nicht großartig?"

„Gewiss", antwortete Neunauge. „Gewiss. Natürlich. Selbstverständlich."

Aber begeistert schien er nicht zu sein. War er von seinen Erlebnissen in der Burg noch zu sehr mitgenommen, oder hatte er etwa mit dieser Nachricht einen neuen Schlag erhalten? Hatte er Gründe, dem Wiedersehen mit dem Schauplatz seiner Jugendzeit nicht ohne Bedenken entgegenzusehen?

„Wie war der Name?", fragte er.

„Wessen Name?"

„Ich meine das Fräulein beim Suchdienst."

Der Chef gab das Telegramm an den Grafen, und der las noch einmal laut: „Céline Brodart."

Es war, als ob Neunauge sich gegen eine drückende Vorstellung wehrte. „Brochart", sagte er, „der Name ist häufig."

„Nein", antwortete der Graf, „Brodart, b-r-o-d-a-r-t!"

Neunauge wurde nicht heiterer.

„Kennst du die Dame vielleicht?", fragte der Graf.

„Leider", antwortete Neunauge. Doch dann setzte er mit neuer Hoffnung in der Stimme hinzu: „Aber vielleicht kennt sie mich nicht wieder …"

Die Abenteuer in Marseille und am Mittelmeer erzählt der 10. und letzte Band: DAS ZEICHEN DER SCHLANGE

## Wort- und Sacherklärungen

*Seit dem ersten Erscheinen dieses Buches, 1958, veränderte sich einiges. Aktuelle Anmerkungen wurden in kursiver Schrift hinzugefügt.*

**Akrab**, arabisch, Skorpion. Das Wort lässt sich mit unseren Lautzeichen nicht genau wiedergeben. Zu Anfang steht ein Hauchlaut, den wir nicht haben, und das k ist ein Rachenlaut, der meist mit q umschrieben wird, was aber auch irreführend ist. Das Wort bedeutet nicht nur ‚Skorpion', sondern auch ‚Uhrzeiger', weil die ersten Uhren, welche die Araber zu Gesicht bekamen, verschnörkelte Zeiger hatten, die für sie Skorpionen ähnlich sahen.

**Bachschisch**, persisch, bedeutet Almosen, Trinkgeld, wörtlich soviel wie ‚Zuteilung'. Das Wort ist bei uns in der nicht ganz zutreffenden Form ‚Bakschisch' bekannt.

**Beirut** ist die Hauptstadt des Staates Libanon und zugleich die Hafenstadt für Syrien und Jordanien. Sie wird mit Recht das ‚Tor des Orients' genannt. Ihr Freihafen ist der Umschlagplatz für den Handel mit dem östlichen Mittelmeer, der Halbinsel Arabien und dem Persischen Golf. Asphaltierte Straßen führen von hier in das gesamte Hinterland, Eisenbahnen nach Syrien, der Türkei, dem Irak, Jordanien und Ägypten. Zwei Flugplätze vermitteln täglich Flugverbindungen mit allen Hauptstädten der Welt. Im Altertum hieß die Stadt Berytos. In den Jahren um 1110 und 1197 wurde sie von den Kreuzfahrern erobert.

*Auch heute noch ist Beirut das wirtschaftliche und kulturelle Zentrum des Libanon mit ca. 2 Millionen Einwohnern. Während des libanesischen Bürgerkriegs (1975-1990) war die Stadt in einen muslimischem Westen und einen christlichen Osten geteilt.*

**Berserker**. Das altnordische Wort bedeutet ‚Bärenhäuter' und bezeichnete Menschen, die dem Volksglauben nach Bärengestalt annehmen konnten. Später verstand man darunter Krieger von ungewöhnlicher Kraft, die in ihrer ‚Berserkerwut' ohne Schild und Schutz wie blind auf ihre Feinde losgingen.

**Bildteppich.** Die indischen Bildteppiche stammen aus dem 17. Jahrhundert und sind überaus wertvoll; sie gehören zu den kostbarsten Museumsstücken. Sie zeigen Ungeheuer, die mit Elefanten kämpfen, Löwen, Tiger, fahrende Wagen, die mit weißen Kühen bespannt sind. Ursprünglich legte man Teppiche nicht auf die Erde, sondern kannte sie nur als Wandbehang.

**Böser Blick.** Dass bestimmte Menschen die Fähigkeit besäßen, durch bloßes Ansehen Personen, Tieren oder Gegenständen zu schaden, ist ein uralter Aberglaube, der noch heute in den Mittelmeerländern lebendig ist. Als Gegenzauber dienen Tätowierungen, Amulette, Waschungen, Ausspucken. Manche glauben sich dadurch schützen zu können, dass sie den Daumen zwischen Zeige- und Mittelfinger stecken, wenn sie meinen, einem Menschen mit dem ‚bösen Blick' zu begegnen.

**Browning**, John Moses, ein Amerikaner, war Erfinder von Selbstladepistolen, die von einer belgischen Waffenfabrik hergestellt werden. Die Browning-Pistole gibt es in fünf Ausführungen: das ‚Babymodell', das ‚Standardmodell' (beide 7-schüssig), die ‚Taschenpistole' (8-schüssig), das ‚Polizeimodell' (10-schüssig), und das ‚Militärmodell' (8-schüssig). Das Polizeimodell, das Marûn besitzt, gibt es seit 1922.

**Byzanz**, heute Istanbul, früher Konstantinopel, war die Hauptstadt des Byzantinischen Reichs, des ersten christlichen Staates. Die Gesetze wurden im Namen ‚Jesu Christi unseres Herrn' erlassen. Die byzantinischen Goldstücke zeigten auf der Vorderseite das Bild Christi mit der Kaiserkrone auf dem Kopf. Neben dem Thron des Kaisers stand ein leerer Thronsessel, der für den Sohn Gottes bestimmt war. Das Reich entstand im vierten Jahrhundert nach Christi Geburt. In seinen Glanzzeiten umfasste es ein Gebiet, das sich von Serbien und Unteritalien bis an den Kaukasus erstreckte. Es ging unter, als der türkische Sultan Mohammed II. Byzanz am 29. Mai 1453 eroberte.

**Catch-as-catch-can** heißt wörtlich: ‚greife, wie du greifen kannst', ein Ringkampf, bei dem beinahe alle Griffe erlaubt sind, wodurch er zu einem brutalen und widerlichen Vorgang wird.

**Chez Henri**, ‚Bei Heinrich', ist der Name für ein Restaurant, wobei Henri der Vorname des Gastwirts ist.

**Cicero** hieß der berühmteste römische Redner, der von 106 bis 43 vor Christi Geburt lebte. Er war Rechtsanwalt und hat den größten Einfluss als Meister der lateinischen Sprache gehabt. Seine Schriften sind heute noch von Bedeutung. Hochinteressant zum Beispiel ist seine Schrift ‚Scipios Traum', die der Graf erwähnt. Dieser Scipio ist der Feldherr, der im Jahre 146 v. Chr. Karthago zerstörte. In einem Traumgesicht erschaut er die Weltordnung, in die auch der Staat eingebaut ist. In einem jenseitigen Reich leben alle früheren großen Staatslenker als Seelen fort (siehe auch ‚Macrobius').

**Crescendo** heißt ‚wachsend' und bezeichnet in der Musik das Anschwellen der Lautstärke, während man unter ‚decrescendo' das allmähliche Abschwellen versteht. Dieses Kunstmittel kennt man in der Musik erst seit dem 18. Jahrhundert.

**Dar el burusch es saba'a**, arabisch, heißt ‚Haus der sieben Türme'.

**DDT** ist die Abkürzung für eine chemische Verbindung, die als Nervengift wirkt und zur Beseitigung schädlicher Insekten verwendet wird. Mit diesem Mittel hat man ganze Landschaften von den Stechfliegen befreien können, deren Stich den Menschen Sumpffieber (Malaria) und ähnliche Seuchen brachte. Neuerdings aber muss man feststellen, dass Moskitos, Pestfliegen und Läuse, die Typhus verbreiten, gegen DDT Abwehrkräfte entwickeln und daher von dem Mittel nicht mehr vernichtet werden.

*Ab Mitte der 1950er Jahre zeigte sich auch die schädigende Wirkung von DDT für Vögel, Säugetiere und den Menschen. Aber erst seit 2004 ist die Herstellung und Verwendung von DDT weltweit nur noch zur Bekämpfung von krankheitsübertragenden Insekten, insbesondere den Überträgern der Malaria, erlaubt.*

**Diagonale**, griechisch dia gonion, ‚durch die Ecken', heißt die gerade Linie, die zwei nicht benachbarte Ecken eines Vierecks miteinander verbindet.

Eine **Diagnose** (aus dem Griechischen), ist die Untersuchung, die der Arzt anstellt, um das Wesen einer Krankheit zu erkennen. Aber man kann auch über ein Tier, eine Pflanze, ein Gestein eine Diagnose anstellen, wodurch man nach den Merkmalen bestimmt, in welche Art und Gattung der Gegenstand der Untersuchung gehört.

**Donjon**, französisch, ist der Kernbau einer normannischen Burg, der als mächtiger Turm errichtet wurde (siehe Tower).

**Dschadda**, arabisch, heißt ‚Großmutter'.

**El ruedo**, spanisch, ‚der Kreis', heißt die Kampffläche in einer Arena für den Stierkampf.

**Figurensamt** ist ein Samt, in dem orientalische Gestalten von Mensch und Tier eingewebt sind. Das Wort ‚Samt' kommt von dem griechischen Wort hexámitos, das ‚sechsfädig' bedeutet. Im Mittelalter wurden auch Seidenstoffe Samte genannt. Heute versteht man darunter ein Gewebe, das auf der rechten Seite des Stoffes eine Decke von kurzem und dichtem ‚Flor' trägt.

**Flora** ist ursprünglich der Name einer altitalischen Göttin des blühenden Getreides. Heute versteht man unter Flora die Gesamtheit der Pflanzensippen, die in einem bestimmten Gebiet wachsen. Das lateinische Wort flos bedeutet ‚Blume'.

**Flügelwesen**. Marûn denkt an den elften Vers des 18. Psalms, in dem es heißt, Gott reite und fliege auf einem geflügelten Wesen.

**Gratis**, lateinisch, bedeutet eigentlich ‚um den bloßen Dank'.

**Hakim**, arabisch, ist der Titel der Ärzte.

**Hämolymphe** heißt die Körperflüssigkeit, die keine roten Blutkörperchen hat, sondern nur weiße. Im Körper der wirbellosen Tiere entspricht sie dem Blut der Wirbeltiere. Sie befindet sich nicht in besonderen Blutgefäßen, sondern in den Höhlungen des Körpers.

**Haschisch** ist ein Rauschgift, das aus Hanf gewonnen und geraucht wird. Es löscht alles Verlangen aus. Der Haschischraucher kennt keine Begierden mehr und stumpft ab. Er kennt auch keine Angst mehr und wird gleichgültig gegen Not und Gefahr.

**Historisch** kommt von dem lateinischen Wort historia, ‚Geschichte', und bezeichnet das, was tatsächlich einmal geschehen ist. Die Sagen erzählen oft historische Vorgänge in veränderter Form, treffen dabei aber zuweilen den eigentlichen Sinn historischer Vorgänge.

**Hörig** nennt man einen Menschen, der so unter dem Einfluss eines anderen steht, dass er nicht mehr frei in seinen Entschlüssen ist. Ursprünglich waren die Hörigen unfreie Menschen, die von dem Landstück, auf dem sie saßen, nicht wegziehen durften, aber auch nur mit diesem Landstück zusammen verkauft werden durften. Sie vererbten das ihnen vom Herrn verliehene Bauerngut mit der Hörigkeit auf ihre Nachkommen. Sie hatten an den Herrn Abgaben und Zinsen zu entrichten und waren zu bestimmten Diensten verpflichtet. Die letzten Reste dieser Hörigkeit sind im 19. Jahrhundert beseitigt worden.

**Islam** heißt wörtlich ‚völlige Hingabe (in Allahs Willen)' und bezeichnet die Religion, die der Araber Mohammed (siehe dort) gründete.

**Jaguar**, eine englische Automarke, nach dem Namen der größten Wildkatze Amerikas. Das Raubtier findet sich noch von Texas bis Patagonien, vor allem an bewaldeten Flussufern und in der Nähe von Sümpfen. Der Name stammt aus den indianischen Tupi-Sprachen (Südamerika).

*Inzwischen ist der Lebensraum des Jaguars sehr eingeschränkt worden. Die meisten dieser Großkatzen leben im Amazonasgebiet, aber auch in Mittelamerika gibt es sie noch.*

**Kairo**, eigentlich Masr al-Qahira, ‚Hauptstadt des Siegreichen', ist die Hauptstadt Ägyptens und die größte Stadt Afrikas. Sie hat mehr als 2 Millionen Einwohner.

*Im Jahr 2008 schätze man die Einwohnerzahl auf 7,9 Millionen.*

**Karat** heißt im Arabischen der getrocknete Samen des Johannisbrots, mit dem in Afrika Gold und in Ostindien Diamanten aufgewogen wurden. Reines Gold hat 24 Karat.

**Karneol**, von dem lateinischen cornéolus, ‚hornartig' ist ein roter oder rötlich-weißer Schmuckstein.

**Konsequenz**, aus dem Lateinischen, bedeutet Folgerichtigkeit, aber auch Folgerung: wenn ich mehr arbeite, weil ich zu wenig verdiene, dann ziehe ich aus meinem Geldmangel die Konsequenz. Konsequent handelt, wer folgerichtig handelt oder getreu seinen Grundsätzen.

**Kopfstütze**. Die in ägyptischen Königsgräbern gefundenen Kopfstützen aus Elfenbein sind Meisterwerke der Schnitzkunst. Sie gehen auf die Sage der Ägypter zurück, dass ursprünglich Himmel und Erde eins gewesen seien; dann hätte sich die Luft zwischen sie gedrängt und den Himmel emporgehoben. Diesen Vorgang stellt die Kopfstütze dar. Auf dem Untersatz, der die Erde bedeutet, liegen zwei Löwen, die ‚Gestern' und ‚Heute' bedeuten. Zwischen ihnen kniet der Luftgott Schu und hebt mit seinen Armen die Himmelswölbung empor. In diese Wölbung legte dann der müde Pharao sein Haupt.

**Kreuzritterburgen** gibt es in Griechenland, Kleinasien und im Vorderen Orient; ihre Ruinen sind eindrucksvoll. Die Burgen entstanden im 12. Jahrhundert.

**Kuli min allah**, arabisch: ‚Alles kommt von Gott.'

**Lädiert** (aus dem Lateinischen), soviel wie ‚verletzt'. Eine Briefmarke, die einen Riss hat oder der ein Eckchen fehlt, nennt der Sammler ‚lädiert'; er meint damit ‚beschädigt'.

**Lapislazuli** oder Lasurstein ist ein Gemenge eines blauen Gesteins, des Lasurit, mit anderen Steinsarten. Lapislazuli war das Kostbarste, was die alten Ägypter besaßen und ihren Pharaonen auf die Reise in das Jenseits mitgaben. Er wurde früher mehr als heute zu Geschmeide verschliffen.

**Libanon**, arabisch ‚dschebel lubnan', ‚weißer Berg', ist ursprünglich der Name des Gebirges, das sich in Syrien, parallel zur Meeresküste laufend, 160 km lang erstreckt. Seine höchsten Erhebungen sind 3066 und 2750 m hoch. Anfang Mai liegt von 2000m an noch Schnee, der nur im Juli und August ganz verschwindet. Gletscher hat das Gebirge nicht mehr.

Seit 1943 gibt es eine unabhängige Republik Libanon. Das Land hat etwa 1,3 Millionen Einwohner. Die arabische Bevölkerung ist zum Teil christlich (54%), zum Teil islamisch. Die Christen sind hauptsächlich Maroniten (siehe dort). Die Städte des Landes zählen zu den ältesten der Erde. Es gibt Gelehrte, die annehmen, dass der Libanon zu den Gegenden gehört, die am frühesten von Menschen bewohnt wurden. Hier hat der Mensch das Alphabet erfunden.

*Das Aufeinandertreffen vieler verschiedener Kulturen und Religionen auf engem Raum macht den Libanon zu einer der politisch spannungsreichsten Gegenden der Erde. Zwischen 1975 und 1990 wurde das Land von einem Bürgerkrieg heimgesucht und auch die Nachbarländer Israel und Syrien schickten mehrmals Soldaten in das Land. Der Anteil der christlichen Bevölkerung ist bis heute auf schätzungsweise 25% gesunken.*

**Macrobius**, ein heidnischer Römer, lebte um 400 nach Christi Geburt, war vielleicht römischer Statthalter in Afrika. Er hat ein Werk hinterlassen, das gerade dem Grafen interessant sein musste. Es ist nämlich eine Sammlung von Tischgesprächen, die vornehme Herren führen und die Belehrungen aller Art in eleganter Form enthalten. Macrobius hat auch ein erklärendes Werk (Kommentar) zu Ciceros Schrift ‚Scipios Traum' verfasst (siehe Cicero).

**Madinat al-Fayyum** ist eine ägyptische Stadt südlich von Kairo.

**Magnum**, lateinisch ‚groß', ist ein Beisatz für Patronen, der in einem besonderen Pulver besteht; es gibt der Patrone eine überragende Leistung.

**Mahagoni**, ein indianisches Wort, bezeichnet Edelhölzer verschiedener Herkunft. Sie kommen alle aus den heißen Ländern und haben verschiedene Färbungen, von gelblich bis dunkelrot.

**Mais madame**, französisch, ‚aber gnädige Frau!'

**Macao** ist eine portugiesische Kolonie an der südchinesischen Küste, und so heißt auch die Hauptstadt dieses Gebiets. Sie ist durch ihre Spielklubs berüchtigt und gilt als Hauptsitz der Passfälscher und bedenklichen Geschäftemacher. *1999 wurde Macao ebenso wie das benachbarte Hongkong als Sonderverwaltungszone in die Volksrepublik China integriert. Das Glücksspiel ist immer noch legal und stellt eine wichtige Erwerbsquelle dar.*

**Maroniten** sind christliche Araber. Sie bilden eine eigene christliche Kirchengemeinschaft, die sich im 7. Jahrhundert von der Syrisch-Orthodoxen Kirche trennte und sich der römischen Kirche anschloss. Die Maroniten halten aber an eigentümlichen Gebräuchen fest. Der Ursprung der Maroniten ist dunkel. Vielleicht sind es Christen, die aus Kleinasien zugewandert sind, oder es sind Nachkommen von Heiden aus der ältesten Periode jüdischer Geschichte. Sie sprechen arabisch, aber ihre Kirchensprache ist ein altertümliches Syrisch. Ihr Name geht auf den heiligen Maro (gest. 410) zurück. Sie zählen etwa 350.000 Seelen. *Heute leben etwa 1 Million Maroniten im Libanon und 6 Millionen auf der ganzen Welt.*

**Meta wile**, arabisch, ‚Erklärer', sind eine islamischen Sekte. Ihr Name rührt daher, dass sie das heilige Buch der Muslime, den Koran, anders erklären als die Rechtgläubigen. Sie glauben an einen geheimen, inneren Sinn des Korans. Sie gelten als fanatisch und waren als blutgierige Feinde sehr gefürchtet.

*Ob der Autor hier eine wirkliche Sekte zum Vorbild genommen hat oder diese für den Fortgang der Geschichte erfand, lässt sich heute nicht mehr feststellen.*

**Mohammed** bedeutet ‚der Gepriesene' und ist der Name des Stifters der islamischen Religion. Er lebte von 570 bis 632. Der Islam (siehe dort) verkündet den Glauben an einen einzigen Gott und sieht Christus nicht als Gottes Sohn an, sondern als einen Propheten.

**Muslim**, auch ‚Moslem', arabisch, ‚der sich Gott Hingebende', ist die Bezeichnung für die Bekenner des Islams. Aus der persischen

Form ‚musliman' wurde bei den Türken ‚müslüman' und im Deutschen dann die inzwischen veraltete Bezeichnung ‚Muselman'.

**Obsidian** müsste eigentlich Obsian heißen, eine Gesteinsart. In der Steinzeit wurde sie vielfach zu Messern, Pfeilspitzen und Sägen verarbeitet. Obsidian wurde damals hauptsächlich auf den griechischen Inseln gewonnen und dann weithin gehandelt, nach Ungarn, Schlesien, Italien, Troja und Vorderasien. Auch im alten Mexiko wurden daraus Lanzen- und Pfeilspitzen sowie Messer hergestellt.

**Ölkuchen** sind Reste, die zurückbleiben, wenn fettes Öl durch Pressen gewonnen wird. Es gibt Ölkuchen aller Art: Baumwollsamenkuchen, Erdnusskuchen, Palmkernkuchen und noch mehr. Sie dienen als Viehfutter.

**Opium** ist der dunkelbraune Milchsaft des Mohns. Er dient der Medizin als schmerzstillendes Mittel, aber der Raucher nimmt Opium, um sich damit zu betäuben. Es erzeugt einen Schlaf, der von wilden Träumen begleitet wird. Wer sich diesem Rauschgift hingibt, kommt nur sehr schwer davon wieder los und geht einem elenden Ende entgegen.

**Pharao**, genauer ‚per aa', ägyptisch, heißt wörtlich ‚großes Haus' und ist der Titel der alten ägyptischen Großkönige.

**Phönizier** wohnten im Altertum am mittleren Teil der syrischen Mittelmeerküste am Fuße des Libanon. Sie waren ein überaus kühnes Seefahrervolk. Sie durchfuhren die Meerenge, die wir heute Straße von Gibraltar nennen, und landeten auf den Azoren. Sie sollen auch Afrika umschifft haben. Ihre Sprache hat viel Ähnlichkeit mit dem Hebräischen. Ihre Schrift ist die Grundlage der semitischen Alphabete und damit auch der europäischen und indischen Schriften.

Der **Pikkolo** ist eigentlich ‚der Kleine'. Diese Bezeichnung für einen Kellnerlehrling geht auf das italienische ‚piccolo', ‚klein', zurück.

**Porphyr** (von griechisch ‚pórphyros', ‚purpurfarbig') ist ein Gestein, das in einer frühen Periode der Erdgeschichte bei Vulkanausbrüchen flüssig aus dem Erdinnern hervorbrach und dann erstarrte.

**Saida** ist der arabische Name der Hafenstadt Sidon im Libanon, der schon vor 2500 Jahren für die Phönizier (siehe dort) bedeutend war. Heute ist der Ort dadurch wichtig, dass hier der Endpunkt der Ölleitung liegt, die Öl aus Saudi-Arabien an das Mittelmeer bringt.

*Durch die kriegerischen Konflikte im Libanon und die Entwicklung von riesigen Öltankschiffen verlor die Ölleitung ab 1967 ihre Bedeutung und wurde 1990 stillgelegt.*

**Sarazenen** waren ursprünglich ein Volksstamm, der im Nordwesten der Arabischen Halbinsel siedelt. Seit dem Mittelalter nennt man fälschlicherweise alle Araber so, die gegen die Kreuzfahrer kämpften.

**Serum**, ein lateinisches Wort, bedeutet eigentlich ‚Molke'. Heute versteht man darunter eine gefilterte Flüssigkeit von Blut, Lymphe (siehe ‚Hämolymphe'), Milch, die nicht mehr gerinnt. Mit einem Serum aus Blut werden Krankheiten bekämpft, die durch pflanzliche oder tierische Erreger entstehen.

**Sidi**, arabisch, ‚Herr', ist ursprünglich ein Titel, der nur den Nachkommen des Propheten Mohammed zustand. Heute aber wird er da angewandt, wo man dem Angeredeten eine Aufmerksamkeit erweisen will.

**Skorpione** sind Spinnentiere, von denen es über 200 Arten gibt. Am Schwanzende sitzt ein Paar Giftdrüsen, die in einem Stachel enden. Der Skorpion ergreift seine Beute mit seinen großen Scheren und tötet sie dann durch einen Stich mit dem Giftstachel. Die Rettung eines Kindes, wie der Graf sie vollführt, ist auch drei israelischen Ärzten gelungen (Deutsche Medizinische Wochenschrift Bd. 81, Nr. 10, S. 358).

**Smith & Wesson** ist der Name einer amerikanischen Waffenfabrik.

**Tango** ist ein Tanz, der Ende des 19. Jahrhunderts in Argentinien entstand und sich später über die ganze Welt verbreitete.

**Tarbusch** ist die arabische Bezeichnung für die Kopfbedeckung, die wir Fes nennen.

**Tower**, englisch ‚Turm', ist das älteste noch erhaltene Bauwerk in London. Ursprünglich ist er ein Viereck mit einem Turm an jeder Ecke.

**Tripoli** (nicht zu verwechseln mit Tripolis in Nordafrika) ist eine phönizische Hafenstadt, von der aus früher die Zedern des Libanon in andere Länder ausgeführt wurden. Die Kreuzfahrer eroberten sie nach zehnjähriger Belagerung im Jahre 1109. Eine mächtige Burg spricht heute noch eindrucksvoll von diesen alten Zeiten.

**Venen**, lateinisch venae, ‚Adern', sind die Blutgefäße, durch die das Blut des Menschen im Kreislauf fließt. Die Arterien führen das Blut aus dem Herzen weg und verteilen es im Körper, die Venen führen das Blut zum Herzen zurück. Deshalb spritzt der Graf die Lymphe in eine Vene, damit das belebende Mittel das Herz erreicht.

**Verjährung**. Nach dem Gesetz werden begangene Straftaten nicht endlos verfolgt. Sie verjähren – schwere Verbrechen nach 20, 15 oder 10 Jahren, leichtere Vergehen nach 5 oder 3 Jahren: dann wird gegen die Schuldigen keine Anklage mehr erhoben.

**Xerophyten** ist der griechische Name für Landpflanzen, die an trockenen Standorten wachsen und starker Sonne und sehr trockener Luft angepasst sind.

***Zedern*** *sind Nadelbäume, die sehr gut im Klima des Mittelmeeres gedeihen. Die Libanon-Zeder (Cedrus libani) wird bis zu 50 Meter hoch und 1.000 Jahre alt. Es kann also durchaus sein, dass die Kreuzfahrer ihre Burg um die Zeder herum gebaut haben, die das Team im Haus der sieben Türme bewundert.*

*Für die Aktualisierung der Wort- und Sacherklärungen im Jahr 2010 hat die Internet-Enzyklopädie WIKIPEDIA (www.wikipedia.de) viele hilfreiche Informationen geliefert.*

## Würden Sie gern einmal ...

durch den geheimen Tunnel ungesehen ins *Haus der Sieben Türme* gelangen oder sechs Tage im Dunkel des Adlerturms ausharren – nur um aus erster Hand etwas über die *Company Ubique Terrarum* zu erfahren? – Es geht auch einfacher!

Der Kulturwissenschaftler Dr. Uli Otto hat viel Interessantes über die Abenteuergeschichten von Herbert Kranz in einem Buch zusammengetragen:

Uli Otto
**„Auf den Spuren von UBIQUE TERRARUM"**
Regensburg 2003, Kern Verlag
ISBN 3-934983-04-9

Neben einer Untersuchung verschiedener Aspekte rund um die „U.T."-Bände liefert das Buch eine ausführliche Biografie sowie eine vollständige Bibliografie zu Herbert Kranz.

**„Auf den Spuren von ..."** ist eine Buchreihe, die sich mit dem Leben und Werk deutschsprachiger Kinder- und Jugendautoren beschäftigt und an sie erinnern soll. Mehr zu dieser Reihe und ihrem Initiator finden Sie unter www.druliotto.de. Erhältlich sind die Bücher im Buchhandel sowie im Online-Shop des Verlages www.kernverlag.de.

## Die Abenteuer des „UBIQUE-TERRARUM"-Teams

**Band 1: In den Klauen des Ungenannten**
Abenteuer in den Schluchten des Hindukusch.
Neuausgabe, Juli 2003, ISBN 978-3-8330-1045-3

**Band 2: Im Dschungel abgestürzt**
Abenteuer in den Urwäldern Brasiliens.
Neuausgabe, Februar 2004, ISBN 978-3-8334-0779-6

**Band 3: Tod in der Skelettschlucht**
Abenteuer an der mexikanischen Grenze.
Neuausgabe, November 2004, ISBN 978-3-8334-1825-9

**Band 4: Schuldlos unter Schuldigen**
Abenteuer auf einer Sträflingsinsel im karibischen Meer.
Neuausgabe, Dezember 2007, ISBN 978-3-8370-1567-6

**Band 5: Flucht zu den Eishai-Jägern**
Abenteuer in Grönland.
Neuausgabe, April 2008, ISBN 978-3-8370-1769-4

**Band 6: Befehl des Radscha**
Abenteuer in Malaya.
Neuausgabe, Oktober 2008, ISBN 978-3-8370-6967-9

**Band 7: Die Insel der Verfolgten**
Abenteuer auf Sardinien.
Neuausgabe, Januar 2009, ISBN 978-3-8370-8340-8

**Band 8: Die Nacht des Verrats**
Abenteuer in Marokko.
Neuausgabe, April 2009, ISBN 978-3-8370-9270-7

**Band 9: Das Haus der sieben Türme**
Abenteuer im Libanon.
Neuausgabe, April 2010, ISBN 978-3-8391-6922-3

**Band 10: Im Zeichen der Schlange**
Abenteuer in Marseille und im Mittelmeer.

Diese Buchreihe wird neu herausgegeben.
Über die Erscheinungstermine informiert
Sie die Internetseite **www.ubique-terrarum.de**.